Eine Magd am Hofe von König Alfred.

Eine Geschichte für Mädchen

Lucy Foster Madison

Writat

Diese Ausgabe erschien im Jahr 2023

ISBN: 9789358812565

Herausgegeben von
Writat
E-Mail: info@writat.com

Inhalt

KAPITEL I
DAS TREFFEN IM WALD

Schön war der Monat Oktober im Jahr unseres Herrn 877. Der Teil des fröhlichen Englands namens Wessex war in dieser alten Zeit mit einem riesigen und ausgedehnten Wald bedeckt.

Nur dort, wo die breite Mündung des Southampton Water das verzweigte Waldland teilte, und entlang des Flusses Itchen , gab es eine Lücke im Wald. Furchtbar waren die Ödnisse von Andreds Wald und ein Glück für den Reisenden, dessen Weg nicht abseits öffentlicher Straßen verlief.

Hunderte weitläufiger, breitköpfiger Eichen bedeckten die Hügel und Täler und warfen ihre knorrigen Äste über die üppige Grasnarbe darunter. Darunter befanden sich Buchen, Stechpalmen und Gehölze verschiedener Art , manchmal so eng, dass sie die Sonnenstrahlen verdeckten .

Die großen Bäume waren umgürtet ringsum waren Moose oder Efeukränze zu sehen, die ihr Alter verrieten, und ihr Laub erstrahlte in den Farben des Herbstes.

Die Blätter fielen, aber durch die so geschaffenen Öffnungen offenbarten sich weitere Ausblicke auf die Schönheit. Die satte brünierte Bronze der Eiche vermischte sich mit dem leuchtenden Orange der Buche. Die grauen Zweige der anmutigen Esche kontrastierten mit der Tanne – stattliche Tochter des Herbstes.

Der Sonnenschein, der durch die Bäume strömte, fing die lebhaften Farben ein und verstärkte sie. Rot in vielen Abstufungen, bis hin zum knalligsten Scharlachrot; alle Gelbtöne, vom blassen Gold der Primel bis zum tiefen Orange der Tigerlilie; Lila vom hellsten Flieder bis zum dunkelsten Farbton des Stiefmütterchens vermischte sich und vermischte sich, bis der ganze Wald wie eine einzige Masse leuchtender, wilder Farben wirkte. Hin und wieder konnte man das Geweih eines Hirsches sehen, der ruhelos durch die Welt zog , und aus den näheren Lichtungen schlichen sich Hasen und Konis zum Spielen oder zum Fressen herbei.

In der Ferne waren die sanften Töne eines Horns zu hören, das immer näher kam, bis plötzlich auf der Hauptstraße, die sich durch die Waldwüste von Silchester nach Winchester (oder Winteceaster , wie es damals genannt wurde) schlängelte, die Formen auftauchten bestehend aus zwei Personen, einem alten Mann und einem Mädchen.

Sie bewegten sich langsam, und die Jungfrau passte ihre Schritte denen ihrer Begleiterin an. Obwohl er nicht wirklich alt war, denn er war kaum älter als sechzig, ließen sowohl sein Gesicht als auch seine Haltung auf sein Alter schließen. Sein Teint war hell und seine Wangen gerötet; aber sein Gesicht war tief zerfurcht, und sein langes Haar, das unter seiner Haube hervorlugte, war weiß wie Schnee, ebenso wie sein großer, gegabelter Bart. Sein dunkelblauer Wollmantel wurde an der Schulter von einer breiten Ouche , einer Brosche, umschlossen; Seine Leggings waren ebenfalls aus blauer Wolle und waren mit Lederstreifen überkreuzt. Blau war auch die Untertunika. Sein rechter Arm umschloss eine Harfe.

Das Mädchen, das ihn begleitete, war etwa vierzehn Jahre alt. Ihr Körper war von einem Mantel aus scharlachroter Wolle umhüllt, an dem eine Kapuze aus demselben Material befestigt war. Das Gesicht unter der Kapuze war wunderbar schön und hatte ihr bereits den Beinamen „Die Schöne" eingebracht.

„Großvater, Liebster", rief sie, als sie einen Baumstamm erblickte, der unter den überhängenden Zweigen einer großen Eiche lag, „sieh! Hier ist Ruhe für deine Müdigkeit. Ich weiß, dass du müde bist.

„Ja, Kind. Die Äste des Alten ermüden schnell und werden schlaff! Ich bin nicht mehr so jung wie früher. Der Weg schien heute lang zu sein, und wir sind noch weit von Winchester entfernt. Bitte, lass das Horn nicht länger auf, denn ich bin seines Klangs überdrüssig; und wahrlich, wenn jemand in Hörweite ist, muss er von unserem Kommen wissen."

Während er sprach , setzte er sich und legte seine Harfe auf sein Knie. Die Jungfrau ließ das Horn fallen, das ihr Kommen ankündigte, gemäß dem Gesetz des Waldes, warf ihre Kapuze zurück, öffnete die Fibel, die den Mantel verschloss, und warf das Gewand auf den Baumstamm neben dem alten Mann. So enthüllt, trat sie in all ihrer Schönheit hervor.

Ihr langes gelbes Haar, das nur von einem goldenen Band zusammengebunden war, war glatt gescheitelt und hing ihr in Locken über die Schultern. Ihr Teint war strahlend hell; ihre Wangen waren rosig; Ihre Augen glitzerten und waren blau wie Immergrün. Sie trug eine Tunika aus blauer Wolle, die bis zu den Knöcheln reichte und von einem Band aus Stickereien eingefasst war, für die die angelsächsischen Frauen berühmt waren. Darüber wurde ein kurzer scharlachroter Mantel getragen , dessen Ärmel in langen, lockeren Falten bis zu den Handgelenken reichten und dort durch Armbänder festgehalten wurden. Die Schlankheit ihrer Taille wurde durch einen Gürtel sichtbar, und über ihren Schultern hing eine Kette, an der ein Paar Becken und ein Horn hingen. Eine malerische Figur, die sie machte, als sie dort stand, und eine, die schön anzusehen war. Die Augen des alten Mannes ruhten liebevoll auf ihr, und dann sprach er :

„Ist dir nicht kalt, Egwina ? Der Wyn-Monat (Oktober) hat strahlenden Sonnenschein, aber seine Brisen tragen auch die Kälte mit sich, die den Beginn des Winters ankündigt. Der Himmel bewahre , dass du krank wirst. "

Das Mädchen lachte fröhlich.

„Sei nicht verärgert, Großvater. Der Mantel war ermüdend, und ich legte ihn einfach eine Zeit lang beiseite. Sehen! Damit du dir nicht unnötig Sorgen machst, werde ich das Gewand wieder anziehen, und du sollst mir sagen, wohin wir nach Winchester gehen. "

zog den Mantel an und setzte sich neben ihn. Der Großvater sah sie zärtlich an.

„ Egwina Du heißt die Schöne", sagte er, „aber Egwina Du bist auch der Gute. Von Winchester, liebes Kind, und seinem Markt werden wir uns auf den Weg zum königlichen Dorf in Chippenham machen, wo der König überwintern wird."

„Warum nach Chippenham?" fragte das Mädchen. „Es kommt nicht oft vor, Großvater, dass du dem König folgen möchtest ."

„Stimmt, Kind; denn Alfred hat seine eigenen Schergen an seinem Hof und braucht die Freude von Wulfhere , dem Harfner, nicht. Aber so wie deine Eiche das Moos der Jahre gesammelt hat, so sind auch Sorgen über mich gekommen, und ich möchte gern ihre Bürde niederlegen. Von Barden gibt es viele; aber es gibt nur wenige Freudenmädchen, die so singen wie du. Um deinetwillen hoffe ich, dass der König uns in seine Hand nehmen wird."

„Aber wenn er es nicht will, wohin dann?" fragte das Mädchen.

„Das wird er", antwortete Wulfhere positiv. „Der gemeinste Wanderer hat das Recht, in jedem Haus einen Tag und eine Nacht lang Unterkunft und Verpflegung zu bekommen. Glaubst du also, dass Alfred einem Gaukler und einer Jungfrau kein Obdach und Essen geben würde? Ich glaube, das wird er."

„Wird dir das Gericht nicht im Weg stehen?" fragte das Mädchen sanft. „Lieber Großvater, du warst immer so frei, ich fürchte mich so sehr, dass es dir nicht gefällt, bei einem einzigen Herrn untergebracht zu werden."

„Wäre er jünger, Kind, hätte Wulfhere nichts davon gehabt. Ich und mein Vater und der Vater seines Vaters haben immer so gelebt und sind von Auenland zu Auenland gewandert; von Stadt zu Stadt; von Metsaal zu Metsaal, mit Harfe und Gesang und Geschichte; und keiner war so willkommen wie sie. Viele Herren haben ihnen Geschenke gemacht und hätten sie gerne dazu gebracht, ihre kühnen Taten zu preisen. Aber uns allen, vom Vater bis zum Sohn, war es lieber, vom Wagemut vieler zu erzählen als vom Können eines Einzelnen. Der Gesang einer einsaitigen Harfe wird mit der Zeit sowohl für den Hörer als auch für den Sänger lästig. Tatsächlich ist es ein fröhliches und freies Leben. Alack und ein Tag, der vorbei ist! Der Däne ist im Ausland unterwegs. Für kurze Zeit hat er uns in Ruhe gelassen, und nun wird der Winter seine Hand noch weiter zurückhalten. Guthrum der Alte ist mutig, und ich fürchte, dass die Nordmänner nur darauf warten, dass der Sommer nach Hause kommt, bevor sie über Wessex hereinbrechen."

„Die Heiligen wehren sich!" rief das Mädchen andächtig aus.

„Deshalb ist es für dein Wohl, Egwina , dass wir den König suchen. Ich würde dich nicht sterben lassen, wie es dein Bruder Siegbert getan hat . Gott weiß, wie sie den hübschen Jungen töten konnten."

„Erzähl mir davon", überredete das Mädchen, das die Geschichte kannte, aber so linderte der alte Mann seinen Kummer.

„Du warst zu jung, um an dich zu denken, jetzt, da diese Ernte sieben Jahre her war, als Ubbo und Oskitul mit den tränenreichen Dänen über die Abtei von Croyland fielen . Zu den Mönchen hatte ich Siegbert geschickt , denn der Abt hatte seinen Gesang gehört und war erfreut über seine Schönheit. „Er wird ein zweiter Cynewulf sein", sagte er, „wenn er gelehrt sein wird." Ich wusste nicht, dass ich den Jungen in den Tod schicken würde. Doch noch während der Abt und die Priester zusammen mit dem Chor die Messe aufführten und den Psalter sangen, stürzten sich die Heiden auf sie, und niemand war mehr da, um die Geschichte zu erzählen. Diese Heiden kümmern sich so wenig um unsere heilige Religion. Tatsächlich scheint es ihnen eine Freude zu machen , unsere Münster und Abteien zu zerstören. Sie kümmerten sich weder um die Hilflosigkeit der Alten noch um die Harmlosigkeit der Kindheit. Hell und schön wie dieser Baldur, den sie verehren, ich glaube, sie hätten ihn verschont. Aber hört zu! War das nicht ein Anruf?"

Beide hörten aufmerksam zu und durch die klare, frische Luft ertönte ein Hilferuf.

„Einem Wanderer ist ein Missgeschick widerfahren!" rief Wulfhere aus und stand schnell auf. Seine Müdigkeit verschwand augenblicklich. „Komm, Egwina , schwinge dein Horn, damit er weiß, dass Hilfe nahe ist."

Das Mädchen blies einen langen, lauten Ton, und dann eilten sie in die Richtung, aus der der Schrei gekommen war. Als sie bald an der Straße abbogen, sahen sie die Gestalten eines Jünglings und eines Mädchens. Das Mädchen lag bäuchlings auf der Grasnarbe. Der Jüngling beugte sich über sie und streichelte ängstlich ihre Hände. Beide trugen die bunten Gewänder, die die Sachsen so liebten. Die Stickereien und die reiche Verzierung ihrer Kleidung verrieten, dass sie von edlem Rang waren. Ein Falke schwebte trostlos in ihrer Nähe und ein Speer lag auf dem Boden.

Sobald der Junge Wulfhere und Egwina erblickte , stieß er einen Freudenschrei aus.

„Sei guten Herzens, Ethelfleda ", rief er; „Hier kommt ein Gaukler und seine Tochter. Ich hoffe, dass sie uns helfen werden."

„Sohn, warum rufst du?" fragte der Barde und näherte sich.

„Meine Schwester hat ihren Fuß gegen einen Stein geschleudert", antwortete der Junge. „Wir haben uns davongeschlichen, um meinen neuen Falken mit dem Köder auszuprobieren, und alles wäre gut gewesen, wenn uns das nicht widerfahren wäre. Willst du nicht, guter Harfner, nach Winchester eilen und uns einen Zelter besorgen?"

„Edward", sprach das Mädchen schnell, „ Siehst du nicht, dass der Gaukler alt ist? Gehe, mein Bruder, und lass mich bei ihnen. ”

„Du hast wahrlich gesprochen, Ethelfleda ", erwiderte der Junge und erhob sich. „Ich sehne mich nach Vergebung, Barde, dass ich deine Jahre nicht gesehen habe. Schnell werde ich gehen und ebenso schnell wiederkommen. Ärgere dich nicht, während ich weg bin, meine Schwester." Mit einer Verbeugung vor Wulfhere und Egwina und einem Gruß für seine Schwester eilte der Junge davon.

„Ich höre das Plätschern eines Baches", bemerkte Egwina . „Kühlend wird sich sein Wasser an deinen Füßen anfühlen."

„Aber wie kannst du das Wasser bringen?" fragte das Mädchen neugierig. „Du hast weder eine Schüssel aus Horn noch aus Holz."

"Nein; aber ich habe diese", und Egwina berührte ihre Becken. „Obwohl sie flach sind, werden sie dennoch genug Halt für deinen Knöchel bieten."

Während sie sprach, löste sie den Schuh des Mädchens und zog die seidenen Leggings aus , wobei sie sich sehr über deren Fülle wunderte.

"Dort!" sagte sie, nachdem sie den Fuß im kalten Wasser abgewaschen hatte. „Fühlt es sich nicht besser an?"

„Das tut es", antwortete das Mädchen; „So gut, dass ich glaube, dass ich darauf bestehen kann. Wie wird sich Edward wundern!"

„Tu es nicht!" rief Wulfhere , aber das Mädchen war schon aufgestanden, bevor er gesprochen hatte. Allerdings nur für einen Moment. Sie schwankte und wäre gefallen, wenn der Gaukler sie nicht aufgefangen hätte.

„Du hattest keinen Ausschlag", tadelte er und streichelte sanft ihre Stirn, während Egwina noch mehr Wasser holte und erneut den Knöchel wusch. Das Mädchen war weiß vor Schmerz, aber sie unterdrückte tapfer das Stöhnen, das ihr über die Lippen drang.

„Idiot war ich", murmelte sie. „Jetzt werde ich still liegen bleiben, bis Hilfe kommt. Übereilte Unbesonnenheit ist meiner Meinung nach genauso schlimm wie zu wenig Kühnheit."

„Stimmt", sagte Wulfhere . „Du bist jung, Mädchen und furchtlos ist dein Geist. Du musst noch lernen, dass Tapferkeit nicht nur darin besteht, mutige Taten zu vollbringen. Gut zu ertragen ist auch tapfer."

„Ich glaube, dass du die Wahrheit sprichst", erwiderte sie. „Du brauchst den Fuß nicht länger zu baden, Mädchen, denn jetzt fühlt es sich besser an . Willst du, Minister , nicht aus Lust und Laune die Zeit mit Geschichten verführen?"

„Was hörst du am liebsten?" fragte er hocherfreut nach dem von seiner Kunst begeisterten Scop.

„Von den Taten unserer Vorfahren", antwortete sie schnell. „Nun, ich liebe es, von ihnen zu hören."

„Dann werde ich dir erzählen, wie Hengist das Land für seine Burg gewonnen hat. Hast du es gehört?"

"Nein; sag weiter."

„Nachdem Hengist die Pikten in die Marschen zurückgedrängt hatte", begann Wulfhere , „kam er zum König Vortigern und bat um eine Stadt, damit ihm die gleiche Ehre erwiesen würde, die er unter seinen eigenen Landsleuten genoss; aber Vortigern antwortete, dass er es nicht könne, da es seinem Volk missfallen würde. „Dann", sagte Hengist , „gib mir nur so viel Boden, wie ich mit einem Lederriemen umschließen kann." Dem gab Vortigern bereitwillig nach und verachtete alles, was in einem Tanga eingeschlossen werden konnte. Hengist nahm eine Stierhaut und machte aus dem Ganzen einen Riemen, mit dem er einen großen Teil des Geländes umschloss, sodass er darauf eine Festung baute, zu der er bei Bedarf gehen konnte. Vortigern war wütend darüber, so überlistet zu werden, aber Hengist nannte den festen Ort „ Thancastre ", was „Thong Castle" bedeutet.

Ethelfleda lachte.

Hengist hatte einen fröhlichen Humor ", sagte sie. „Es ist schön, solche Dinge zu hören! Weißt du sonst noch etwas von ihm?"

„ Weißt du, Mädchen, wie Vortigern von Rowena gefangen genommen wurde?"

"Ja; Aber so wie der Wein beim Stehen besser gedeiht , gewinnen auch alte Geschichten an Witz, wenn sie oft erzählt werden. Sag weiter."

„Als Hengist mit dem Bau seiner Festung fertig war, lud er Vortigern ein, sich das Ganze anzusehen. Der König war über die Stärke der Burg beunruhigt und versuchte, ohne Wissen von Hengist , die Männer für sich zu registrieren. Als sie gefeiert hatten und der Met in der Schale glühte, kam Rowena, die Tochter von Hengist , aus ihrer Laube und trug einen goldenen Kelch voller Wein, den sie kniend dem König überreichte. „Herr König", rief sie, „ wacht heil!" „Was meint sie ?" fragte der König von Hengist . „Sie bietet nur an, auf deine Gesundheit zu trinken", war die Antwort. „Du solltest sagen: ‚Trink Heil!'" Der König tat, was ihm gesagt wurde, und als die Jungfrau trank, küsste sie sie und trank dann auch. Dann war er von ihrer Schönheit so berührt, dass er Hengist ganz Kent für ihre Hand gab . So erhielten die Sachsen durch eine Jungfrau erstmals einen Anteil an Großbritannien für sich."

„ Quota ! das ist gut!" rief Ethelfleda aus . „Daran habe ich vorher nicht gedacht, und ich habe die Geschichte oft gehört. Erfreulich sind deine Geschichten! Ich würde mehr davon hören. Erzähl weiter, Harper."

Auf diese Bitte hin erzählte Wulfhere seine erlesensten Volks- und Legendengeschichten, und das Mädchen wurde so gut unterhalten, dass es nicht mehr lange zu dauern schien, bis Edward mit seinen Dienern und einem Zelter für sie zurückkehrte.

„Gut, dass du zu mir gewesen bist", sagte die edle Jungfrau, „und ich danke dir sehr dafür." Bitte nimm diesen Ring, Mädchen. Es ist nicht nur ein Schutz gegen die List der Wicca (Hexe), sondern zeugt auch von Reinheit. Nimm es, um dich an Ethelfleda zu erinnern ."

Als sie das gesagt hatte, hob ihr Bruder sie vor sich auf den Zeltplatz und ritt mit vielen Danksagungen für ihre Höflichkeit mit ihren Dienern davon.

„ Hast du gesehen , Granther, wie reich ihre Gewänder waren?" fragte Egwina, als die Straßenbiegung sie vor ihren Augen verbarg.

"Ja; „Sie sind vornehmes Volk", antwortete Wulfhere . „Von gutem Blut kommt die Jungfrau, denn sie stöhnte nicht, sondern ertrug den Schmerz des Rucks gut, obwohl sie weiß vor Schmerzen war."

„Und die Jugend! Wie stolz war er auf seine Haltung!"

"Ja; edel war sein Hafen. Dennoch wäre es meiner Meinung nach angemessener gewesen , uns den Namen ihres Vaters zu nennen. Nun wissen wir nicht, wer oder was sie sind, außer dass sie sanft sind. Heiraten! Ich bezweifle nicht, dass der Vater ein Thegn ist. Vielleicht einer vom König ."

„Aber was für ein Herz hatte das Mädchen doch!" überlegte Egwina . „Wie schön der Ring ist, den sie mir geschenkt hat!" Sie betrachtete es bewundernd.

„Es ist ein Saphir und von großem Wert", sagte der Gaukler und untersuchte ihn. „Nun, Kind, lass uns nach Winchester eilen, um dort eine Methalle zu finden; denn wo Wassail ist, da ist auch der Gaukler willkommen. Beeil dich, Egwina .

Die beiden machten sich zu einem flotten Spaziergang auf den Weg und verschwanden bald im Wald.

KAPITEL II
WINCHESTER

Unter Æthelwulf , Alfreds Vater, war Winchester die Hauptstadt Englands geworden; Denn während die anderen Königreiche vor den Piraten des Nordens untergingen, behauptete sich Wessex immer noch. Es war weiter von den Hauptangriffspunkten entfernt und hatte den unschätzbaren Vorteil einer Reihe fähiger Könige: Egbert, Æthelwulf und – zur Zeit unserer Geschichte – Alfred.

Als die dänische Invasion immer stärker wurde, entwickelte sich Wessex zum Champion aller anderen Königreiche Englands. Denn der Ruin des Nordens machte ihn zur einzigen verbliebenen Heimat des zivilisierten Lebens des Landes. Zum Glück für Wessex und England gelang es dem größten englischen König im kritischsten Moment, den Thron zu besteigen.

Die sechs Jahre, die Alfred auf dem Thron gesessen hatte, waren unruhig und unruhig gewesen. Im ersten Jahr wurden neun offene Schlachten mit den Dänen ausgetragen. Dann war Alfred gezwungen, den Nordmännern Geld für den Frieden zu zahlen, denn die Invasoren besetzten ganz Northumbria , Mercia und Ostanglien, und die Westsachsen, die den Kampf für aussichtslos hielten und fürchteten, unter ihre Herrschaft zu geraten, reagierten nicht länger darauf der Ruf zum Kampf.

Für kurze Zeit blieb Wessex ungestört. In dieser Zeit baute der unermüdliche Alfred Schiffe, begegnete den Piraten auf dem Meer und besiegte sie aus eigener Kraft. Im Jahr 876 wurde der Frieden mit der Leichtigkeit gebrochen, die den Bruch dänischer Eide kennzeichnete, und erst zu Beginn des Jahres 877, der Zeit unserer Geschichte, wurde der Frieden wieder wiederhergestellt.

In diesem Wald, von dem zuvor gesprochen wurde, direkt hinter einem kreisförmigen Kreideabhang, der später St. Catherine's Hill genannt wurde – wo das Tal am engsten war und die Abhänge sanft zum kleinen Fluss Ichen abfielen – lag Winchester . Zur Zeit der Römer teilte eine Hauptverkehrsstraße, noch heute die Hauptstraße der Stadt, die Stadt vom Osttor zum Westtor. Im rechten Winkel zu dieser Straße verlief eine Hauptkreuzungsstraße vom Südtor zum Nordtor. Die westsächsischen Könige folgten lediglich dem Beispiel der Römer und behielten diese Teilung der Stadt bei, und auf dem ansteigenden Gelände nach Westen zu beiden Seiten der alten römischen Straße vom Osttor aus drängten sich die Häuser der Bürger zusammen eine Straße; mit hier und da einer aus Stein gebauten Wohnung und dem Rest der „Flecht- und Tupfer"-Konstruktion. Im südöstlichen Teil der Stadt stand das stark umschlossene St. Swithen-Münster , das im Norden durch den Fluss und das Marschland geschützt war.

In der Nähe dieses Klosters befand sich das königliche Dorf , von dem aus all jene Pläne gegen die Übergriffe der Dänen hervorgingen, die Schule der Gerechtigkeit und Gelehrsamkeit und das Bollwerk der Verteidigung Englands. In der Nähe des Palastes befanden sich die Wohnungen des Bischofs und seines Klerus; die Residenz der Wicgerefa , die in der Nähe des Gerichtsgebäudes lag, und im Zentrum der Stadt befand sich der Markt mit seinem Kreuz.

Am Tag nach dem Tag, an dem die im letzten Kapitel erzählten Ereignisse stattgefunden hatten, bot sich auf dem Markt eine geschäftige Szene. Waren aller Art wurden zum Verkauf angeboten. Tapfere Sachsen, Vogts genannt, hatten mit dem Abzeichen der königlichen Autorität die Aufsicht über die Stahlhöfe, Yard-Maße und Scheffel und waren damit beschäftigt, zu wiegen und zu messen, damit jeder das bekommen konnte, was ihm zusteht, und der Verkauf entsprechend legal war der Untergang des Landes. Es war das Bestreben der Behörden, alle Verhandlungen so weit wie möglich auf Städte und ummauerte Orte zu beschränken, damit die Menschen sich eines fairen Handels und einer Garantie für das, was die sächsischen Gesetze als unlügnerische Zeugen bezeichneten, sicher sein konnten .

Dennoch waren nicht alle Bürger mit dem Handel beschäftigt, noch wurde der gesamte Markt dem Verkehr überlassen. Auf der einen Seite, ganz abseits der Stände, waren zwei kreisförmige Räume abgegrenzt; einer für Bären, der andere für Bullenköder. Näher an den Ständen, aber nicht so nah, dass sie vom Geschäft des Marktes ablenkten, übten einige Gaukler ihre Kunst aus. Ein geschickter Jongleur warf abwechselnd drei Messer und drei Bälle in die Luft und fing sie einzeln auf, als sie fielen.

Ein anderer, nicht weit vom Jongleur entfernt, führte feierlich einen großen Bären zum Tanz auf seinen Hinterbeinen, während sein Koadjutor mit dem Flageolett den Takt vorgab. Um jedes dieser Vergnügungen versammelte sich die Menge, die solche Dinge in jedem Klima und Zeitalter anziehen.

Die Heiterkeit erreichte ihren Höhepunkt, als vom oberen Ende des Marktes zwei Gestalten auftauchten, die sich ruhig in der Nähe eines der Stände aufstellten. Es waren Egwina und ihr Großvater. Während einer kurzen Pause schlug der alte Gaukler seine Harfe an, und gemeinsam erhob er mit seinem Enkelkind die Stimmen zum Gesang.

Die Vortrefflichkeit der Musik, denn Wulfhere war ein geschickter Harfenspieler, die Süße des Liedes und vor allem die wunderbare Schönheit des Mädchens zogen alle Blicke in diese Richtung. Es gab ein anerkennendes Gemurmel, und die Menge drängte auf sie zu und versammelte sich um die beiden, wobei sie die gröberen Reize des Köderns und Jonglierens den raffinierteren Reizen der Melodie und Schönheit überließ.

"Heiraten!" rief der Jongleur angewidert, als er sich verlassen fühlte. „ Es wäre unanständig, jemanden dazu zu bringen, sein Handwerk aufzugeben."

„Sei nicht entmutigt, Freund", sagte er mit dem tanzenden Bären, während er das Tier ankettete und sich ruhig auf etwas Stroh ausstreckte. „Wechselhaft ist der Geist des Menschen. Nutzen Sie Ihre Freizeit, solange Sie können. Es wird nur noch eine kurze Zeit dauern, bis sie wiederkommen."

„ Quota ! aber die Geschenke werden auf die Jungfrau überschüttet. Und so fair sie auch sein mag, Ælfric würde sie in seinem eigenen Schatz sammeln." Und er blickte düster auf die Menge, die den Harfner und das Mädchen umgab.

Wulfhere schließlich erklärte, dass er nicht in der Lage sei, länger zu singen, und die beiden, mit Geschenken beladen, sich langsam auf den Weg aus der Stadt machten. Vergebens wartete der Jongleur auf die Rückkehr eines Publikums. Die Kugeln und Messer schienen für die Menschen ihren Reiz verloren zu haben, und er murmelte Schimpfwörter über den Minister und seine Tochter und verließ ebenfalls Winchester, allerdings voller Abscheu.

„ Gut gemacht, Egwina ", sagte Wulfhere und hielt inne, als sie ein Stück von der Stadt entfernt waren, um das Gold und die anderen Geschenke zu verbergen, die er bei sich hatte. „Wirklich, Winchester wird zu Recht die erste Stadt der Sachsen genannt. Königlich hat es sich bewährt. Wäre es nicht so, dass ich den Dänen fürchte, wenn ich etwas Besseres verlangen würde, als darin zu wohnen? "

„Aber warum konnten wir das nicht, Großvater? Dann könnte es sein, dass wir den Jüngling und das Mädchen, denen wir im Wald begegneten, wiedersehen könnten. Hast du etwas davon gesehen?"

"Kein Kind; und lass dein Herz nicht bei ihnen verweilen. Es dauert nicht lange, bis sich die Adligen ihrer Worte bewusst sind. Während du heute vielleicht in Gunst stehst, bringt der morgige Tag oft Unfreundlichkeit mit sich."

„Aber das Mädchen Ethelfleda , wie ihr Bruder sie nannte, schien nicht jemand zu sein, den man vergessen sollte", und Egwina drehte den Saphirring an ihrem Finger. „Sie sprach , als wären ihre Worte wahr und gut gemeint."

„Und so war es damals auch", antwortete Wulfhere ; „Aber gut! Sie ist jung, und die Jugend lernt leicht die Lektion des Vergessens."

„Warum konnten wir nicht in Winchester leben?" fragte das Mädchen nach einem Moment des Schweigens. „Ich glaube, wir könnten einen Thegn finden, der uns unter seinen Mund nimmt . Warum, Großvater, ist das nicht die Stadt, in der der König wohnt ?"

Sie blieb abrupt stehen und drehte sich halb um, als wolle sie in die Stadt zurückkehren. Wulfhere lächelte.

„Der König hat bereits den Palast in Chippenham gesucht", sagte er. „ Willst du nicht, dass der Witaner wegen des Schicksals nicht das ganze Jahr nur in einer Stadt wohnen kann? Und ich möchte in diesen schwierigen Zeiten keinen anderen Herrn als seinen Schutz suchen. Alfred hat gezeigt, dass er dem Eindringling gewachsen ist, und nirgendwo sonst gibt es Sicherheit für Leib und Leben. Es ist dein Wohl, Kind, das ich fürchte, und keinem außer ihm werde ich dich empfehlen. Und wem außer dem König gehört der Schutz des Wanderers ?"

Egwina drehte sich mit einem halben Seufzer um, denn tief in ihrem Herzen lauerte der Wunsch, die edle Jungfrau und den Jüngling wiederzusehen, die am Tag zuvor so freundlich zu ihnen gesprochen hatten, und als sie Winchester verließ, hatte sie das Gefühl, dass sie auch die Möglichkeit, sie wiederzusehen, verließ sie noch einmal. Aber der bedingungslose Gehorsam des Kindes gegenüber den Eltern war damals die Regel, und so trottete sie ohne weitere Bemerkung weiter und variierte die Monotonie der Reise durch häufige Hupentöne. Plötzlich drangen die sanften Töne eines anderen Horns zu ihren Ohren. Wulfhere warf einen Blick über die Schulter.

„Siehe, ein anderer kommt", sagte er. „Halt, Egwina ! Wenn er sich dafür entscheidet , uns Gesellschaft zu leisten, wird der Weg nicht mehr so lang sein."

Sie warteten auf ihn, und bald kam der Jongleur zu ihnen.

„ Wohin , mein Fröhlicher?" rief Wulfhere herzlich, als der Gaukler näher kam. „Brüder, wir sind vom gleichen Handwerk. Deshalb wollen wir einander Gesellschaft leisten, wenn es dir gut erscheint."

Der Jongleur zögerte einen Moment und antwortete dann:

„Zumindest für kurze Zeit bin ich bereit; wenn es so ist, dass das Mädchen das Horn aufzieht, während du und ich nebenbei reden."

„Mit gutem Willen wird sie es tun", antwortete der Harfner. „Es lässt sich für drei genauso leicht aufziehen wie für zwei, und sie zieht es immer auf, um mir die Mühe zu ersparen. Wulfhere ist nicht mehr das, was er einmal war!"

„ Wulfhere ist dein Name?" fragte der andere und richtete seine glitzernden Augen mit einem solchen Blick auf das Mädchen, dass sie davor zurückschreckte und dicht an die Seite ihres Großvaters kroch. „ Ælfric heiße ich in Ostanglien, wo ich zu Hause bin; aber die Dänen haben uns aus unseren Häusern vertrieben oder unser Volk in die Sklaverei gezwungen, und ich bin aus Sicherheitsgründen nach Wessex geflohen."

„Brüder, wir sind im Handwerk und Geschwister , auch in der Tatsache, dass wir vor den Dänen fliehen", bemerkte Wulfhere . „Fürchterlich ist der Pirat, der so rücksichtslos die Häuser zerstört und das Land unseres Volkes verwüstet hat."

„Wohin gehst du?" fragte Ælfric .

„Nach Norden nach Berkshire und von dort nach Wiltshire", antwortete der alte Mann.

„Dann können wir gemeinsam nur eine kurze Strecke zurücklegen, denn morgen müssen sich unsere Wege trennen, wenn ich nach Kent gehe. Aber während unsere Straßen eins sind, erzähl mir von den Taten, die die Nordmänner getan haben, von denen du selbst weißt , und ich werde dir wiederum erzählen, was mir widerfahren ist."

Wulfhere voller Rührung von seiner Trauer über den Tod seines Enkels Siegbert .

„Und ich", sagte Ælfric , nachdem er sein Mitgefühl zum Ausdruck gebracht hatte, „wohnte in Thetford in Ostanglien im Haus von Eldred dem Thegn und war der Anführer seiner Schergen." Niemand wurde so geehrt wie ich, und das Herz meines Herrn hing mit Liebe an mir. Ein Mangel! Der Nordmann fiel über uns, und ich weiß nicht, ob mein Herr lebt oder tot ist. Ich bin vor dem Feind geflohen. Als ich weit weg war, schaute ich zurück und siehe, das Herrenhaus stand in Flammen."

„Hast du nicht für deinen Herrn gekämpft?" fragte Wulfhere erstaunt.

"Nein; Warum sollte ich das Leben umsonst riskieren? Es hätte ihm nichts genützt. Ich selbst wäre getötet worden, also floh ich."

„Es war nicht der alte Brauch", bemerkte der ältere Saxon, „so seinen Herrn zu verlassen. „Es wäre eine Schande zu leben, wenn er getötet würde."

„Die Zeiten sind nicht mehr so, wie sie einmal waren", erwiderte Ælfric hastig und vermied den Blick des Harfners. „Der Brauch hat sich verändert, und ich glaube , zum Besseren. Schön ist dein Ring, Mädchen! Wo hast du es her?"

„ Es war ein Geschenk", erwiderte Egwina , als sie dem Mann erlaubte, das Juwel zu begutachten, wobei sie vor seiner Berührung zurückschreckte, da ihr sein Aussehen nicht gefiel.

"Ein Geschenk? Ich garantiere, dass du und dein Großvater viele davon haben?“ Und im Blick des Jongleurs waren Neid und Geiz zu erkennen.

„Es sind viele –“, begann Egwina , als Wulfhere sie unterbrach:

„Dreh dein Horn, Kind, ein wenig von uns entfernt, damit unser Gespräch nicht durch den Klang gestört wird.“

Gehorsam lief das Mädchen ein Stück voraus und Wulfhere nahm das Gespräch mit Ælfric über die von den Dänen begangenen Gräueltaten wieder auf. Die Abenddämmerung dämmerte, als der Minister endlich dem Mädchen zurief:

„Kind, ist das nicht ein Kloster, das in der Ferne aufragt?“

„Ja, Granther“, und Egwina rannte an seine Seite.

„Dann werden wir dort bleiben. Wir sind schon lange unterwegs , und ich bin ermüdet von der Reise. Auch wenn die Priester weder auf Lieder noch auf Geschichten oder Freudenstrahlen hören, werden sie uns dennoch für die Nacht beherbergen.“

Sie beschleunigten ihre Schritte und betraten den Hof des Klosters, ein niedriges Gebäude aus Holz, das durch eine Mauer befestigt war.

Die Behausungen der Angelsachsen waren, mit Ausnahme einiger großer Adliger, äußerst einfach. So einfach ihre Wohnstätten auch waren, so schön waren die Klöster, und die Kirche verfügte über große Reichtümer und Besitztümer. Trotz alledem befanden sich die Lernfähigkeiten auf einem Tiefpunkt, so sehr, dass Alfred, als er noch Latein lernte und Latein lernen wollte, im ganzen Königreich seines Vaters niemanden finden konnte, der ihn hätte unterrichten können . Zu dieser Zeit gab es in England keine Gasthäuser, und alle Reisenden, ob geschäftlich oder privat, wurden in den Klöstern bewirtet.

Wulfhere , Ælfric und Egwina wurden von den Mönchen willkommen geheißen und durch das Bad erfrischt, denn die Sachsen waren ein reinliches Volk und liebten das Baden; Dann wurden sie in einen langen, niedrigen Saal, das Refektorium oder Esszimmer, gerufen und zum Abendessen eingeladen. Kuchen aus Gerste, Fisch, Schweinefleisch, Milch, Eiern und Käse, dazu reichlich Met zum Abspülen, bildeten das Mahl; Denn selbst die Priester dieser zähen Rasse waren herzhafte Esser und liebten gute Laune.

Das Fleisch wurde auf Spießen herumgereicht, und jeder schnitt sich mit seinem Messer eine Portion ab und aß es dann, wobei er das Essen mit den Fingern zum Mund führte, da es keine Gabeln gab.

Mitte des Raumes aufgebaut war . Der Rauch entwich durch ein Loch oder eine Abdeckung im Dach.

„Es ist uns verboten, den Liedern des Volkes zuzuhören", sagte der Abt zu Wulfhere , „aber vielleicht kannst du uns die Lieder der Kirche vorsingen."

„Nein, guter Vater", antwortete Wulfhere , „ich bin nicht begabt im geistlichen Gesang."

„Kann deine Tochter sie nicht singen?" fragte der Abt. „Wahrlich, es wäre schlimm, wenn eine so schöne Blume nichts von den Liedern des Glaubens wüsste."

„Ich weiß es nicht", antwortete Wulfhere verwirrt.

„Es gibt einen, den ich kenne", unterbrach Egwina leise. „Es war eines, das meine Mutter gesungen hat."

„Lass es uns hören, Tochter", sagte der Abt.

Ohne zu zögern sang Egwina dann den „Crist" von Cynewulf.

„Es war gut gesungen", kommentierte der Abt, nachdem Egwina geendet hatte. „Süß ist es für ihn, wenn die Stimme der Jugend sein Lob erklingen lässt. Weißt du nichts mehr, mein Kind?"

„Nein, ich kenne keinen anderen", antwortete Egwina .

„Du darfst nicht schlecht von uns denken, Vater", sagte der Harfner hastig, „dass wir von diesen Dingen nichts wissen." Unser Ziel ist es, den Menschen zu gefallen, und der Methalle geht es nur um das Lied des Kriegers oder des Ruhms."

„Stimmt", antwortete der Abt, „doch Aldhelm nutzte deine Kunst zu seinem Vorteil. Hast du nicht gehört, wie der gute Priester auf der Brücke von Malmesbury stand , wo die Ministrel zu stehen pflegten, weil die Leute nicht zum Gottesdienst kommen wollten, und dort vom Krieg und den Helden sang, bis er von der Sanftheit seines Gottesdienstes angezogen wurde? Stimme, er hatte ihre Aufmerksamkeit erregt? Dann änderte er die Worte und sang ihnen vom Heiligen und der heiligen Jungfrau vor. Auf diese Weise wurden viele in unserer heiligen Religion unterwiesen und zur Kirche gebracht."

„Sagst du das, guter Vater?" unterbrach Ælfric , den Jongleur. "Heiraten! aber gut, würde es mir gefallen, solche Lieder zu hören! Können du oder deine Mönche für uns eines der Lieder singen, die er gesungen hat?"

„Es gibt einen, Bruder, der zum Nachdenken anregt. Dass wir dir singen werden, und dann nach dem Te Deum. Dann sollt ihr uns sagen, ob in letzter Zeit etwas von dem Dänen passiert ist."

Ohne weitere Umschweife begannen die Mönche das folgende düstere Klagelied zu singen, wobei das kurze Versmaß abrupt mit einem gemessenen Schlag wie die vorbeiziehende Glocke am Ohr erklang:

„Für dich wurde ein Haus gebaut, bevor du geboren wurdest,

Denn du warst ein Abdruck, bevor du von deiner Mutter kamst .

Seine Höhe wird nicht bestimmt, noch wird seine Tiefe gemessen;

Es ist auch nicht verschlossen, wie lange es auch dauern mag, bis ich dich dorthin bringe, wo du bleiben sollst;

Bis ich dich und den Rasen der Erde messen werde.

Dein Haus ist nicht hoch gebaut; es ist nicht unhoch und niedrig.

Wenn du darin bist, sind die Fersen und die Seiten niedrig unhoch .

Das Dach ist bis zur Brust hoch gebaut;

So wirst du auf der Erde wohnen, völlig kalt, dunkel und dunkel.

Türlos ist dieses Haus und dunkel ist es drinnen.

Dort bist du festgehalten, und der Tod hält den Schlüssel in der Hand.

Abscheulich ist dieses Erdhaus und es ist düster, darin zu wohnen.

Dort wirst du wohnen, und die Würmer werden dich teilen.

So wirst du gelegt und verlässt deine Freunde.

Du hast keinen Freund, der zu dir kommen würde,

Wer wird jemals fragen, wie es diesem Haus gefällt? dich.

Wer wird dir jemals die Tür öffnen und dich suchen?

Denn bald wird dein Anblick abscheulich und hasserfüllt.“

„Die Heiligen beschützen uns!“ rief Ælfric und bekreuzigte sich andächtig. „Ich mag dein Lied nicht, Vater, und wenn es solche Lieder gäbe, wundere ich mich sehr, wie dein Aldhelm die Leute dazu bringen könnte, ihm zuzuhören. Quota ! Mir wird Gänsehaut , wenn ich daran denke! Nicht wahr, Freund Harper?“

Wulfheres Gesicht war unergründlich und er gab keine Antwort, denn wie ein Sachsen verachtete er es, zu zeigen, dass das Bild ihn fürchtete.

„Es ist in der Tat düster, darüber nachzudenken, mein Sohn“, sagte der Abt, „wenn das alles mit dem Tod zu tun hätte; aber die Religion unseres Erlösers hat das Grab seiner Schrecken beraubt. Wir wissen, dass die Seele jenseits liegt und was den Körper betrifft?"

„Ein Waffenstillstand für solche Gespräche", rief Ælfric . „Geben Sie uns das Te Deum, Priester. Ich mag es nicht, über solche Dinge nachzudenken."

„Es soll sein, wie du es wünschst , obwohl ich das Thema nur ungern verlassen möchte, wenn ich erkenne, dass du gottlos bist."

Dann stimmten alle in das erhabene, unmetrische Te Deum ein.

„Hat dein Priester das nur gesungen", platzte es aus dem Jongleur, „ich würde mich nicht wundern, wenn die Leute ihm zuhörten."

Der Abt lächelte sehr erfreut.

„Dein Herz ist nicht ganz verhärtet, mein Sohn, wenn es von der Hymne berührt wird", sagte er. „Vielleicht bist du noch bereit, mit mir zu reden."

Nach weiterem Singen wandte sich das Gespräch den Dänen zu und es wurde die Wahrscheinlichkeit eines erneuten Ausbruchs besprochen. Es war spät, als der Abt aufstand und bemerkte, dass Egwinas Augen schwer waren und es ihr schwer fiel, wach zu bleiben.

„Ins Bett! ins Bett! Seht ihr nicht, dass das Mädchen verängstigt ist?"

Mit diesen Worten führte er sie zum Gästehaus, einem Gebäude im Hof, aber ohne das eigentliche Kloster, und bald herrschte Stille über dem Kloster.

KAPITEL III
Ein DIEB IN DER NACHT

Weich und flaumig war das Bett im Laubengemach, dem Egwina zugewiesen worden war, und dankbar war es für das müde Mädchen, das bald fest einschlief.

Es schien ihr, als hätte sie nur kurze Zeit geschlafen, als etwas sie weckte. Sie lag ganz still und versuchte herauszufinden, was es sein könnte, und hörte nur das Rauschen des Windes.

Plötzlich spürte sie, wie ihre Hand sanft ergriffen wurde und der Saphirring, den Ethelfleda ihr gegeben hatte, sanft von ihrem Finger entfernt wurde. Für einen Moment dachte das Mädchen, dass sie träumen musste, und legte schnell ihre rechte Hand über die linke. Der Ring war tatsächlich verschwunden. Sie wurde taub vor Angst, als ihr die Tatsache dämmerte. Es war ein Dieb im Zimmer.

Ihr Herz hörte fast auf zu schlagen und begann dann schnell zu pochen. War es einer der Mönche? Nein, nein; Dafür waren sie zu gut, zu nett! Es muss sein, es war Ælfric der Jongleur, der sie auf ihrer Reise begleitet hatte. Hatte er nicht begehrlich auf das Juwel geschaut? In diesem Moment hörte sie, wie der Dieb leise auf die Tür zuging. Das Geräusch brach den Zauber, der sie festhielt. Es war zu dunkel, um etwas zu sehen, aber sie sprang aus dem Bett und kreischte:

"Großvater! Großvater! Wach! wach!"

Es gab einen gemurmelten Ausruf des Eindringlings. Er drehte sich um, sprang auf sie zu und schlug sie mit einem Schlag nieder; Dann, als Wulfhere ins Zimmer rannte, rannte er aus dem Haus.

„ Egwina ! Egwina !" rief der Harfner alarmiert. "Was ist es? Was ist dir widerfahren?"

Es kam keine Reaktion und als er versuchte, die Couch zu erreichen, stolperte er über die Leiche des Mädchens.

"Mein Kind! Mein Kind!" brach ein gequälter Akzent von seinen Lippen, als er Egwinas Gestalt an der Haptik ihrer Kleidung und Haare erkannte. „Was ist mit dir passiert, Kleines?"

Wulfhere rannte , fast wahnsinnig von der Dunkelheit und der Stille, durch den Hof und begann mit aller Kraft auf die Portale des Klosters zu hämmern und rief dabei den Abt an.

„Was ist passiert?" schrie der Abt von innen als Reaktion auf den Lärm. „Warum erweckt ihr ehrwürdige Männer den nötigen Schlaf?"

„Weil", rief Wulfhere verzweifelt, „meinem Kind ist etwas zugestoßen." Ich weiß nicht, was für ein Böses angerichtet wurde, sondern nur, dass sie tot oder ohnmächtig liegt. Aus Liebe zum Himmel, guter Vater, öffne mich!"

Ketten rasselten, dann schwang die Tür auf und der alte Mann war von den Mönchen umringt.

„Was ist los, mein Sohn?" forderte der Abt.

„Ich weiß es nicht", rief Wulfhere , „außer dass Egwina vor Angst zu mir schrie. Jetzt liegt sie da, und ob sie schnell oder tot ist, weiß ich nicht. Kommen!"

Der Abt handelte schnell.

„Ein Blutegel und Kräuter", befahl er. Ohne weitere Verhandlungen rannte er schnell mit Wulfhere zum Gästehaus, die Mönche folgten ihm.

Egwina lag immer noch bewusstlos auf dem Boden. Der Abt und Wulfhere streichelten ihre Hände, während der Blutegel verschiedene Stärkungsmittel auftrug. Bald zeigte das Mädchen Anzeichen, dass es wieder zu Bewusstsein kam, und der Blutegel gab ihr ein Getränk, das er aus den Kräutern zubereitete. In kurzer Zeit hatte sie sich soweit erholt, dass sie ihre Geschichte erzählen konnte.

„Und siehe, Granther", schloss sie, „der Ring, den mir die Jungfrau gegeben hat, ist gestohlen worden."

Wulfhere stieß einen Ausruf aus, als ihm ein plötzlicher Gedanke kam, und er sprang auf. „ Ælfric ! Wo ist Ælfric ?"

Mehrere der Mönche machten sich auf die Suche nach ihm, aber kein Jongleur konnte gefunden werden.

„Er ist es, der das getan hat!" rief Wulfhere .

„ Hast du sonst noch einen Schatz verloren?" fragte der Abt. „Wenn seine Absicht Raub gewesen wäre, hätte er dich meiner Meinung nach auch der Beute beraubt."

Wulfhere zog unter seiner Tunika den Beutel hervor, den er immer um die Hüfte geschnallt trug, und holte daraus eine Tasche.

„Bei den Gebeinen des heiligen Cuthbert", rief er, „es ist leer!"

Und so war es tatsächlich auch. Die Gold-, Silber- und Kupfermünzen sowie die Edelsteine, die man ihm gegeben hatte, waren alle verschwunden. Mit einem Stöhnen ließ der alte Mann die Tasche zu Boden fallen.

„Mut, Mann!" rief der Abt. „Du hast keine Zeit zu jammern. Schon hat der erste Hahn zum Sonnenaufgang gekräht. Es wird nur noch eine kurze Zeit dauern, bis der Morgen anbricht, und dann werden wir nach dem Nidder suchen. Wir werden die Hunde auf seine Fährte loslassen , und obwohl er ein paar Stunden Zeit hat, die Besten von uns zu sein, werden wir ihn trotzdem überholen ."

Wulfhere und eine kleine Gruppe Mönche auf Zeltern am frühen Morgen auf den Weg vom Kloster. Hunde der besten englischen Rasse, die zu dieser Zeit so berühmt war, wurden auf die Spur losgelassen. Erst am späten Nachmittag konnte die Menschenjagd beendet werden.

Dann versammelten sich die Hunde um einige Erlen, in denen Ælfric versteckt lag. Er wurde bald aus seinem Versteck vertrieben und ließ sich, da er sah, dass Widerstand nutzlos war, ins Kloster zurückführen.

„Bruder", sagte Wulfhere zu ihm, mehr in Trauer als in Wut, „ich wusste vorher nicht, dass ein Gaukler mit einem anderen so umgehen würde wie ein Heide." Aber Ælfric antwortete kein Wort.

Sciregerefa , dem Vogt oder Sheriff der Grafschaft, vorgelegt , und Wulfhere , Egwina , der Abt und diejenigen Mönche, die von der Angelegenheit wussten, wurden vor ihn geladen.

In Anwesenheit dieses Mannes, des Bischofs und des Ealdormans beschuldigte Wulfhere den Gaukler des Diebstahls.

„Im Herrn", sagte er, „erhebe ich diese Anklage mit vollem Recht und ohne Fiktion, Täuschung oder Betrug? So wurden mir das Gold und die Edelsteine gestohlen, die mir mein Handwerk gebracht hatte, und darüber beklage ich mich. Auch meiner Enkelin wurde ein Ring abgenommen. Diese Dinge wurden bei Ælfric, dem Jongleur, wiedergefunden ."

untersuchte die Gerefa die einzelnen Personen. Ælfric blickte Egwina mit Abscheu an , als das Mädchen ihr schlicht vom Verlust ihres Rings und den darauffolgenden Ereignissen berichtete.

„Mehr weiß ich nicht", schloss sie, „denn als ich laut nach meinem Großvater rief, schlug mich der Mann, und ich fiel in eine Wunde."

„Und das ist der Mann?" erkundigte sich die Gerefa . "Heiraten! Ist es so, dass sich ein Sachse erniedrigt?"

„Nein", sagte Egwina süß, „ich würde nicht schwören, dass er es war, gute Gerefa ; denn es war dunkel und ich konnte nichts sehen. Vielleicht wollte er mich nur erschrecken."

Die Gerefa , der Eldorman und sogar der Bischof lächelten über diesen naiven Versuch, den Kerl zu beschützen.

„Er verdient dein Mitleid nicht, Mädchen", sagte der Sheriff sanft. „Ich bezweifle nicht, dass er der Mann ist, bei dem die Beute gefunden wurde. Mehr brauchst du nicht zu sagen."

Egwina setzte sich neben ihren Großvater, während der Abt und die Mönche absetzten. Dann wandte sich der Vogt an den Gaukler:

„ Ælfric , durch diese Zeugen wurde nachgewiesen, dass du den Ring der Jungfrau sowie die Münze und Edelsteine des Barden genommen hast. Hast du etwas für dich selbst zu verantworten? Warum hast du das getan? Ist es für die Nordmänner nicht ausreichend, unser Volk auszuplündern, wenn sie sich gegenseitig ausbeuten müssen?"

Ælfric schwieg einen Moment und hob dann trotzig den Kopf.

„Es kann nichts gewonnen werden, wenn man sagt, dass ich es nicht getan habe, denn ihr habt es bewiesen. Ælfric raubte dem alten Mann sein Gold und dem Mädchen ihren Ring. Wisst ihr warum? Sie gehörten von Rechts wegen mir. Ihr habt Schicksale, durch die ein Mann dafür büßen muss, wenn er seinem Nächsten durch Diebstahl oder Fehde Unrecht tut; aber er muss kein Wergeld zahlen, das einem anderen seinen Handel wegnimmt. Aber ist das nicht eine Verletzung? Das haben mir dann der Scop und das Mädchen angetan: Auf dem Markt in Winchester habe ich mit meinen Bällen und Messern gespielt. Die Leute weinten über die Tat, weil sie sich darüber freuten. Dann, bevor es Zeit für die Übergabe der Geschenke war, kamen dieser Harfner und seine Tochter. Sie sangen und die Menge verließ mich. Haben sie mich nicht ausgeraubt? Ich habe das genommen, was mir gehörte. Hätten sie nur bis zur Verteilung der Geschenke gewartet, wäre ihnen nichts passiert. Ich habe gesagt."

sprach , setzte er sich , und in der Gesellschaft herrschte Stille. Ein solcher Appell war ungewöhnlich. Auf den Gesichtern des Eldormans und des Bischofs lag ein verwirrter Ausdruck. Bald die Gerefa sprach :

„Trotzdem muss der Mulct bezahlt werden, Ælfric . Der Harfner und seine Tochter ahnten nicht, dass sie Geschenke von dir annahmen. Es war nur eine Laune des Schicksals und du verzeihst deine Schuld nicht. Du kennst das Schicksal. Kannst du dein Wergeld nicht bezahlen ?"

Ælfric schüttelte mürrisch den Kopf.

„Hast du denn einen Verwandten, der es für dich bezahlen wird?"

Aber der Jongleur faltete die Hände.

„Es gibt keines", rief er, „das ist für mich ein Geschwisterchen ." Tu mit mir, was du willst, denn niemand ist da, um den Bot zu bezahlen."

„Wenn du dein Wergeld nicht bezahlen kannst ", sagte der Vogt, „und es keinen Mann gibt, der es für dich bezahlen kann, dann musst du gemäß dem Schicksal eine Witwe werden; denn so heißt es: „Wenn jemand wegen einer Verurteilung wegen Diebstahls seine Freiheit verliert und sich selbst ausliefert und seine Verwandten ihn verlassen, und er weiß nicht, wer ihm das Handwerk legen soll; Er soll dann der damit verbundenen Schuldarbeit würdig sein ; und er möge aus seiner Verwandtschaft ausscheiden.' So sollst du einem Herrn für sein Eigentum gegeben werden, und wenn es jemanden gibt, der dich erlösen will, dann soll er hervortreten, bevor das Jahr vorüber ist; sonst muss die Leibeigenschaft dein Teil fürs Leben sein."

Der Jongleur trat vor und legte sein Schwert und seinen Speer nieder, Symbole der Freiheit, ergriff den Schein und den Stachel, die Werkzeuge der Sklaverei, und fiel auf die Knie und legte seinen Kopf unter die Hand des Gerefa .

"Oh!" rief Egwina mitleidig, ihre Augen voller Tränen. „A theowe ! Nein, Granther, das darf nicht sein! Bitte gebt dem Vogt das Wergeld . Ich möchte nicht, dass er durch uns zum Witz gemacht wird . Ist er nicht ein Gaukler?"

"WAHR;" antwortete Wulfhere : „Und auch ein Sachse. Es ist nur. Er hat ein Verbrechen gegen den Untergang des Landes begangen; nach dem Schicksal soll er gerichtet werden. Komm, Kind, steck deinen Ring wieder an und lass uns gehen. Zu lange haben wir schon bei den guten Mönchen gezögert. Der Windmonat kommt mit großen Schritten, und bevor er nachlässt, wäre ich in Alfreds Villa . Kommen!"

Während er sprach , stand er auf , aber Egwina sprang, von einem unwiderstehlichen Impuls getrieben, an die Seite von Ælfric .

„Es tut mir leid und ich bin traurig", sagte sie und legte sanft ihre Hand auf seinen Arm, „dass wir dich an diesen Pass gebracht haben." Sei mutig! Es kann sein, dass Großvater mir einige der Geschenke überlassen wird, und wenn ja, werde ich sie dir schicken, um deinen Lohn zu bezahlen. Wir wussten auf dem Markt nicht, dass du keine Geschenke erhalten hattest ."

Aber Ælfric schüttelte ihr grob die Hand von seinem Arm und drehte sich mit hasserfüllten Augen zu ihr um.

„ Glaubst du, dass dein Vater allein sie mir hätte nehmen können? NEIN; Du bist schuld! Ohne dein schönes Gesicht hätte Ælfric seine Geschenke erhalten. Wulfhere ist alt! Er hat nicht mehr die Macht , mit seiner Harfe und seiner Stimme zu bezaubern, also nutzt er deine Schönheit, um einen besseren Mann vom Feld zu vertreiben. Wulfhere hat es nicht getan! Du bist es, der das getan hat!"

Egwina zuckte erschrocken zurück. Wulfhere schritt vorwärts, sein Gesicht weiß vor Leidenschaft.

"Was! Verspottest du ein Mädchen? Es ist das Beste für dein Wohlergehen und du bist ein Theoretiker, sonst würde Wulfhere dich dein Wergeld doppelt bezahlen lassen . Wulfhere mag seine Macht als Harfenspieler verloren haben, aber sein rechter Arm ist dennoch stark und sein Schlag ist gewaltig."

„Heirate, mein Sohn", warf der Abt dazwischen. „Sei nicht zornig auf jemanden wie ihn! Du erniedrigst dich."

"WAHR;" sagte der Harfner, der sich wieder erholte, „was hat Wulfhere mit einem Nicken zu tun?"

Bei diesem Vorwurf, den kein Sachse ungerührt hören konnte, sprang Ælfric mit vor Wut verzerrtem Gesicht und erhobener Hand vor. Die Gerefa und der Abt ergriffen ihn, bevor der Schlag fiel.

„Niddering?" er schrie. „ Ælfric nickt! Da ihr Sachsen seid, lasst mich auf ihn los!"

Aber sie wollten nicht, und als sie ihn wegführten, rief er mit lauter Stimme zurück:

„Bei allen Heiligen, ich schwöre, dass Ælfric gerächt wird. So wie ich jetzt bin, sollt ihr auch sein! Schau auf dich selbst, Wulfhere , und auf dich, Tochter von Wulfhere ! Für jede Stunde, die ihr als Theow verbringt, sollt ihr das Doppelte erhalten. Von jeder zugewiesenen Aufgabe erhalten Sie zwei davon. An Rute und Peitsche soll es nicht mangeln. Ich schwöre es! Weiterführen; Ich habe gesprochen!"

Egwina erbleichte und zitterte bei den Worten, aber der alte Mann lachte.

„Gehorche ihm nicht", sagte er. „Knurrt das Biest nicht, wenn es vereitelt wird? Welcher Schaden kann uns widerfahren, wenn wir in der Hand des Königs sind? Kommen!"

KAPITEL IV
IN DER HALLE VON ALFRED

Wulfhere und Egwina reisten langsam nordwärts über Hampshire, nach Berkshire und von dort nach Wiltshire, so dass sie Chippenham erst am sechsten Tag des Wolfsmonats erreichten.

Die Landschaft war trostlos und karg. Der Wind heulte düster durch die Äste der blattlosen Bäume. Die Segge am Fluss war von dickem Raureif versilbert, und die gefrorenen Schilfrohre schienen wie Schwerter zu schneiden. Die grauen Wolken hingen tief am trüben bleiernen Himmel, bis die Gipfel der Hügel in der Ferne zwischen ihnen verloren gingen. Die weiten, offenen Moore und heckenlosen Gemeingüter zeigten in ihren trostlosen Einöden keinerlei Anzeichen von Lebewesen.

Außerhalb der Tore der Stadt war alles kühl und trostlos, aber drinnen waren überall Musik und Feierlichkeiten zu hören; denn es war die zwölfte Nacht und das Dreikönigsfest. Zwölf Tage lang hatte der Weihnachtsscheit auf jedem Herd gebrannt, und sobald die letzte Glut erloschen war, musste das Leben wieder seinen alltäglichen Aspekt annehmen. So laut erklang die Heiterkeit und das Fest des letzten heiligen Festes.

Chippenham besaß eine der stärksten königlichen Residenzen. Es war ein langes, niedriges, unregelmäßiges Gebäude, das immer noch die anderen Wohnhäuser der Stadt überragte. Es war strahlend erleuchtet, denn die Nacht nahte schnell, als die Wanderer die Tore betraten und Wulfhere und Egwina sich sofort auf den Weg dorthin machten.

Eine dichte Schar armer Leute wartete vor dem Saal auf die Reste des Banketts, das drinnen stattfand. Die beiden drängten sich durch sie hindurch und blieben direkt vor den Portalen stehen.

„Jetzt, Kind", befahl Wulfhere , „singe, wie du noch nie zuvor gesungen hast. Es ist Alfred, der König, der dich hört."

Und mit prickelnden Nerven spielte Wulfhere die Saiten seiner Harfe, und sie sangen sanft und zärtlich eine alte Ballade. Der Lärm und die innere Freude verstummten mit den ersten Tönen der Melodie. Die Sanftheit des klaren Soprans des Mädchens vermischte sich mit dem tiefen Bass des Barden und ergab eine angenehme Harmonie. Als sie mit der Anstrengung fertig waren, wurden die Portale weit geöffnet und die Stimme des Wärters rief in klingenden Tönen:

„Wer seid ihr nun, der solche Harfenmusik bringt?"

„ Wulfhere , der Gaukler, mit seiner Tochter Egwina der Schönen."

„Komm herein, Wulfhere , mit deiner Tochter; und zu unserer Freude gib uns deine Melodie. Ich weiß, dass keiner von Alfreds Harfenspielern eine solche Harfenkraft besitzt. Treten Sie ein und seien Sie willkommen!"

Hocherfreut traten der Barde und die Jungfrau ein. Die Halle war ein langer Raum, dessen Länge in keinem Verhältnis zu seiner Breite stand und dessen gewölbtes Dach vom Rauch des Feuers, das in seiner Mitte brannte, geschwärzt war . Am oberen Ende befand sich ein Podest, das eine Stufe über dem Rest des Gebäudes lag. Die Wände waren mit reich bestickten Seidenvorhängen bedeckt, die dem doppelten Zweck dienten, zu schmücken und den Wind draußen zu halten. Denn damals waren selbst die Paläste der Könige so schlecht gebaut, dass die Kerzen oft durch die Luftböen, die durch die Ritzen und Spalten der Gebäude drangen, ausgelöscht wurden.

Drei lange Tische waren über die gesamte Länge der Wohnung verteilt und mit Alfreds Gesiths oder Gefolgsleuten gefüllt. In der Mitte jedes Tisches befand sich ein großer Eberkopf mit einem Apfel im Maul. Der Raum war mit immergrünen Pflanzen geschmückt, darunter die Mistel, mit der ein traditioneller Aberglaube verbunden war.

Der Boden war mit Binsen und süßen Kräutern bedeckt, und eine Reihe von Hunden lagen darauf in der Nähe des großen Feuers und hielten gierig Ausschau nach einem zufälligen Leckerbissen, wenn es eines gab, das so unhöflich war, es ihnen zuzuwerfen. Auf dem Podium stand ein ovaler Tisch mit hübschen Schnitzereien, über dem sich ein Baldachin aus reich besticktem Stoff befand.

Um diesen Tisch, der der Familie des Königs und Ehrengästen vorbehalten war, saßen zwei Damen und drei kleine Kinder, ein Junge und zwei Mädchen. Der Stuhl des Königs war leer. Hinter den Damen standen zwei Jünglinge und ein hochrangiges Mädchen, die sie mit Servietten und Met bedienten, und mit einem überraschten Anflug sah Egwina , dass das Mädchen Ethelfleda und einer der Jünglinge ihr Bruder war.

Die Tische waren mit Gold- und Silbergeschirr beladen, und jeder hatte ein Messer mit juwelenbesetztem Griff. Die Pagen servierten das Fleisch kniend am Spieß und reichten gelegentlich Schüsseln mit Wasser, in die die Finger getaucht wurden, bevor sie sie auf den Servietten trockneten.

Wulfhere und Egwina erhielten Sitzplätze am unteren Ende der Halle neben den anderen Harfenspielern, Scops, Barden und Gauklern. Als sie eintraten, richteten sich alle Augen fragend auf sie. Der Vogt, der das Fest leitete, eilte zu ihnen.

„Deine Musik hat das Haus verzaubert. Bitte erfreuen Sie uns wieder. Das Fest vertieft sich."

Nichts dagegen, Wulfhere gehorchte bereitwillig; Dann, als das Lied zu Ende war, strichen seine Finger, ohne auf eine weitere Aufforderung zu warten, über die Saiten und er sang halb, halb rezitierte und improvisierte dabei:

„Hier Alfred vom westsächsischen König, der Geber der Armspangen der Adligen,

Ein bleibender Ruhm, der durch das Abschlachten in der Schlacht mit den Schneiden von Schwertern in Ashdown errungen wurde.

Die Schildmauern spaltete er, die edlen Banner hieb er;

Bei der Verfolgung vernichtete er das dänische Volk.

Das Feld war vom Blut des Kriegers gefärbt.

Danach – die Sonne am Himmel – der größte Stern

Über die Erde geglitten, Gottes Kerze hell!

Bis das edle Geschöpf zu seinem Platz eilte.

Da lagen Soldaten, viele mit Pfeilen niedergestreckt,

Männer aus dem Norden schossen über ihre Schilde.

So waren die Dänen der schrecklichen Schlachten überdrüssig.

Die Schreier des Krieges, die er zurückgelassen hat; der Rabe zum Genießen,

Der düstere Milan und der schwarze Rabe mit gehörntem Schnabel und die heisere Kröte;

Der Adler weidet danach am weißen Fleisch;

Der gierige Kampffalke und das graue Tier, der Wolf im Wald.

Er ist mit seinem blutigen Schwert marschiert und der Rabe ist ihm gefolgt.

Wütend hat er gekämpft, und die Nordmänner fürchten seine Anwesenheit.

Dann suchte der Däne seine Flotte auf.

Und sie sangen, während sie fröhlich den Spuren der Schwäne folgten:

uns der Große nichts anhaben .“

Die Kraft des Sturms ist eine Hilfe für die Arme unserer Ruderer;

Der Hurrikan steht in unserem Dienst;

Es trägt uns auf dem Weg, den wir gehen würden.‘

Dann erhob sich der König in seiner Weisheit. Alfred, großes Verständnis!

Er ist der weise Schiffbauer! Der Geber von Gesetzen, der Geber von Armbändern!

Er sprach und die Balken nahmen Gestalt an.

Dann schrie der Rabe auf dem Wasser.

Rot floss im Blut des Nordmanns, als der Drache von Wessex ihn verfolgte.

Groß, groß sind die Taten Alfreds! Das Wunder und die Herrlichkeit der Menschen!"

Von den Gefolgsleuten brach tosender Applaus aus, der die Dachbalken erschütterte. Wulfhere setzte sich auf die Sitzbank und warf einen Blick auf das Podium, von dem jetzt der königliche Pokalträger hervortrat.

„Später wird der König das Fest mit seiner Anwesenheit zieren", sagte er. „Und dann, oh Minnesänger, sollst du eine angemessene Strafe für deine Worte erhalten. Trinke Hael zu Elswitha , der Dame" (die korrekte Bezeichnung der damaligen Königinnen war „Die Dame"), „die dir Jubel von ihrem eigenen Tisch und in ihrer eigenen Tasse schickt."

Wulfhere den Kelch, einen goldenen Kelch . Der alte Mann errötete vor Freude.

„Wasshael " , antwortete er, als er den Becher nahm. „Wasshael an die Lady Elswitha ."

„Sie heißt dich willkommen, du und das Mädchen, und möchte, dass ihr später auch in ihrer Laube für sie singt. Nehmen Sie in der Zwischenzeit an der Freude teil und mischen Sie sich wie unser eigener Haushalt unter uns."

Mit diesen Worten kehrte er zu seinem eigenen Platz auf dem Podium zurück.

„Granther", flüsterte Egwina, als der Junge ging, „ Siehst du nicht, dass die Jungfrau Ethelfleda der Dame Elswitha dient ?" Auch die Jugend steht auf dem Podium."

„Das kann sein, Kind", antwortete Wulfhere . „Sie sind wahrscheinlich Gäste. Ich dachte, sie wären sanftmütig. Aber hast du gesehen, Egwina , dass die Dame ihren eigenen Kelch geschickt hat? Das Glück hat uns wirklich begünstigt."

Das Mädchen blickte auf die Tasse, wie er es wünschte, warf aber ab und zu einen verstohlenen Blick auf das Podium, auf dem der Jüngling und das Mädchen standen. In diesem Moment rief eine Stimme aus einer der Sitzgelegenheiten, in der die Minnesänger saßen:

„Sag mir, ihr Weisen, was ist Winter?“

„Erzähl es uns, Witlaf “, rief der Vogt. „Erwarten Sie bei einem Fest keine Weisheit.“

„Es ist die Verbannung des Sommers“, antwortete der Minnesänger.

"Gut gut! Ein anderer! Gib uns noch eins.“

„Was ist Frühling? Der Maler der Erde. Was ist das Jahr? Der Streitwagen der Welt. Was ist die Sonne? Quota ! Dumm seid ihr, wenn niemand antworten kann.“

„Der Glanz der Welt, die Schönheit des Himmels, die Anmut der Natur, die Ehre des Tages, der Verteiler der Stunden“, sagte Wulfhere . „Nun antworte du, den sie Witlaf genannt haben : Was ist das Meer?“

Witlaf dachte einen Moment nach, bevor er antwortete: „Der Weg der Kühnheit, die Grenze der Erde, das Gefäß der Flüsse, die Quelle der Schauer.“

"Rechts!" rief der alte Barde, seine Stimmung war hoch, sein Blut floss warm durch seine Adern, denn es waren Szenen dieser Art, die er liebte. „Richtig, Herr Barde! Jetzt bitte ich Sie, mir dieses Rätsel vorzulesen. Eine unbekannte Person ohne Zunge und Stimme sprach zu mir, die nie zuvor existierte, noch seitdem existierte und auch nie wieder existieren wird, und die ich weder hörte noch kannte.“

Aber Witlaf schüttelte den Kopf.

„Du musst es selbst enträtseln“, sagte er, „das weiß ich nicht.“

„Es ist ein Traum“, antwortete Wulfhere und erneut bebten die Dachsparren vor Applaus.

„Nun, Wanderer, lies mir das vor, wenn du kannst. Es ist ein Wunder. Ich sah einen Mann stehen; „Ein toter Mann, der nie existierte“, sagte er Witlaf

.

„Es ist ein Bild im Wasser“, antwortete Wulfhere schnell.

„Er hat dich, Witlaf “, kam es mit einem fröhlichen Ruf von der Tafel. „Du hast deinen Meister gefunden.“

"Nein; „Hier ist noch einer“, rief Witlaf über seinen Mut. „Ich weiß, dass es nur wenige Männer gibt, die das aufklären können: Ich sah, wie die Toten die Lebenden hervorbrachten, und durch die Lebenden wurden die Toten verzehrt.“

Wulfhere lächelte ebenso weise und antwortete:

„Durch die Reibung der Bäume entstand Feuer, das verzehrte.“

So wuchs der Spaß schnell und wild, und jeder Minnesänger oder Barde trug seinen Anteil zur Heiterkeit bei; Witlaf und Wulfhere führen an, jeder versucht, den anderen zu übertrumpfen.

Das Fest wurde dichter, und Met, Pigment und Muräne kreisten um das Brett, und die Zunge des Sachsen wurde gelöst. Dann ging die Harfe von Hand zu Hand und jeder sang. Sogar die Adligen an der Tafel des Königs erhoben ihre Stimmen zum Gesang. Wieder näherte sich der Pokalträger dem Platz, wo die Minnesänger saßen.

„Die Dame Elswitha möchte wissen, ob deine Tochter nicht allein singt?“ sagte er und wandte sich an den Barden. „Hat sie nicht eine einfache Melodie, die das Ohr betören wird?“

„Das hat sie“, antwortete der Gaukler, „und gnädig ist die Dame, die darum bittet.“ Egwina , Elswitha würde dich singen hören. Dein süßestes Kind! „Es ist die Dame, die dich fragt.“

Dann erhob sich das Mädchen schüchtern. Die Gesellschaft beruhigte das laute Fest und lauschte der süßen Stimme des Mädchens, die durch den Saal hallte. Ihre Stimme zitterte leicht, als sie begann, aber das Mädchen auf dem Podium lächelte sie beruhigend an und sie fasste Mut. Es wurde stärker und erstrahlte dann in seiner ganzen Kraft und Schönheit:

„Allein sitzt der Verbannte,

Allein auf der Ebene;

Und die Stimme des Südwinds

Spricht vergeblich mit ihm.

„Denn er hat seine Fantasie

Zu seinem Herrn geflogen;

Oft war er ihm gefolgt

Mit Pfeil und Schwert.

„ Wieder scheint er zu fühlen

Wie von jeher seine Liebkosungen;

Der Gedanke ist so süß für ihn.

Das Erwachen quält.

„Er hat jetzt keine Freunde mehr,

Noch Herr, um zu folgen;

Sie sind schon lange entfremdet,

Das Leben scheint nur hohl zu sein.

„Nichts hält die Erde für ihn bereit;

Kein Ende der Trauer:

Aus Hunger und Kummer

Es gibt keinen Trost, den man sich leihen kann.

„Kalt, kalt ist seine Erdenwohnung,

Sorge sitzt auf seiner Stirn;

Freudlos sein dunkler Aufenthaltsort,

Jetzt ist er beraubt.

„Diejenigen, die er im Leben geliebt hat

Das Grab hält jetzt;

Gerne würde er sich ihnen dort anschließen

Er braucht Ruhe.“

Die traurige kleine Melodie erzeugte ein paar Momente der Stille, und dann brach erneut, nach lautstarkem Lob für das Mädchen, der Aufruhr aus. Als Egwina sich setzte, stieg die Jungfrau Ethelfleda vom Podium herab und kam zu ihr.

„Du bist das Mädchen und das ist dein Vater, der in Andred's Weald so freundlich zu mir war“, sagte sie und nahm Egwina bei der Hand. „Oft habe ich mich über dich gewundert und gehofft, dich wiederzusehen. Nun sollst du bei mir bleiben und mir, wenn du willst, einige deiner schönen Lieder beibringen. Lieblich singst du, aber es hat mein Herz traurig gemacht, deine kleine Klage zu hören.“

„ Wenn es dir gefällt, Mädchen, wird sie ein anderes singen, fröhlicher und passender zum Fest", warf Wulfhere ein, „ich weiß nicht, warum das Kind ein so trauriges Thema gewählt hat."[SYNC]

„Es gefällt mir", sagte Ethelfleda . "Aber komm! Bevor du wieder singst, sollst du Hael mit der Dame Elswitha trinken . Zur Freude des alten Mannes sah er, wie seine Enkelin zum Podium geführt wurde, wo Alfreds Frau saß.

Die Dame erhob sich gnädig, um das Mädchen zu empfangen. Mit ihrer eigenen Hand reichte sie den Becher. Gerade als Egwina den Kelch an ihre Lippen hob, war draußen ein lautes Geräusch zu hören. Es gab das Krachen der Waffen, den heiseren Kampfschrei, und dann wurden die Portale weit aufgerissen, und der Wärter schrie:

„Der Däne, der Däne!"

KAPITEL V
DER TOD EINES HELDEN

Sofort herrschte die wildeste Verwirrung. Die Sachsen, halb benommen von der Plötzlichkeit des Angriffs, griffen nach ihren Waffen, die an den Wänden der Halle hingen. So etwas wie einen Winterfeldzug war bisher unbekannt und sie wurden völlig überrascht.

Bevor sie sich sammeln oder einen Verteidigungsplan ausarbeiten konnten, waren die Nordmänner über ihnen, und dann kam es zu einem schrecklichen Blutbad. Das Klirren von Stahl, die heiseren Rufe und Schreie der Sachsen, die Schreie und Stöhnen der Frauen vermischten sich mit den jubelnden Schreien der Dänen. Über allem erklang das nordische Kampflied, das eine versteckte Verhöhnung der englischen Religion enthielt:

„Wir haben die Masse der Lanzen gesungen.

Es begann bei Sonnenaufgang und siehe da! Der helle Stern ist zur Ruhe gegangen,

Und die Orison ist noch nicht abgeschlossen.

Odin erwartet uns in Walhalla!

Der ewige Eber dampft auf der festlichen Tafel!

Hela, die Todesgöttin, knirscht mit den Zähnen, dass wir ihr entkommen!

Der Drachen und der Rabe schreien vor Freude beim Fest!

Rot läuft das Blut durch!

Angst vor dem Gemetzel!

Guthrum, der Alte, hat den Großen zerstört.

Der schwarze Rabe mit spitzem Schnabel

Hat den Drachen von Wessex unterworfen.“

Es ging immer weiter, während die scharfkantigen Schwerter ihre Arbeit verrichteten. Die Sachsen leisteten tapferen, aber wirkungslosen Widerstand. Von allen Seiten fielen sie. Die Tische wurden im Streit umgeworfen, und Met und Farbstoff vermischten sich mit dem Blut derer, die vor so kurzer Zeit so fröhlich den Kelch getrunken hatten.

Durch die kämpfenden Kämpfer gelangte Wulfhere irgendwie zum oberen Ende der Halle, wo Egwina , Ethelfleda , Elswitha , die Mutter der Dame,

Eadburga , die beiden Jugendlichen und die Kleinen zusammengedrängt waren, voller Angst vor dem plötzlichen Ansturm.

„Du darfst nicht hier bleiben", rief er der Lady Elswitha zu . „Es ist kein Ort für dich oder diese anderen."

In diesem Moment schoss ein Thegn auf sie zu.

„Ruhestand", rief er. „Ziehen Sie sich zurück, Lady, in Ihre Laube."

"Ausscheiden!" rief die Dame, „und den Ruhestein meines Herrn dem Eindringling überlassen?"

„Das musst du", rief der Thegn voller Angst. „Aus Liebe zur Heiligen Maria suche deine Laube. Für deine Sicherheit müssen wir uns vor dem König verantworten."

Ohne weitere Proteste machte sich die Dame auf den Weg, mit ihren Kindern zu fliehen. Es war nicht zu früh. Die Nordmänner drängten wütend auf dieses Ende der Halle zu. Die wenigen verbliebenen Sachsen stellten sich zwischen die schrecklichen Dänen und ihre geliebte Dame.

„Geht, Jungs", befahl derselbe Thegn, der zuvor gesprochen hatte, und drängte die Jugendlichen, die zurückblieben, auf die fliehende Gruppe zu; „Ihr könnt hier nichts tun, und dort liegt eure Pflicht. Gehen!" und die Jungen gehorchten ihm.

So schnell wie möglich drang die kleine Gruppe in die Laube ein und verbarrikadierte den Eingang hinter sich.

"Was jetzt?" fragte die Dame von Wulfhere .

„Wir dürfen nicht hier bleiben", antwortete er. „Nach dem Schlachten kommt die Flamme. Der Däne wird wie gewohnt die Fackel einsetzen. Lasst uns zum König gehen."

"Der König! Ein Mangel!" Elswitha weinte plötzlich vor Angst. "Wo ist er? Ich fürchte, oh, ich fürchte, dass er in die Hände von Guthrum gefallen ist ."

„Wo ist er hin?" fragte Wulfhere .

„Nach Malmesbury , um die Grenzen einiger Bocland zu bestimmen . Hätte er gelebt, wäre er schon hier gewesen . Oh, ich fürchte, ich fürchte!"

Stöhnend zog sie ihre Kleinen an sich, während die anderen sie mitfühlend ansahen. In diesem Moment erklang ein gewaltiger Schrei von außerhalb der Burgmauern.

"Der König! Der König!"

Das Klirren von Stahl, die Rufe und Schreie, die jetzt mit neuer Kraft erklangen, zeigten, dass der König tatsächlich gekommen war. Elswitha sprang auf, ihr Gesicht war vor Freude verklärt.

"Gott sei gelobt!" Sie weinte. „Es ist mein Herr. Nun, meine Kinder, seid ihr in absoluter Sicherheit. O Gott sei Dank! Gott sei Dank!"

Doch noch während sie sprach, fiel die Tür krachend nach innen, und die Nordmänner stürmten in den Raum. Wulfhere zog seinen Sax und warf sich vor die Frauen und Kinder. Die Jugendlichen – Edward und der Mundschenk – stellten sich neben ihn.

„Minnesänger, stecke dein Schwert in die Scheide", rief der Erste der Dänen. „Waffen und Kampf sind nicht für dich. Es ist deine Aufgabe, die Krieger zu lobpreisen. Steck dein Schwert in die Scheide.

„Das werde ich, wenn es dir gefällt, in deinem Körper", antwortete Wulfhere . Er machte einen Ausfall und der Däne stürzte mit durchbohrtem Herzen.

Die anderen sprangen auf ihn zu, aber die Jünglinge empfingen die vordersten mit ihren Schwertern. Da erklang die Stimme Guthrums , des Königs der Dänen, und sie hallte durch die Halle:

„Wer mir das Haupt von Alfred dem König bringt, den werde ich lieber schätzen als einen Bruder, und groß wird sein Lohn sein."

Die Nordmänner drehten sich um und rannten zurück zur Halle und riefen dabei:

„Jetzt bist du in Sicherheit, Minnesänger. Später werden unsere Schwerter von deinem Blut trinken."

Elswitha fuhr hektisch auf. „Komm", rief sie. „Lasst uns zu Alfred gehen. Es gibt nur Sicherheit."

„Du hast recht. Lasst uns verschwinden, bevor andere Heiden kommen", sagte der Barde. „Geht ihr", an die Jugendlichen, „Führt voran und lasst die Frauen folgen." Ich werde das Schlusslicht bilden."

Die beiden Jungs gingen vorher. Als nächstes kamen Elswitha und Eadburga mit den drei Kindern. Egwina und Ethelfleda folgten, während Wulfhere die Nachhut bewachte. Sie gingen hinaus in die Nacht. Der Wind, der aufgekommen war, stöhnte und schluchzte, als ob er den Streit beklagte. Der Lärm außerhalb der Burg war furchterregend. Das Wehklagen der Frauen und Kinder vermischte sich mit dem Klirren der Schwerter und den Schlachtrufen. Die Bürger liefen hin und her , wohin sie nicht wussten, auf der Suche nach Angehörigen oder Zuflucht vor den Dänen. Die Dunkelheit der Nacht wurde nur durch die Fackellichter unterbrochen, die hin und her huschten oder plötzlich gelöscht wurden, als die Träger von Schwert oder Pfeil durchbohrt fielen .

Die Jungen zögerten nur einen Moment und drehten sich in die Richtung, in die der Konflikt ertönte. Sie hatten nur eine kurze Strecke zurückgelegt, als ein lautes Geschrei ertönte und die Sachsen – Krieger, Bürger, Frauen und Kinder – an ihnen vorbeiflogen.

„Fliegt, Männer von Wessex", riefen sie im Laufen. „Flieg und rette dich!"

Es war unmöglich, den lebendigen Strom einzudämmen. Die kleine Gruppe war gezwungen, sich umzudrehen und mit der wogenden, brodelnden Masse der Menschheit zu gehen.

Und nun wurde die Fackel angelegt, um die schreckliche Arbeit zu beenden. Bald sprangen die rötlichen Flammen hoch in die Luft, erhellten den Himmel mit grellem Glanz und tauchten die Landschaft in ein purpurrotes Leuchten.

Die flüchtenden Sachsen brachen in Klagen aus, denn sie wussten, dass das Licht aus ihren Behausungen kam und dass sie obdachlos waren. Voller Angst verdoppelten sie ihre Geschwindigkeit und rannten atemlos und voller Angst weiter, denn die Schreie im Hintergrund zeigten, dass die Nordmänner immer noch auf der Verfolgung waren; Sie töten immer noch diejenigen, die das Pech hatten, ihnen in die Hände zu fallen.

In alle Richtungen rannten die Flüchtlinge. Es war kalt, denn es war mitten im Winter; Doch obwohl der kühle Wind bis ins Mark drang, dachten die Menschen nur an das Leben für sich selbst und ihre Lieben und achteten nicht darauf. Die entsetzten Bewohner der Dörfer, in die sie flohen, konnten ihnen kein Asyl gewähren, denn sie wussten, dass nur wenige Stunden vergehen würden, bevor ihnen ein ähnliches Schicksal widerfahren würde. Auch sie schlossen sich den Flüchtlingen an und die Menge wurde zu einer großen Menge.

Anfangs hatte unsere kleine Truppe keine Schwierigkeiten, zusammenzuhalten, aber als die Zahl zunahm, drängten sie sich dichter aneinander und riefen häufig laut.

Es war gerade eine Stunde vor der Morgendämmerung, als die Flammen der brennenden Dörfer erloschen waren und sich eine dichte Dunkelheit über die Erde gelegt hatte, da erhob sich von denen vorn ein Schrei, dass die Dänen auch aus dieser Richtung kämen. In Panik wusste die Menge nicht, wohin sie sich wenden sollte. Sie wurden in der Dunkelheit verwirrt und rannten plötzlich in entgegengesetzte Richtungen, wobei sie schrien und weinten. Der Ansturm riss die Gruppe auseinander.

Egwina rief hektisch nach Ethelfleda , aber der Lärm war so groß, dass sie den Klang ihrer eigenen Stimme kaum hören konnte. Von der Menge getragen, wusste sie nicht, wohin sie wollte oder ob die Dänen sie wirklich überfallen hatten.

Endlich dämmerte der Morgen. Mit dem Aufgang der Sonne – der Verkünderin des gesegneten Lichts Gottes – erholten sich die geplagten Menschen etwas von ihren Ängsten, die die Dunkelheit verstärkt hatte, und gingen ruhiger weiter. Auch jetzt begann jeder, nach seinen Verwandten zu suchen. Zur Freude des Mädchens wurde ihr Großvater bald gefunden.

„Weißt du, was aus den anderen geworden ist?" er erkundigte sich.

„Nein, Granther. Das Mädchen wurde von meiner Seite getragen, als das Geschrei laut wurde, dass die Dänen kämen. Ein Mangel! Wo können sie sein?"

„Das weiß ich nicht", antwortete Wulfhere düster. „Ich fürchte, Kind, dass dies das Ende ist. Niemand weiß, ob Alfred gefallen oder gefangen genommen wurde. Wenn beides wahr ist, bleibt uns nichts anderes übrig als der Verlust von Leben oder Sklaverei."

Mit dem Morgen zerstreuten sich die Menschen auf der Suche nach Ruhe und Nahrung in die verschiedenen Dörfer. Wulfhere und Egwina taten dasselbe. Als sie sich in der strohgedeckten Hütte eines Ceorls ausruhten, kam jemand heiß auf einem Zelter durch das Dorf geritten. In einer Hand trug er einen Pfeil und in der anderen ein blankes Schwert. Als er die Mitte des Weilers erreichte, blieb er stehen und rief mit lauter Stimme:

„Was, ho, Sachsen! Hören Sie auf die Worte des Königs. Alfred hätte Hilfe gegen den Dänen gehabt. Jeder, der nicht nickt, sei es in einer Stadt oder außerhalb, soll sein Haus verlassen und kommen."

Nie zuvor war die alte Nationalproklamation, der sich noch nie ein waffenfähiger Sachsen widersetzt hatte, so taube Ohren gestoßen. Wulfhere sprang auf und rief: „Gott sei gepriesen! Der König lebt!"

Aber die Masse des Volkes reagierte nicht, sondern murmelte untereinander, dass Widerstand zwecklos sei. Wenn sie sich unterwarfen, durften sie den Boden bestellen und in ihren Häusern leben, so wie es ihre Brüder in Mercia und East Anglia taten; während Widerstand den Tod, den Verlust von Häusern und geliebten Menschen bedeutete.

So stieß die Nachricht auf taube Ohren und der Bote verbreitete sich mit der Aufforderung weiter in andere Dörfer. Auf Wulfheres Ruf antwortete keine Freude. Der alte Mann setzte sich erstaunt und verzweifelt hin.

„Was ist aus dem Geist der Sachsen geworden?" fragte er heftig. „Jetzt werden wir von den Dänen erobert werden, so wie unsere Vorfahren die Briten besiegt haben. Die sächsischen Leibeigenen? Raus, sage ich! Wem sind die Nachkommen Wodens zum Opfer gefallen, dass sie sich ohne einen Schlag dem Heiden unterwerfen konnten?"

„Freund", sagte ein Ceorl in der Nähe , „pass auf deine Worte auf. Das Land wurde jahrelang von den Eindringlingen verwüstet. Weder durch Widerstand noch durch Geschenke und Geld kann eine Ruhe erlangt werden. Wir sind des Streits überdrüssig. Leibeigenschaft und Leben sind besser als Freiheit und Tod. Heirate, lass uns Frieden haben!"

„Komm, Egwina ", und Wulfhere erhob sich mit geweiteter Gestalt und vor Verachtung verzogener Lippe. „ Theowes sind schon diese Männer. Ich würde nicht mehr unter ihnen sein. Kommen!"

Gehorsam folgte ihm das Mädchen. Es gab einiges Gemurmel von denen, die seine Worte hörten, aber sie durften ohne Belästigung gehen. Sie hatten das Dorf noch nicht weit verlassen, als sie in der Ferne eine Gruppe Dänen zu Pferd auf sich zukommen sahen. Als die Dänen den Mann und das Mädchen erblickten, gaben sie ihren Pferden die Sporen und rannten auf die beiden zu.

„Ein Brühling und ein Brühmädchen", riefen sie entzückt. „Jetzt sollen Gesang und Tanz unser Teil sein. Müde sind wir des Kampfes. Lasst uns singen."

Sie warfen sich von ihren Zeltern und umringten die beiden. Egwina schrumpfte eng vor ihrem Großvater zusammen.

„Kein Lied, nicht einmal um dein Leben, Mädchen", befahl der alte Mann streng.

„Schlag zu, alter Kerl! Ist deine Harfe stumm, dass du sie nicht fegst?" sprach der Anführer.

"Ein Lied! Ein Lied zum Lob von Guthrum ! Guthrum der Mutige!"

Aber Wulfhere verschränkte die Arme vor der Harfe und schwieg.

„Schweigst du?" fragte der, der der Anführer zu sein schien.

„Es ist die Angst, die sein Gesicht weiß werden lässt und dafür sorgt, dass seine Zunge am Gaumen klebt", lachte ein Jugendlicher spöttisch.

„ Haco , nimm die Harfe", befahl der Jarl. „Singe du für uns. Dann wird der alte Mann zum Gehorsam bewegt. Er scheint zu vergessen, dass wir nicht gegen Gaukler kämpfen."

Der Junge trat auf Wulfhere zu und streckte seine Hand nach dem Instrument aus. Noch immer schwieg der Barde, zog sein Sax und zerschnitt die Saiten mit einem Schlag.

"Was!" schrie der Häuptling wütend. „Was machst du?"

Guthrum preisen ", antwortete Wulfhere streng.

„Aber deine Zunge wird es tun", erklärte der andere. „Singe, verbrenne, sonst wird es dir vom Gaumen gerissen, und du wirst deine Stimme nie mehr zum Lob eines anderen erheben."

„Statt es zum Lob der Nordmänner zu singen, würde ich es selbst herausreißen", erklärte der Barde energisch.

„Du bist mutig", rief der Anführer, „oder vielleicht glaubst du , dass wir mit unseren Gaben geizig sein werden." Sehen! Hat der Sachse es so gut gemacht?"

Er riss einige massive goldene Armbänder, die bei den Dänen sehr geschätzt waren, von seinen Armen und warf sie dem Minister zu Füßen. Der Gaukler stieß sie verächtlich mit dem Fuß beiseite.

„Ich verachte sowohl Ihre Gaben als auch Ihre Drohungen", rief er. "Aber hör zu! Ihr werdet ein Lied hören."

Da sie glaubten, dass er trotz seiner Worte wirklich eingeschüchtert war, hielten die Dänen ihre Hände zurück und lauschten, wohlwissend, dass noch Zeit genug war, die Beleidigung ihrer Gaben zu rächen. Dann zog Wulfhere Egwina ein wenig von ihnen zurück und begann:

„Was soll der Minnesänger am Kamin singen?

Welchen Helden soll er der Jugend loben?

Wenn die Nächte kalt geworden sind und die Kälte in den Baumwipfeln pfeift,

Sie versammeln sich dicht am Kamin.

Dann rufen Sie sie nach dem Harfner.

Er singt, und er singt vom Nordmann.

Großartig war das Fest des Raben

Als Guthrum über das Land fegte.

Wild schrie der Drachen und der Adler;

Und heiser krächzte die Kröte, die gehörnt hatte

Der Drache von Wessex erhob sich!

Dann erhob sich der Erlöser!

Auf erstanden war Alfred, der Weise!

Schöpfer von Schiffen und Gesetzen!

Guthrum und die Dänen fliehen vor ihm!

Guthrum , der Alte und die Alten!

Guthrum in Angst vor dem Großen!"

Mit wütenden Schreien stürzten sich die Dänen auf ihn. Wulfhere nahm den Angriff mit einem grimmigen Lächeln entgegen, stürzte sich auf den nächsten und skandierte:

„Schnell flieht der Nordmann vor ihm.

Stark fallen sie auf ihre Schilde!

Unter dem Zusammenprall des Stahls von Alfred.

Alfred, der Große! Der Weise!

Hersteller von Schiffen und von –"

Er fiel, durchbohrt von ihren Schwertern.

"Großvater!" schrie Egwina und warf sich neben ihn. „Großvater, sprich mit mir!"

Und Wulfhere öffnete die Augen, lächelte und rief mit lauter Stimme: „Schöpfer von Schiffen und Gesetzen!" und abgelaufen.

Mit einem Schmerzensschrei fiel das Mädchen bewusstlos auf den Körper.

KAPITEL VI

DAS KONZERT DER WÖLFE

Als Egwina das Bewusstsein wiedererlangte, beugten sich zwei Priester über sie. Die Dänen waren verschwunden und nur die mitleidigen Gesichter der Presbyter waren zu sehen. Halb benommen starrte sie sie dumm an, und als ihr Blick dann auf den Körper von Wulfhere fiel , kam die Erinnerung an das, was geschehen war, mit voller Wucht zurück.

„Granther! Oh, Granther!" sie schluchzte. Einer der Priester beugte sich über sie und hob sie sanft hoch.

„Tochter, sei getröstet. Er ist in Ruhe. Er wird nicht mehr von Dane oder Feinden jeglicher Art bedrängt. Beruhige deinen Kummer und sei bei uns, während wir ihn christlich beerdigen. Unsere Zeit ist knapp und wir wissen nicht, wie bald die Heiden zurückkehren werden. Dass du am Leben gelassen wurdest, ist eine Gnade Gottes."

Egwina beherrschte sich mit großer Anstrengung. Die Priester gruben abwechselnd ein Grab mit Wulfheres Sax. Dann näherten sie sich den Überresten. Mit liebevollen Händen ordnete die Jungfrau selbst die Kleidungsstücke des Verstorbenen neu und nahm ihm die Tasche mit den Wertsachen ab.

„Nehmen Sie dies für den Seelenscheat " , sagte sie und gab es in die Hände der Priester.

„Aber, Tochter, es ist zu viel", und die Priester sahen einander an und wunderten sich über die Menge. „Behalte einen Teil für deinen eigenen Gebrauch."

„Ich will es nicht", antwortete sie und weinte leise. „Lasst es ihm so viele Gebete bringen, wie es will, gute Väter."

Ehrfürchtig wurde der Leichnam in die Ausgrabung gelegt, und dann brachte Egwina seine Harfe.

„Begrabe es mit ihm", sagte sie.

„Nein, Tochter; es schmeckt zu sehr nach Heidentum", sagte jemand, der sehr empört war. „Sind das nicht die Heiden, und der Barde war ein Christ?"

„Stimmt", sagte das Mädchen unter Tränen. „Stimmt, gute Väter, aber Granther hat es so geliebt. Ich konnte das nicht ertragen, außer dass er es nutzen sollte. Und wenn es so ist, wie ihr es uns sagt, dass wir im himmlischen Land Loblieder singen, dann wird er es nötig haben."

Die Priester waren gerührt, dennoch zögerten sie. Es schmeckte so sehr nach dem heidnischen Brauch der Dänen, dass sie der Tat nicht zustimmen wollten; Dennoch mochten sie es nicht, der Jungfrau diesen kleinen Trost vorzuenthalten.

„Sehen Sie", sagte das Mädchen und zeigte ihnen die verstümmelten Schnüre. „Als sie es ihm weggenommen hätten, um es zum Lob von Guthrum zu verwenden , schnitt er lieber die Saiten ab , als es so verunreinigen zu lassen. Wenn die Harfe übrig bleibt, können wir nicht anders, als dass einige der Nordmänner sie finden und benutzen. Großvater könnte keine Ruhe finden, wenn das passieren würde. Es war immer bei ihm. Es war sein Freund, sein Freudenstrahl. Ich weiß, dass er ohne es einsam sein wird."

„Bruder", sagte einer zum anderen, „was sagst du?"

„Tu, was das Kind will ", antwortete der Zweite. „Es wird sie trösten und bringt die Kirche in einer solchen Zeit nicht in Verlegenheit. Abgesehen davon wäre es schade, dass der Nordmann die Harfe bekommen würde , da der Barde sein Leben so edel geopfert hat."

Zu Egwinas Erleichterung wurde die Harfe beim Gaukler beigesetzt. Über dem Grab wurden Gebete gesprochen, und dann wandten sich die Priester dem Mädchen zu.

„Nun, Tochter, den Toten wurde Respekt entgegengebracht, und jetzt ist unsere Pflicht gegenüber den Lebenden. Wohin gehst du? Wo sind deine Freunde?"

"Ein Mangel!" erwiderte sie und stoppte tapfer ihre Tränen: „Das weiß ich nicht. Ich hatte nichts außer Granther.

„Aber standen Sie nicht unter der Hand eines Lords?"

„Nein, ihr kennt den Brauch der umherziehenden Gaukler. Von Methalle zu Methalle sind wir gegangen, und das haben wir immer getan. In Chippenham kamen wir, um uns aus Angst vor den Dänen unter die Hand des Königs zu begeben; aber jetzt-"

„Nun", sagte der ältere Priester, „du bist wie andere unter den Menschen und Priestern." Keine Freunde, kein Zuhause; Du kannst nirgendwo hingehen. Gott helfe und tröste dich und uns in unserer Not."

„Am besten bringen wir sie zur Äbtissin Hilda im Priorat", sagte der Zweite.

"Ja; Wir werden sie dorthin bringen, Bruder, auch wenn du behauptest, dass es für das Mädchen nicht sicher ist. Selbst der Altar Christi ist vor der Befleckung durch diese Heiden nicht sicher. Ich glaube, sie sind gegenüber Priestern und Mönchen grimmiger und verwüsten die Kirchen und Klöster mit größerer Wut als anderswo, wenn das möglich ist, wo niemand Gnade erfährt. Aber iss und trink, Kind. Du bist müde."

Denn Egwina fühlte sich plötzlich erschöpft und kraftlos. Ein Gefühl der Verlorenheit, das sie nicht kontrollieren konnte, erfasste sie.

„Ich verspüre kein Verlangen nach Essen, heiliger Vater", sagte sie schwach.

„Trotzdem musst du essen, Tochter. Behalte dein Herz bei. Seien Sie nicht beunruhigt oder besorgt um sich selbst. Du bist in Gottes Händen. Was auch immer er sendet, ist zum Besten. Iss diese."

Er nahm aus dem Beutel, den er unter seinem Messgewand trug, einige Gerstenkuchen, und Egwina aß gehorsam davon. Als sie fertig war , griffen sie zu ihren Stäben und erklärten sich bereit, sie zum Priorat zu bringen. So reisten sie.

Es war spät am Tag, als die Priester der Jungfrau freudig verkündeten, dass es nur noch wenig zu tun sei.

„Dann wirst du Frieden und Ruhe für deine Müdigkeit finden, Kind", sagten sie tröstend zu ihr.

Doch als sie sich dem Gebäude näherten, wurden ihre Ohren mit Schreien und Schreien des Schreckens begrüßt.

„Die Nordmänner!" riefen die Priester mit blassen Gesichtern. „Bleib hier, Tochter, während wir sehen, ob etwas getan werden kann."

Sie gingen vorwärts und ließen Egwina im Wäldchen zurück . Zeit verging. Die Priester kehrten nicht zurück, und schließlich konnte das Mädchen die Spannung nicht länger ertragen und kroch vorwärts.

Auf einer offenen Waldlichtung stand das Priorat. Egwinas entsetzte Augen sahen nichts als die Umrisse der ermordeten Nonnen, deren Leichen überall im Hof und sogar darüber hinaus lagen. Vor den Toren lagen die Leichen ihrer beiden verstorbenen Gefährten – der Priester.

Eine Gruppe Nordmänner war damit beschäftigt, die Schätze des Priorats herauszuholen, bevor sie das Gebäude in Brand steckte. Das Mädchen blickte entsetzt auf die Szene. Gab es nirgendwo Sicherheit, keinen Rückzug vor diesen Barbaren? Ihr Blut erstarrte in ihren Adern. Eine Taubheit der Verzweiflung überkam sie. Da sie vergaß, dass sie gehört werden konnte, entfuhr ihr ein keuchender Schrei. Einige der Dänen machten eine Pause, um zuzuhören.

„Habt ihr kein Geräusch gehört?" fragte einer.

„ Es war nichts", antwortete ein anderer teilnahmslos, während er einige goldene Gefäße auf den Boden stellte. „ Hast du geglaubt, dass eine Nonne entkommen wäre? Bei Odin, nein! Wir haben darauf geachtet, dass niemand mehr leben sollte, um die Messe zu lesen."

Guthrum gesungen ", lachte ein anderer. „Aber nur kurze Zeit, und von allen Engländern wird kein Priester, kein Mönch und keine Nonne mehr übrig sein. Mit Freude schallt der Todesschrei solcher an mein Ohr. Keine Musik ist süßer als das Gebet, das ein Priester oder eine Nonne mit der Schwertspitze ausspricht."

Das Gespräch weckte das Mädchen aus der Benommenheit, in die es verfiel. Mit Mühe schüttelte sie die Lethargie ab, die ihre Sinne betäubte, und stahl sich in die Welt . Als sie außer Hörweite der Nordmänner war, begann sie zu rennen und hörte nicht auf, bis sie durch pure Erschöpfung dazu gezwungen wurde.

Tief in den Wald war sie eingedrungen. Außer dem Seufzen des Windes durch die blattlosen Zweige war kein Laut zu hören. Wohin soll sie gehen? Was sollte sie tun? Sie wusste es nicht. Auf jeder Seite war der Däne. Weder in der Hütte noch in der Abtei war ein sicherer Unterschlupf zu finden, selbst wenn sie gewusst hatte, wohin sie gehen musste. In der Welt lauerten wilde Tiere und die Kälte des Winters. Der Tod war allgegenwärtig. Wenn nicht vom Dänen, dann von der Kälte oder dem Wilden des Waldes.

Voller seelischer Qual vergrub sie ihr Gesicht in ihren Händen und stöhnte laut.

Die Sonne ging unter und die Dämmerung warf lange, dunkle Schatten zwischen die Bäume, die das Mädchen vor Angst zusammenkauern ließen.

„Gesegneter Himmel, hilf mir", war ihr schmerzerfüllter Appell, „denn ich weiß nicht, was ich tun soll."

Während sie sich bemühte, Trost im Gebet zu finden, ertönte das düstere Heulen eines Wolfes in der Luft. Es wurde immer wieder geantwortet, bis der ganze Wald von ihrem Geschrei widerhallte.

Egwina sprang auf, ihr Herz klopfte wild, ihre Augen weiteten sich vor Angst. Jetzt konnte sie das leise Klatschen ihrer Füße hören, als sie näher kamen, und bald schienen die Büsche ringsum mit tausend leuchtenden Augen gefüllt zu sein. Mit einer aus Verzweiflung geborenen Energie begann das Mädchen auf den Baum zu klettern, unter dem sie gehockt hatte.

Es war eine Eiche mit niedrig ausladenden Ästen. Sie kletterte hinein und machte es sich auf einem der Zweige bequem. Es war keinen Moment zu früh. Knurrend und heulend, ermutigt durch den Schatten der zunehmenden Dämmerung, sprang ein ganzes Rudel in den Raum unter dem Baum. Das Mädchen klammerte sich verzweifelt an den Ast, beobachtete entsetzt die

Versuche der Tiere, sie zu erreichen, und schauderte vor dem Glanz ihrer wilden Augen.

Sie begann, die Becken gemeinsam anzuschlagen.

Einer, kühner als die anderen, machte einen großen Sprung und entkam nur knapp einem der unteren Zweige.

Egwina zuckte vor Angst zusammen, und der Schreck erschütterte die Becken, die an der Kette befestigt waren, die sie über Schulter und Brust trug. Die Instrumente erzeugten einen musikalischen Klang. Sofort hörte der Tumult unten auf. Die Wölfe fielen zurück und blickten fragend auf. Im Herzen des Mädchens entstand Hoffnung.

Sie legte einen Arm um den Ast, um nicht zu fallen, ergriff die Becken und begann, sie zusammenzuschlagen. Der Effekt war magisch. Die Tiere ließen sich auf ihren Hinterbeinen nieder, um die Musik zu genießen.

Noch nie hatte sie vor einem so aufmerksamen Publikum gespielt und noch nie war ihr das so gut gelungen. Sie spielte weiter und weiter, bis ihre Arme schmerzten, und sie hätte am liebsten aufgehört, wenn nicht beim geringsten Ende der Musik die Wölfe wieder angefangen hätten zu springen und zu knurren.

Es wurde immer dunkler. Die schattenhaften Umrisse ihrer Körper wurden undeutlich und verschmolzen schließlich mit der Dunkelheit, und nur der feurige Glanz ihrer Augen verriet dem Mädchen, dass sie sich noch unten befanden.

Würde sie gezwungen sein, die Nacht so zu verbringen? fragte sie sich. Konnte sie bis zum Morgen durchhalten, oder würde sie so müde werden, dass sie schließlich den Halt verlor und in dieses wilde Rudel fiel? Entschlossen verdrängte sie solche Gedanken, denn sie raubten ihrem Herzen den Mut und zehrten an der Kraft ihres Körpers.

Wie lange sie spielte, wusste sie nicht, aber nach einer Zeit , die ihr sehr lange vorkam , hörte sie den Klang eines Horns, das sich näherte. Plötzlich drang der flackernde Schein von Fackeln durch den Wald.

Mit einem Freudenschrei rief Egwina laut:

„Aus Liebe zum Himmel, wer auch immer ihr seid, steht mir bei, ich bitte euch.“

"Was haben wir hier?" schrie eine Stimme als Antwort und ein Mann rannte vorwärts. „Wo heißt ihr das?“

"Hier hier!" rief das Mädchen freudig. "Im Baum."

Als die Musik verstummte, fingen die Wölfe wieder an zu heulen, und als eine Gruppe von Männern mit Hunden zwischen ihnen herstürmte und sie mit Knüppeln angriff, rannte der größte Teil des Rudels davon, während die übrigen wenigen mit ihrem Geschrei aufhörten und mürrisch reagierten Schweigen ließ die Ceorls sie totschlagen. Als der letzte erledigt war, stieg das zitternde Mädchen vom Baum herab. Kaum hatte sie den Boden erreicht, verfiel sie in heftiges Weinen.

"Dort! Dort!" sagte einer mit schroffer Freundlichkeit. „Du bist jetzt in Sicherheit. Die Wölfe können dir nichts anhaben.“

Aber die Natur war zu sehr auf die Probe gestellt worden, und Egwina schluchzte weiter. Als die Ceorls sahen, dass sie sich nicht beherrschen konnte, ließen sie sie klugerweise in Ruhe, und als ihr Schluchzen nachließ, blickte sie auf.

„Ich weiß, das ist unhöflich", sagte sie süß, „aber ich konnte die Tränen nicht zurückhalten. Ich danke Ihnen allen für Ihre Freundlichkeit. Wäret ihr nicht gekommen, als ihr gekommen seid, fürchte ich, dass ich nicht mehr lange durchgehalten hätte."

„ Fliehst du vor dem Dänen?" fragte einer.

Das Mädchen nickte, ihr Herz schwoll an, als sie an ihren Großvater dachte, und dann erzählte sie ihnen vom Angriff auf den Palast in Chippenham und allem, was darauf folgte.

Die Männer hörten schweigend zu, bis sie fertig war, und dann sagte einer: „Wo ist der König?" Was ist aus ihm geworden?"

„Ich weiß es nicht", antwortete Egwina . „Ich glaube , dass er lebt , denn als Granther und ich uns in einem der Dörfer ausruhten, kam sein Kriegsbote durch. Aber die Sachsen wollten dem Aufruf nicht Folge leisten."

„Sagtst du das?" rief er aus, der der Sprecher zu sein schien. „Sagtst du das? Sind wir dann in einer schwierigen Lage? Alfred ist ein weiser König und würde die Dänen vertreiben, wenn die Sachsen ihm folgen würden. Aber was ist der Thron ohne Männer? Aus sich selbst heraus kann er nichts tun. Das Böse ist sicherlich über das Land gekommen. Aber dir ist kalt, Kleines!"

Egwina war tatsächlich sehr kalt. Sie zitterte an allen Gliedern, denn sie war durchgefroren und vor Schwäche ohnmächtig.

Der Ceorl wickelte sie in seinen Mantel und hob sie in seine Arme.

„Nein", sagte er mit gutmütigem Spott, als sie Einwände erhob; „Eine sächsische Jungfrau, die mit ihrer Musik ein ganzes Rudel Wölfe fesseln kann, muss sanft behandelt werden."

Die anderen stimmten lachend zu und so wurde das Mädchen zum Haus des Ceorl getragen.

Egwina so günstig zu Hilfe gekommen war, erwies sich als Schweinehirten, die von ihrer täglichen Arbeit im Wald zurückkehrten. Tief in den Wald gingen sie. Endlich schien ein Licht durch die Dunkelheit, und der Ceorl, der Egwina gebar, ging schnell darauf zu.

Mit herzlichen Abschiedsgrüßen verließen ihn die anderen, und jeder machte sich auf den Weg zu seinem eigenen Haus, mit dem Versprechen, sich morgen früh wiederzusehen. Das Licht kam von einem einfachen Häuschen, und bald erreichte der Schweinehirt es. Er klopfte laut an die Tür. Es wurde schnell geöffnet und die schrille Stimme einer Frau rief:

„Es ist Zeit, dass du kommst, Denewulf! Schon lange hat dein Abendessen gewartet. Kalt ist es wie die Heimat des Nordmanns. Beschwere dich nicht, wenn es dir nicht schmeckt."

„Nein, Adiva; Ich werde nicht meckern", erwiderte der Sachse, als er eintrat. „Ich weiß ganz genau, dass die Stunde später ist als gewöhnlich; aber es ist viel passiert, was mich behindert hat.

„Heiliger Cuthbert in seliger Erinnerung!" ejakulierte die Frau. "Was haben wir hier?"

Denewulf entfaltete den Mantel von dem Mädchen und antwortete:

„Ich habe dir eine Tochter für deine Einsamkeit gebracht, Adiva ."

„Aber woher hast du sie?" fragte die Dame erstaunt. „Ich weiß, dass ich seit vielen Tagen kein so schönes Mädchen mehr gesehen habe ."

Der Sachse lachte.

„Serviere uns das Fleisch, gute Mutter, und während wir zu Abend essen, werde ich dir alles erzählen. Setz dich, Mädchen."

Egwina setzte sich auf eine der einfachen Bänke und sah sich um. Die gute Frau murmelte immer noch vor Überraschung und beschäftigte sich mit dem Abendessen.

Die Hütte war niedrig und schäbig. Es bestand aus Rasen und Stöcken und war mit Binsen gedeckt. Die Möbel waren vom einfachsten. Eine breite, niedrige Bankrückseite in einer Ecke war mit einer Zecke oder einem mit Stroh gefüllten Sack bedeckt. Darüber wurde ein Ziegenfell geworfen. Dies diente als Bett. Auf einer Seite standen ein Webstuhl und ein Spinnrocken, daneben lagen große Garnbündel. Die Sitze bestanden nur aus groben Holzstücken. Ein quadratischer Tisch wurde in der Nähe des Feuers aufgestellt, das in der Mitte des Raumes angenehm loderte. Der Hund streckte sich sofort davor. Von der Decke hingen Beilagen und Fleischschinken – der „ bucon" oder Speck der angelsächsischen Sprache – und zahlreiche Kräuterbündel. Die Wände und Dachsparren waren durch den Rauch, der durch eine Abdeckung im Dach entwich, geschwärzt.

Durch die Tür erhaschte das Mädchen einen Blick in ein anderes Zimmer. Diese beiden waren alles, was das Cottage enthielt. Das Zimmer, in dem sie sich befanden, diente gleichzeitig als Schlafzimmer, Wohnzimmer, Küche und Esszimmer. So schlicht und heimelig es auch war, es strahlte eine Atmosphäre von Wärme und Geborgenheit aus, die dankbar ihre Sinne befiel.

Bald qualmte das Abendessen auf dem Tisch, und Adiva drängte sie gastfreundlich, sich aufzurichten und davon zu essen. Gebratene Aale, Schweinefleisch, Honig- und Gerstenkuchen und der unvermeidliche Met bildeten das Mahl. Adiva servierte das Fleisch am Spieß, und jeder schnitt sich mit seinem eigenen Messer Scheiben in Holzschnitzel. Der Met wurde aus Hörnern getrunken, die aus einem Humpen gefüllt wurden.

Die Farbe stieg in das Gesicht des Mädchens, während es aß und trank und vom Feuer erwärmt wurde. Es gab keine mit Wasser gefüllten Gefäße für die Finger, keine Servietten zum Trocknen, noch Tischdecken auf dem Tisch, wie sie in den Sälen der Adligen verwendet wurden; aber es gab Freundlichkeit und Wohlwollen und eine heimelige Gastfreundschaft, die den Mangel an Accessoires wettmachte. Die Dame würde ihnen kein Wort erlauben, bis der Hunger gestillt wäre. Dann blickte sie auf und sagte:

„Nun, Denewulf , sei der Erste, der spricht und erzählt, wie und wo du das Mädchen gefunden hast. Dann soll sie erzählen, was vorher passiert ist."

„Nun", sagte Denewulf und trank einen großen Schluck Met, „ was sollten wir außer dem Klang der Musik hören, als ich und die anderen mit unseren Hunden durch die Welt reisten. " Da wir uns sehr wunderten, hoben wir nicht unsere Hörner, sondern blieben stehen und lauschten. Es hörte auf und das Heulen der Wölfe drang in unsere Ohren. Wenn ich nicht gedacht hätte, dass die Wiccas ein Konklave im Wald abhalten würden, wäre ich belehrt. Wieder setzte die Musik ein und das Geheul verstummte. Zu unserem eigenen Trost haben wir unsere Hörner noch einmal gewunden, denn wir wussten nicht, dass die Nornen unser Schicksal webten ..."

„Auf dich zu, Denewulf ", unterbrach die Dame. „Hör auf mit deinem heidnischen Gerede und erzähle deine Geschichte einfacher."

Der Sachse lachte, trank erneut aus seinem Horn und fuhr fort:

„Dann hörten wir einen Hilferuf. Wir rannten mit unseren Hunden vorwärts. Darf ich beunruhigt sein, aber dort auf einem Baum war diese Jungfrau, die unten vor einem ganzen Rudel Wölfe auftrat. Schimpfe wie du willst, Adiva , aber ich dachte zuerst, dass es Jamvid und ihre Söhne waren.“

Wieder unterbrach ihn die Frau und bekreuzigte sich andächtig, während sie sprach .

„Werde den Aberglauben deiner Pflegemutter nie vergessen, Mann? Heirate, du bist jetzt mehr Däne als Sachse! Was würde der Priester zu deinem Heidentum sagen?“

„Sei nicht zornig , Adiva “, lachte Denewulf . „Du weißt , dass ich im Herzen ein ebenso guter Christ bin wie du. Ich glaube, der Däne würde das glauben.“

„Guten Tag, hör auf mit deinem geistlosen Gerede und fahre mit deiner Geschichte fort“, rief die Frau ungeduldig.

„Ob sie es war „Jamvid hin oder her“, fuhr der Schweinehirt fort, „wir gehen mit unseren Knüppeln auf die Bestien los, und diejenigen, die nicht auf der Flucht sind, werden unter dem Baum zurückgelassen.“ Dann stieg die Jungfrau herab und wir stellten fest, dass sie nicht die Hexe des Eisenwaldes war, sondern ein sächsisches Mädchen, das vor dem Dänen floh.“

„Vom Dänen?“ ejakulierte die Dame. „Armes Lamm! Würde sich der Däne wie du die Mühe machen? Erzähl mir davon.“

Auf diese Weise beschworen, erzählte Egwina ihrerseits ihre Geschichte, beginnend mit dem Wunsch von ihr und ihrem Großvater, sich unter den Schutz von Alfred zu stellen, bis zu dem Zeitpunkt, als Denewulf sie auf dem Baum beim Spielen mit den Wölfen gefunden hatte.

"Liebes Herz!" platzte es aus der mütterlichen Frau, die zu dem Mädchen eilte. „Ich garantiere dir, dass du müde und erschöpft bist. Wenn man an ein Mädchen denkt, das das alles durchmachen muss! Aber hier bist du in Sicherheit.“

„Warum werden die Dänen nicht hierher kommen?“ fragte Egwina erstaunt.

„Das können sie nicht, Kind. „Nur die Sachsen können in diese Wälder und Moore eindringen“, sagte der Schweinehirt schnell. „Und nicht einmal Sachsen, wenn sie nicht daran gewöhnt sind. Ich und andere meiner Art können durch die Festungen so leicht gehen, wie du einem Pfad folgen kannst; weil wir nichts von ihnen wussten, aber die Nordmänner würden müde werden und ziellos umherirren, ohne zu wissen, wohin sie gehen sollten, bis sie im Wald umkamen.“

„Es erfreut mein Herz, das zu hören“, hauchte das Mädchen. „Ich möchte sie nicht mehr sehen. Sie haben solche Angst! Nichts verschonen sie, weder die Jugend noch das Alter. Ich wünschte, oh, ich wünschte, der König wäre hier. Dann wäre er vor ihnen sicher."

Denewulf und Adiva lachten beide lange und laut.

"Der König!" rief der Schweinehirt, als er seine Fröhlichkeit unterdrücken konnte. "Der König? Quota ! Ich würde den König gern in der Hütte eines Schweinehirten sehen. Das muss ich morgen den anderen erzählen." Erneut brach er in schallendes Gelächter aus .

„Auf dich los, Mann! Siehst du nicht, dass du das Mädchen neckst?" tadelte die Frau.

"Nein; Ich wundere mich nicht über seine Heiterkeit", sagte das Mädchen sanft. „, Es wäre ein seltener Anblick, wenn der König hier wohnen würde; Dennoch wünschte ich, er wäre hier. Ich möchte nicht daran denken, dass er getötet wurde oder sich in den Händen des Dänen befand. Mein Großvater sagte, das Land hing von Alfred ab."

„Vielleicht ist es so", entgegnete Denewulf . „Ob Sachsen oder Däne, hier spielt es keine Rolle. Aber ich wünschte auch, dass der König hier wäre , denn ich würde ihn sehen. Ich habe noch nie einen König gesehen. Hast du?"

„Einmal", sagte Egwina , „als ich sieben war, waren Großvater und ich in Sherborne , als König Ethelred durchkam. Ich fand, dass er gutaussehend und edel aussah, aber Granther sagte, dass ich zu jung sei, um viel darüber zu wissen, dass der Atheling, Alfred, bei weitem schöner sei und dass das Land besser sein würde, wenn er König wäre; nicht nur wegen seiner Talente, sondern auch, weil unser heiliger Vater, der Papst, ihn in Rom zum König gekrönt hatte."

"Also! Trinkt Hael , bis der König kommt", und der Schweinehirt warf ein weiteres Horn Met aus.

In diesem Moment waren draußen Schritte zu hören , der Hund erhob sich mit leisem Knurren von seinem Platz vor dem Feuer. Es klopfte laut an der Tür.

"Wer geht dahin?" rief der Sachse, als er zum Eingang schritt und dabei einen Pfeil an seinen Bogen legte.

„Ein Wanderer auf der Suche nach Nahrung und Schutz. Offen, wie ihr Sachsen seid."

„Der König ist gekommen", lachte Denewulf und drehte sich mit einem breiten Augenzwinkern zu ihnen um. „Dein bester Met, Adiva ."

Dann öffnete er die Tür und rief herzlich, denn die Sachsen waren sehr gastfreundlich:

„Tritt ein, Wanderer! Du bist willkommen in denen, die wir haben. Tritt ein und finde Ruhe für deine Müdigkeit und Nahrung für deinen Hunger."

In den Raum kam ein Mann, dessen Verhalten so gebieterisch und seine Gestalt so stattlich war, dass er tatsächlich König sein könnte. Er war groß, und sein langes, rotbraunes Haar fiel ihm in Locken unter der Haube auf die Schultern. Als der Feuerschein darauf fiel, leuchtete es wie poliertes Gold. Seine Augen waren blau, sehr hell und durchdringend im Blick. Sein Gesichtsausdruck war hell und jetzt blass vor Müdigkeit. Seine Stirn war hoch, edel und nachdenklich. Kurz gesagt, seine Miene war so erhaben, sein Auftreten so edel, dass sowohl Adiva als auch Egwina ihn mit Ehrfurcht ansahen.

Nicht so Denewulf . Der einfältige Sachse fand in dem Fremden etwas, das ihm selbst antwortete, denn er lächelte ihn gnädig an und setzte ihn in die Nähe des Feuers.

„Setz dich hierher, Fremder, und wärme dich, während die Frau das Fleisch für dich zubereitet. Es tut mir leid, dass du nicht früher gekommen bist, denn das Fleisch war heiß, und es hätte uns sehr gefreut, deine Gesellschaft gehabt zu haben."

Der Fremde lächelte süß und ernst, als er antwortete:

„Es spielt keine Rolle, ob das Fleisch kalt ist. Machen Sie sich keine Sorgen, gute Dame. Wer seit gestern fastet, wird nichts auszusetzen haben, auch wenn es dem Essen an Hitze mangelt."

"Liebes Herz!" rief die umhereilende Dame. „Und hast du seit gestern nichts genommen? Heirate, aber es muss heiß für dich sein, Mann. Du sollst ein gutes Abendessen haben.

Nach kurzer Zeit setzte sich der Fremde an den Tisch und nahm an der Mahlzeit teil. Egwina konnte nicht umhin, den Unterschied in seiner Art zu essen und der ihrer Gastgeber zu bemerken, denen es, obwohl sie freundliche Menschen waren, immer noch an Raffinesse mangelte. Als der Hunger des Fremden gestillt war, füllte Denewulf ein Horn aus dem Humpen, reichte es ihm und sagte:

„Trink Hael , Mann! „Köper wird dich wärmen, und Kälte weht der Wind im Wald."

„Wass hael ", antwortete der Gast und bezog Egwina und die Frau höflich in die Nachricht ein. „An euch beide, gute Dame und sanftes Mädchen, und auch an dich, Ceorl, für deine Güte", und er trank das Horn. Als Denewulf den Becher wieder aufgefüllt hatte, schüttelte er den Kopf.

„Nein", sagte er. „Mehr ist mir egal."

„Dann", sagte der Schweinehirt, „erzähle von dir selbst und wie du allein im Wald bist." Hast du dich verirrt? Ich glaube , das hast du getan, denn es gibt nur wenige, die nicht in den Mooren leben und den Weg nach draußen finden, wenn sie einmal in ihren Tiefen sind."

„Ist es so undurchdringlich?" fragte der Fremde.

„So sehr", antwortete der Schweinehirt lachend, „dass, wenn die gesamte dänische Armee in ihren Festungen verloren gehen würde, sie sterben würde, bevor sie den Weg nach draußen finden würde; es sei denn, irgendein Sachse würde genug Zeit haben, um es zu zeigen."

„Dann wünschte ich, die Dänen wären in seinen Tiefen", rief der Fremde voller Inbrunst. „Vergeblich waren die Bemühungen der Sachsen, sich ihnen zu widersetzen, und es wäre ein glückliches Ende der Sache."

„Du bist also vor dem Dänen geflohen ?" fragte Adiva .

"Ja; Sie verwüsten ganz Wessex."

„Guter Fremder, weißt du etwas über den König?" rief Egwina . „Ich hoffe, dass es ihm gut geht."

„ Das glaube ich ", erwiderte der Fremde und lächelte sie süß an.

„Sie wünschte, der König wäre hier bei uns, als du an die Tür geklopft hast", kicherte Denewulf .

„Warum fürchtest du um den König? Kennen Sie ihn?"

"NEIN; Aber wenn der König in Sicherheit ist, gibt es Hoffnung für das Land. Trägt er nicht die Herzen des Volkes mit sich?"

„ Das glaube ich nicht, Mädchen. Hättest du ihn so gesehen, wie ich ihn zuletzt gesehen habe, wüsstest du, dass er es nicht getan hat. Verlassen und allein ist Alfred gegangen, niemand weiß wohin."

"Oh!" rief das Mädchen, während ihr die Tränen in die Augen stiegen, „sagt du das? Der König verlassen! Wie konnten sie ihn verlassen, so edel, so gut ist er! Ist ihre Treue nicht seine? Ich glaube, wenn ich ein Mensch wäre, könnte mich nur der Tod dem König übergeben . So wie es ist, bin ich nur ein Mädchen und kann nichts anderes tun, als jeden Tag für ihn zu beten, dass er in Sicherheit ist und dass sich die Menschen wieder um ihn scharen."

„Tu es, Kind! Deine reinen Gebete können das erreichen, wozu der König nicht die Macht hat. Wenn alle Sachsen so wären wie du, würden die Dänen nach einem anderen Land suchen, um es zu verwüsten."

„Das Mädchen hat Grund, für den König zu beten", unterbrach die Dame, die so lange geschwiegen hatte, wie sie konnte.

„Welche Ursache hat sie?"

„Nun – aber wie soll ich dich nennen?" forderte Adiva .

„Nennen Sie mich Wilfred."

„Nun, Wilfred, ich werde dir ihre Geschichte erzählen, und dann wird Denewulf dir erzählen, wie er das Kind gefunden hat." Und die gute Dame erzählte die Geschichte der Jungfrau. Dann erzählte Denewulf noch einmal von den Wölfen, und Egwina lauschte errötend ihrem Lob.

„Du bist von tapferem Herzen, Mädchen", sagte Wilfred mit Mitgefühl in seinem Blick und seiner Stimme. „Dein Großvater war mutig in seinem Tod. Es war so, dass ein Sachse stolz darauf sein könnte. „Es ist schade, dass der König nichts davon wusste."

„Mein Großvater möchte am liebsten wissen, dass der König in Sicherheit ist ", antwortete Egwina .

„Und wie heißt du, Kind?" fragte Adiva .

„ Egwina ."

„ Egwina , und ich werde dich auch ‚die Schöne' nennen", sagte die Dame.

„Und ich, Jamvid , Mutter von Wolfssöhnen", lachte der Schweinehirt; „Denn so habe ich sie gefunden."

„Und ich, edles Herz", sagte Wilfred. „Wenn Mädchen wie du zu Ehefrauen und Müttern heranwachsen, könnte das Land die Verwüstung von tausend Guthrums überleben ."

Egwina errötete vor Vergnügen rosig.

Dann rief Denewulf : „Lasst uns zu Bett gehen, gute Leute! Mit Anbruch des Morgens muss ich in den Wald."

Die Männer zogen ihre Mäntel um sich und legten sich am Feuer auf den Boden, während die Dame und das Mädchen auf dem Strohsack ruhten.

KAPITEL VIII
ADIVA wird wütend

Das Leben in der Hütte war äußerst einfach. Jeden Morgen kümmerte sich Denewulf um seine Netze und Fallen und begab sich dann in den Wald, wo er die Schweine hütete. Der Fremde gab sich bei der Jagd viel Mühe und erwies sich als sehr bewandert im Holzhandwerk und in den Kenntnissen des Waldes.

Adiva nahm Egwina sofort in ihr Herz und brachte ihr alle einfachen Hausfrauenkünste bei, die sie kannte. Das Mädchen wurde bald eine Expertin im Umgang mit Spindel und Spinnrocken und flog fleißig die Schiffchen durch die langen Winterabende.

„Wie konnte ich ohne dich auskommen, Kind?" sagte sie, während Egwina bei ihren Aufgaben singend umherhuschte. „Dunkel wird der Tag sein, an dem du mich verlässt. Ich bete, dass es nie passieren wird."

Eines Tages war das Mädchen gerade in der Hütte und drehte gerade, als Wilfred, der Fremde, hereinkam. Er warf ein paar Reisigbündel ins Feuer, setzte sich davor und zog aus den Falten seiner Tunika ein kleines Buch hervor, in dem er, wie es seine Gewohnheit war, aufmerksam las. Das Mädchen beobachtete ihn interessiert. Dann drehte er sich lächelnd zu ihr um.

„Warum beobachtest du mich so, Egwina ?"

„Ich habe mich gefragt, was in dem Buch steht, dass du so oft darin liest", entgegnete das Mädchen verwirrt.

„Es birgt viel Trost", antwortete er. „Sag mir, Egwina , kannst du lesen?"

"Lesen? NEIN; warum sollte ich?" fragte das Mädchen überrascht. „Granther wusste nicht wie; auch nicht Denewulf , noch Adiva ; noch einer der Herren. In Wahrheit hat niemand, den ich je gekannt habe, außer dir, gewusst, wie. Warum sollten sie? Es bestand keine Notwendigkeit. Granther sagte, dass es nur für Priester oder Mönche sei. Die Gaukler brauchen es nicht zum Singen oder zur Harfe. Der Ceorl braucht es weder zum Pflügen, noch zum Säen, noch zum Hüten seiner Herden. Und wie würde es dem Sanften bei der Jagd oder einer seiner Freizeitbeschäftigungen helfen? Weben und Sticken für Frauen, Sport und Krieg für Männer. Es besteht keine Notwendigkeit zum Lesen."

Wilfred lächelte und seufzte, als er antwortete: „Während du sprichst , denken die meisten auch. Ehrlich gesagt bezweifle ich, dass es nicht einmal Priester deiner Denkweise gibt. Nur wenige südlich des Humber können ihre täglichen Gebete ins Englische übersetzen. Doch einst war Gallien nicht die

Gelehrsamkeit unseres Landes. Ein Mangel! dass Bede, Alucin und Aldhelm jetzt nicht mehr lebten. Vielleicht ist es aber auch besser so. Vielleicht hätten sie nicht gediehen, wenn sie zu dieser Zeit gelebt hätten. Dunkel, dunkel sind die Aussichten."

Er verfiel in ein trübes Schweigen. Egwina näherte sich ihm schüchtern.

„Ich wollte dich nicht beleidigen, guter Wilfred", sagte sie sanft.

„Nein, Kleines; Du hast mich nicht beleidigt. Ich dachte nicht an deine Worte, sondern nur an den Verfall der Gelehrsamkeit, für die wir einst so berühmt waren."

„ Haltest du so viel vom Lernen?" fragte sie. „Bitte zeig mir das Buch, damit ich sehen kann, was dich so fasziniert."

Sie nahm das Buch und betrachtete es aufmerksam, bevor sie es ihm zurückgab.

„Ich sehe nichts darin", bemerkte sie seufzend; „Das würde mich stundenlang fesseln, genau wie du." Was ist sein Zauber? Es singt nicht, es spricht nicht, es ist auch nicht erleuchtet."

„Aber es spricht, Egwina . Hört zu, und ihr werdet etwas hören, das sagt: „Geht jetzt, ihr Mutigen!" wohin dich der erhabene Weg eines großartigen Beispiels führt. Warum sollten Sie, träge, Ihren Rücken entblößen? Die Erde, wenn sie erobert ist, schenkt uns die Sterne.""

„Steht das wirklich so?" rief Egwina entzückt. „Zeig es mir, Wilfred."

Wilfred legte seinen Finger auf die Seite und sagte: „Bist du sicher, dass du es verstehst , Kleiner?" Das Mädchen nickte weise mit dem Kopf.

„Ich kann es nicht einfach erzählen " , sagte sie; „Aber es ist so: Sollte der König etwas Edles tun, würde sein Beispiel andere dazu verleiten, dem zu folgen, wohin er führen würde."

„Stimmt, Mädchen. Du hast mir den Gedanken in den Kopf gesetzt. Du bist hell, und ich denke, dass du ein geeigneter Schüler sein würdest. Möchtest du, dass ich dir das Lesen beibringe, Egwina ?"

„Glaubst du, ich könnte es lernen, Wilfred?"

„Mit Sicherheit. Es waren lange Jahre vergangen, bis ich es wusste. Ich glaube, dass es in meinem zwölften Jahr war, als meine Mutter ihre Kinder zu sich rief und, indem sie ein hübsches, hell erleuchtetes Buch zeigte, sagte: „Söhne, wer von euch zuerst in diesem Buch lesen lernt, der wird es besitzen." „Soll er es wirklich für sich haben, Mutter?" Ich sagte . „Für sein Eigentum", antwortete sie, sehr erfreut über die Frage. Meine Brüder kümmerten sich nicht darum, so sehr waren sie von der Jagd und dem Sport beschäftigt, aber ich lernte die darin enthaltenen Verse, und sie gab sie mir."

„Ist es das?" fragte Egwina interessiert.

"Nein; es ist bei –" Wilfred überprüfte sich und fuhr dann fort. „ Du siehst also , dass du lernen kannst, wenn ein Dummkopf wie ich es könnte." Du hast einen geschickteren Verstand als ich. Aber es darf dir egal sein, wenn es langweilig wird ?"

„Es ist mir egal und ich werde lernen", sagte Egwina entschlossen. „Vielleicht werde ich dann viele Dinge wissen, von denen ich jetzt nicht mehr träume."

„Du wirst, du wirst!" rief Wilfred entzückt. „Vergiss nicht, liebes Kind, dass ‚die Erde uns die Sterne schenkt, wenn sie erobert wird'."

„Das werde ich nicht vergessen", sagte Egwina nachdenklich. „Wie schön die Idee! Ich werde die Sterne nie wieder sehen, ohne daran zu denken."

Und so kam es, dass Egwina und Denewulf jeden Abend danach auch Zeit damit verbrachten, lesen zu lernen. Adiva wollte nichts davon für sich haben und murrte murrend, dass es Unsinn sei und nur für Priester von Nutzen sei.

Am Ende der Unterrichtsstunde sang Egwina für sie, und in der Hütte ertönte Gelächter und Fröhlichkeit. Wilfred, der Fremde, hörte den Liedern gespannt zu und schlug bald vor, dass das Mädchen sie den anderen beibringen sollte.

"Ein Mangel! Gerne würde ich das tun, aber was wären sie ohne Harfe?" und Egwina sah traurig aus.

Am nächsten Morgen erfasste die kleine Familie nach dieser Bemerkung Bestürzung, als sie feststellte, dass der Fremde verschwunden war. Denewulf und Egwina weinten laut, als er ging. Adiva grummelte offen, vermisste ihn aber insgeheim genauso wie sie. Am dritten Tag danach kehrte er mit einer Harfe zurück. Die Häusler empfingen ihn mit Jubelrufen. Er schien von ihren Grüßen berührt zu sein, gab jedoch keine Erklärung für seine Abwesenheit oder den Herkunftsort der Harfe ab.

Egwina wunderte sich sehr über das Instrument, denn es war von höchster Handwerkskunst. Sie brachte ihm bald alle Lieder bei, die sie kannte, und er beherrschte bereits den Umgang mit der Harfe.

„Du machst es gut", sagte sie, „aber ich wünschte, du hättest sie hören können. Du hättest seinen Schwung sehen sollen. Dort! das ist so etwas wie", wie Wilfred es nach einigen Versuchen so ausführte, dass es ihr passte.

So verging die Zeit, bis endlich der Längenmonat (März) kam. Eines Tages ging Egwina hinaus, um zu sehen, ob sie etwas Sprossen für die Brühe finden könnte . Von der Schönheit des Tages angelockt, blieb sie länger als geplant und eilte zurück zum Haus, denn die Dame war sehr beschäftigt. Als sie sich der Hütte näherte, hörte sie die Stimme Adivas , die vor Wut schrillte.

„Verdammter Mann! Drehe niemals die Brote um, wenn du sie brennen siehst . Ich garantiere, dass du bereit bist, sie zu essen, wenn sie fertig sind."

„Ich sehne mich nach deiner Vergebung, Dame." Die Töne von Wilfred waren zerknirscht und voller Demut. „Ich habe kein einziges Mal an sie gedacht."

„ Konntest du sie nicht riechen, als sie zu deinen Füßen lagen?" fragte die Dame.

"Nein; „Ich habe nichts bemerkt", erwiderte der Fremde.

„Gute Mutter, sei nicht länger böse auf ihn", rief Egwina , als sie hereinkam. „Sein Geist ist voll von ernsteren Dingen als der Arbeit der Frau."

„Schwerer ist wichtig!" wiederholte Adiva , der es offensichtlich schlecht ging. „Graver ist wichtig! Ich weiß, dass sie ihn beim Essen nicht zu sehr belasten. „Es ist schade, dass jemand nicht für eine Minute das Haus verlassen kann, ohne dass jemand die Brote brennen lässt."

„Du sprichst die Wahrheit", sagte der Fremde demütig. „Wer isst, soll auch arbeiten. Das habe ich nicht getan, aber ich werde mich bessern, gute Dame."

"Dort! vielleicht habe ich zu schnell gesprochen ." Adiva war durch seine offensichtliche Reue etwas besänftigt. „Schließlich ist kein großer Schaden entstanden, und du hast wirklich ein gutes Herz. Ich hätte es besser wissen sollen, als dich zu belästigen. Du hast uns so manches schöne Geld gebracht, und zu heiraten, das ist noch mehr Menschenwerk."

„Trotzdem werde ich ein anderes Mal vorsichtiger sein", sagte Wilfred, setzte sich wieder hin und alles verlief wie zuvor.

Kurz darauf war Egwina sehr beunruhigt über einen seltsamen Traum, den sie hatte. In einiger Verwirrung und großer seelischer Verzweiflung, denn wie immer war sie abergläubisch, erzählte sie es Adiva .

„Gute Mutter, ich fürchte, ich weiß nicht was, ich hatte so einen seltsamen Traum."

„ Erzähl es, Kind. Früher konnte ich die Bedeutung nächtlicher Fantasien entschlüsseln, aber es ist lange her, dass ich meine Fähigkeiten ausprobiert habe. Die Jungen kümmern sich mehr um solche Dinge. Denewulf blickt voller Ehrfurcht auf einen Morthwytha , aber er lacht, um einen Traumleser zu verachten. Aber liebes Herz! Hier lasse ich meine Zunge weiterlaufen und du hast deinen Traum noch nicht ausgesprochen. Sag weiter, Kind.“

„Ich habe geträumt“, sagte Egwina , „dass ich in einer hohen Halle war. Um mich herum hingen seidene Vorhänge, und die Tische und Stühle waren mit feinen Schnitzereien verziert. Viele waren meine Thegns, und sie dienten mir aus silbernen und goldenen Gefäßen. Während ich feierte, kamen viele und verneigten sich vor mir. Plötzlich brach ein großes Licht aus meinem Körper hervor, das so herrlich schien wie die Sonne. Die Augen aller Menschen richteten sich darauf, und sie waren von seinem Glanz geblendet.“

Adiva hob die Hände.

„Möge die gesegnete Mutter uns bewahren, Kind! Was für ein wunderbarer Traum.“

„ Kannst du sagen, was es bedeutet, Adiva ?“ fragte das Mädchen eifrig.

„Kind, Kind, ich wage es nicht, dir zu sagen, was ich denke; aber wenn du vor dem Fremden oder Denewulf nichts sagst , werden du und ich zu Gunnehilde gehen . Sie ist eine Dänin, Denewulfs Pflegemutter und eine Wicca.“

„Mir gefällt die Tatsache nicht, dass sie Dänin ist“, und Egwina schreckte ein wenig zurück, denn die Nordmänner hatten einen schmerzhaften Platz in ihrer Erinnerung.

„Tut, Kind! Sie ist eher eine Sächsin als eine Dänin, obwohl ich das Denewulf nicht verrate . Sie kam mit ihrem Mann vor Jahren, als Egbert, der Großvater des jetzigen Königs, auf dem Thron saß. Sie ist keine Christin, sondern eine gute Frau, obwohl sie in ihrem eigenen Land eine Vala war . Denewulf ist von einem Knaben aufgewachsen. Ihr Mann brachte ihm einen sächsischen Jungen in jungen Jahren mit nach Hause, dessen Vater im Kampf gegen die Waliser fiel und dessen Mutter bald darauf starb. Sie wird dir alles erzählen, was du über die kommenden Dinge wissen möchtest . Ich befürworte Denewulf nicht, wenn er von ihren Vorhersagen spricht , denn es ist nicht klug, einem Mann etwas beizubringen, das nach Heidentum schmeckt. Sie liest mir oft die Runen vor, obwohl er nichts davon weiß.“

„Wenn es dann nicht falsch ist, Adiva , und du es für das Beste hältst, werde ich mit dir gehen.“

„Dann gehen wir morgen“, sagte die Dame, und so war es geplant.

KAPITEL IX
WÜRDEN SIE IHREN KÖNIG SCHLAGEN?

Früh am nächsten Tag machten sich Adiva und Egwina auf den Weg zur Hütte der Pflegemutter von Denewulf , Gunnehilde , der Dänin.

Nicht ohne Bedenken begleitete Egwina die Dame, doch diese lachte ihre Ängste weg.

„Wicca ist in Wahrheit Gunnehilde ", sagte sie, „aber angenehm ausgedrückt. Ihr Gruß wird freundlich sein, und ich weiß, dass du sie mögen wirst. Als Egwina ihre Ängste beruhigte, passte sie sich der Stimmung ihrer Begleiterin an, und ein flotter Spaziergang brachte sie bald zur Wohnung der Frau.

Es wurde in der Mitte eines Hügels in einer Waldlichtung erbaut und schien den einfachen Hütten der Schweinehirten nicht unähnlich zu sein, nur dass es kompakter war. Der Rasen wurde nicht wie bei den Sachsen mit Zweigen durchschnitten, sondern kompakt auf ein festes Bretterfundament gelegt. Adiva klopfte an die Tür, während Egwina sich andächtig bekreuzigte.

„Herein", sagte eine Stimme, als die Tür aufgerissen wurde. „Tritt ein, Adiva ! Grüße dich und auch den Fremden, den du mitbringst . Als die Sonne aufging, wusste ich, dass du kommen und das Mädchen mitbringen würdest."

Wieder bekreuzigte sich das Mädchen. Adiva ging ohne zu zögern in die Wohnung, und das Mädchen folgte ihr, allerdings mit Angst und Zittern. Aber es gab nichts, was dem Auge unangenehm war, und nichts, was im Raum Ehrfurcht hervorrufen würde. Die Frau, die sie begrüßte, war groß und hatte eine herrschaftliche Erscheinung. Ihr Haar war dunkel wie der Flügel des Raben. Ihre Stirn war nachdenklich, und ihre ebenfalls dunklen Augen leuchteten im ruhigen, gleichmäßigen Licht einer Schülerin. In ihrer rechten Hand trug sie einen Zauberstab, den Seidenstab des skandinavischen Aberglaubens.

„Setz dich hierher, Frau von Denewulf ", sagte sie zu der Dame. „Und du, Mädchen, setze dich auf diese Bank, wo das Licht auf deine Stirn fallen kann. Ich würde sehen, wohin die Fylgia (Schutzgottheit), die Alfadur dir gegeben hat, dich führt. Du bist gekommen, um die Runen zu befragen?"

Sie gab diese Aussage eher als Erklärung denn als Frage ab. Ohne eine Antwort abzuwarten, fuhr sie fort:

„Ich wusste, dass du hier sein würdest. Als die Sonne aufging , erwachte ich und bereitete alles für euch vor."

„ Gunnehilde ", sprach Adiva : „Das Mädchen hatte einen Traum. Du behauptest , dass es einigermaßen in meinem Sinne liegt, dies aufzuklären, aber ich fürchtete mich davor, das zu geben, was es mir zu bedeuten schien."

„Träume sind mächtigere Orakel, als Wicca mit Zauberstab oder Rune bezaubern kann", sagte er Gunnehilde . „Entfalten Sie es und lassen Sie mich die Rede lesen. Prophetisch sind die Visionen der Nacht."

Schüchtern erzählte Egwina den Traum. Die Dänin hörte zu, den Kopf auf ihren Stab gelehnt, ohne den Blick vom Gesicht der Jungfrau abzuwenden. Als sie fertig war, herrschte für einige Momente Stille, dann hob die Wicca ihren Kopf und ihre Augen leuchteten seltsam.

„Jungfrau, ich habe für dich keine Runen in die Rinde einer Ulme eingraviert, noch habe ich Scinlaeca (Geister der Verstorbenen) aus den Gräbern der Toten gerufen; aber leicht ist es, deine Rede zu lesen. Hören! denn Skulda ist in die Seele ihrer Dienerin eingedrungen, und schnell strömt dein Schicksal über ihre Lippen. Deine Vision verspricht dir große Ehre. Kein Größerer als du soll im Land leben. Viele Gefolgsleute werden dir gehören, auch mit Ehre und Reichtum. Nach dir wird dein Sohn kommen, und er wird herrlicher sein als du. Alle Menschen werden zu ihm aufschauen und sich vor ihm verneigen wegen seiner Größe und Weisheit. Es werden viele und schlimme Gefahren auf dich zukommen. aber das Netz deines Schicksals ist gesponnen. Passt gut auf; Geschwindigkeit gut. Und vergessen Sie nicht das Gebot der Wicca. Du wirst wahrlich zu deiner Herrlichkeit gelangen. Heil dir! Heil dir! Gunnehilde hat gesprochen.

Sie stand auf und verneigte sich dreimal vor der zitternden Jungfrau.

„Aber was meinst du?" fragte das Mädchen, wann sie ihre Stimme beherrschen konnte. „Welche Herrlichkeit soll mir zuteil werden? Ich fürchte, dass ich es nicht verstehe."

„Du brauchst weder Galdra noch Hexerei mehr. Hell ist der Hauch deines Schicksals. Der Strang deines Lebens ist mit denen verwoben, die groß sind. Es besteht für dich keine Notwendigkeit, die Runen zu konsultieren. Verlange nichts mehr von der Wicca. Herrlich werden deine letzten Stunden sein."

Egwina wagte nicht, mehr zu fragen. Gunnehilde brachte Speise und Trank hervor und stellte es ihnen vor.

„Iss und trink", sagte sie, „bevor du zu deiner Wohnung zurückgehst. Von nun an werdet ihr fleißig sein, und ihr werdet beide eure Kraft brauchen. Es sind viele, die zu deiner Wohnung kommen."

"Liebes Herz!" rief Adiva besorgt. „Wie ich mit mehr auskommen kann, kann ich nicht erkennen!"

„ Adiva , du hast mich nicht gebeten, die Runen für dich zu lesen, aber ich habe es getan. Grüßt Denewulf und grüßt dreimal den Fremden, den ihr beherbergt habt.“

„Sag mir, guter Wicca“, sagte die Dame, „wer ist er?“ Ich wage zu behaupten, dass er von sanftem Blut ist, denn er hat den Charakter eines solchen. Denewulf hat sich in ihn verstrickt, und Egwina geht es nicht besser. Erzähl mir von ihm.“

Die Frau sah das Mädchen mit einem neugierigen, aufmerksamen Blick an und sagte dann plötzlich:

„Durch ihn wird sich dein Schicksal ändern. Es ist für das Wohl deines Hauses, Adiva , dass du ihn beschützt hast. Bevor die Sonne untergeht, wirst du wissen, wer und was er ist. Auch jetzt suchen Freunde ihn in deiner Wohnung.“

"Heiraten!" ejakulierte Adiva . „In diesem Augenblick in meiner Wohnung, sagst du? Egwina , es war das Beste, was wir wollten.“

Sie erhob sich, während sie sprach, und auch Gunnehilde erhob sich. Ein verschmitztes Lächeln öffnete Egwinas Lippen.

„Ich dachte, dass du länger bleiben wolltest“, sagte sie.

„Nein, Kind; Es ist höchste Zeit, dass wir gehen. Außerdem sollte ich, wenn welche in der Hütte sind, dort sein, um sie zu begrüßen.“

Das Lächeln auf Egwinas Gesicht spiegelte sich in Gunnehildes Gesicht wider , aber die Dänin erhob keine Einwände gegen ihre Abreise. Die beiden machten sich bald auf den Rückweg.

„ Glaubst du, dass in der Hütte tatsächlich Gäste sein werden?“ fragte Egwina von der Dame.

„Hat Gunnehilde das nicht gesagt?“ kehrte Adiva zurück ; „Und ist sie keine Wicca? Ich weiß, dass es genau so sein wird, wie sie es gesagt hat. Kind, dann kannst du nicht anders, als an deine Erlösung zu glauben. War es nicht wunderbar, was sie dir erzählt hat?“

"Ja; aber –" Egwina sah ein wenig beunruhigt aus.

„Aber was, Kind?“

„Ich habe nicht genau verstanden, was sie meinte. Sie schien Fragen nicht zu mögen, sonst hätte ich sie weiter gestellt.“

„Sie hat dir alles gesagt, was sie wollte, ohne Fragen zu stellen“, erwiderte die Dame. „Oft konsultiere ich sie, und immer war es so, wie sie es gesagt hat. Aber Denewulf weiß nichts davon.“

„Erzähl mir von ihr", sagte Egwina . „War sie schon immer eine Wicca? Sie schien mir sehr edel zu sein, und sie sprach nicht wie die Ceorls."

„Eine Vala war sie in ihrem eigenen Land", antwortete Adiva . „Ein Vala , von Häuptlingen geehrt und von der Nation verehrt, der den Helden die Zukunft vorhersagte. Sogar der König ihres Landes hat sie zum hohen Sitz in der Halle geführt, wo er sie um Rat fragen wollte. Jetzt liest sie die Runen und konsultiert ihre Galdra für das Vulgäre. Aber von allen, die ich getroffen habe, ist Gunnehilde die wahreste in der Geschichte des Zauberers."

Bald näherten sie sich der Hütte von Denewulf . In der Nähe der Hütte schwebte Stimmengewirr durch die Luft. Die Dame warf der Jungfrau einen triumphierenden Blick zu.

„Habe ich es dir nicht gesagt? Wahr sind die Worte von Gunnehilde . Jetzt werden wir wissen, wer der Fremde ist. „Bis zum Sonnenuntergang", sagte sie, und das ist nicht mehr weit entfernt. Und viele Gäste! Ich frage mich, wer sie sind? Komm, lass uns eilen!"

Sie beschleunigte ihre Schritte, und das Mädchen musste notgedrungen dasselbe tun. In aller Eile öffnete Adiva die Tür und blieb angesichts des Anblicks, der sich ihrem Blick bot, stehen.

Ein halbes Dutzend Sachsen waren in entspannter Haltung um den Deal-Tisch gruppiert. Wilfred, der Fremde, saß etwas abseits und beobachtete sie aufmerksam. Denewulf war eifrig damit beschäftigt, den Gästen Met zu servieren. Adiva erkannte an den kostbaren, pelzbesetzten Gonna und den Schwertern mit dem goldenen Griff, dass es sich bei ihnen um Adlige handelte.

„Bei meiner Treue!" rief einer der Jünglinge fröhlich, als die Dame und das Mädchen eintraten: „Ich habe seit Tagen kein so schönes Gesicht mehr gesehen. Mickle und wund, würde es mich bereuen, wenn ich es ohne einen Kuss verlassen würde. Ein Mancus, schöne Jungfrau, für diese Gunst."

Egwina zog sich von der Tür zurück.

„Fürchte dich nicht, Kleiner", sagte die tiefe Stimme von Wilfred. „Treten Sie in Frieden ein. Niddering ist der, der so zu einer Jungfrau spricht . Füllen Sie die Ohren eines Kindes nicht mit solch einer Kleinigkeit", fügte er streng zu dem Jugendlichen hinzu.

„Und wer bist du, guter Herr, der mir sagt, was ich tun soll? Wisst ihr nicht, dass ich Ethelred von Mercia bin?"

„Es ist mir egal, wer du bist", antwortete Wilfred ruhig. „Deine Worte sind für das Ohr einer Jungfrau unwürdig. Darum sollst du nichts mehr davon sagen."

„Sollte nicht?" Der Junge war sofort auf den Beinen und ließ sein Schwert aus der Scheide blitzen. „Zeichne, Mann! Ich möchte dich nicht schlagen, während du sitzt .

„Törichter Junge, steck dein Schwert in die Scheide!" Der Fremde musterte ihn mit einem tiefen, intensiven, kraftvollen Blick. „ Glaubst du, dass ich gegen dich ziehen würde? Du hast die Zurechtweisung verdient; Profitieren Sie davon."

Seine Art war so gebieterisch, als er sprach , dass der Junge zögerte, denn er wollte von seinen Kameraden nicht für unmutig gehalten werden und war dennoch nicht in der Lage, gegen diesen ruhigen Fremden vorzugehen.

„Halte dich an seine Worte, Ethelred", rief einer der anderen. „Du warst wahrlich zu kühn in deiner Rede, und hast du nicht an ihrer Gastfreundschaft teilgehabt? Raus, Mann!"

Mürrisch steckte derjenige namens Ethelred sein Schwert in die Scheide, nahm seinen Platz wieder ein, und schon bald verschwand die Episode aus den Gedanken der Gruppe. Egwina setzte sich auf die andere Seite von Wilfred. Die Dame begleitete den Schweinehirten beim Servieren von Met und beim Zubereiten von Fleisch für die Gäste. Bald hallte die Hütte vor Freude wider.

„Wie erträgt das Volk die Herrschaft der Nordmänner?" fragte Wilfred während einer Pause in der Heiterkeit.

„Kaum", sagte einer, der ungefähr in seinem Alter war. „Diejenigen, die in Küstennähe lebten, sind nach Gallien oder in andere Länder gezogen, um dort Hilfe zu erhalten , die sie in ihrem eigenen Land nicht fanden. Andere versuchen durch Unterwerfung die Grausamkeit der Heiden zu mildern. Wieder andere versuchen, einen Teil ihres Eigentums zu behalten, indem sie einen Teil opfern. Andere wiederum suchen Zuflucht und Sicherheit in den Nischen des Waldes. Alle seufzen unter der Herrschaft der Unterdrücker, und niemand ist da, der sich ihnen widersetzen könnte, solange der König nicht mehr da ist."

"Keiner?" schrie der junge Ethelred und sprang auf. „Keine, sagst du? Keiner! Nein; Hier ist eine!"

„Und hier ist noch einer", und ein weiterer Sachse ließ sein Schwert in der Luft blitzen.

"Und ein anderer!" "Und ein anderer!" schrie jeder einzelne aus der Gruppe , bis alle auf den Beinen waren.

„Lasst uns den König suchen und eine Armee bilden!" schrie Ethelred. „Dann wird der Nordmann mit ihm als Anführer Nahrung für den Raben herstellen. Trinke Hael bis zum Tod des Dänen."

Alle haben getrunken. Ein anderer rief:

„Trinkt dem König Hael !" „Trinkt dem König Hael !" Alle außer Wilfred tranken.

„Heirate, Mann! Trinkst du nicht auf den König?" schrie Ethelred im Zorn. „Trink auf den König, sonst wirst du mir antworten."

Aber Wilfred berührte den Met nicht.

„Trinkt", riefen alle gleichzeitig, während ihre Schwerter in der Luft blitzten. „Trink oder verteidige dich."

Sogar Denewulf und Adiva blickten fragend auf den Fremden, der so ruhig in ihrer Mitte stand und immer noch nicht auf den König trank. Egwina kroch dicht an seine Seite, aus Angst um seine Sicherheit.

„Trink", riefen die Sachsen erneut, „trink", und sie stürmten auf ihn zu.

"Zurück! Würdet ihr euren König schlagen?"

"ZURÜCK! WÜRDEN SIE IHREN KÖNIG SCHLAGEN?"

KAPITEL X
EGWINA GEHT ALS BOTE

"Der König!" Die Sachsen wichen zurück, ihre Schwerter noch halb in der Hand, und sahen ihn ungläubig an. Denewulf stand entsetzt da. Adiva sank neben ihr auf eine Bank, während Egwinas Gesicht vor freudiger Verwunderung aufleuchtete.

"Der König!" rief der junge Ethelred. „Wie können wir wissen, dass du der König bist?"

„Kennst du den Siegelring des Königs?" Der Fremde zog einen Ring von seinem Finger. Es war aus massivem Gold und in die Lünette war eine Taube in einem Olivenkranz eingraviert.

"Ich weiß es!" schrie derjenige namens Athelnoth . „Einmal kam der Gerefa des Königs zu mir, als ich in meinem Haus in Taunton wohnte, mit dem Befehl, einen Zelter für seinen Herrn zu bekommen. Er trug den königlichen Siegelring bei sich, und das ist es." Er kniete vor dem Fremden nieder.

"Der König! Der König! Es ist wahr, der König!" Der Freudenruf erklang mit einem Schrei, als die Sachsen sich um ihn drängten. Sie knieten vor ihm nieder und küssten vor Freude seine Hände. Alfred wandte sich an Denewulf :

„Alter Freund, hast du nichts zu sagen? Was habt ihr für euren König getan, als ihr dachtet, er sei nur ein armer Wanderer? Ist er weniger willkommen, weil er ein König ist?"

"NEIN!" rief Denewulf und erholte sich. „Bei allen Heiligen, nein! Dass du meine Wohnung durch deine Anwesenheit geehrt hast, als es in Wessex viele viel Würdigere gab, erfreut mein Herz."

„Aber kein Leal mehr ", erwiderte Alfred und blickte ihn freundlich an.

Denewulf drückte immer wieder die Hand des Königs, während sich ein neugieriger Ausdruck über Adivas Gesicht legte. Es war eine Mischung aus Triumph über den Gedanken, niemand Geringerem als dem König Zuflucht geboten zu haben, Ehrfurcht vor seiner Anwesenheit und Angst vor den scharfen Worten, die sie mehr als einmal an ihn gerichtet hatte.

„Mein Herr", rief sie, „du wirst einer armen Frau nicht die Schärfe ihrer Zunge vorenthalten, nicht wahr? Du weißt, wie scharf es wird, wenn das Temperament überreizt ist. Und wenn ich daran denke, dass ich dich gebeten habe, auf die Brote aufzupassen. Ach, ich!"

Der König lachte.

„Keine Angst, meine Dame. Ich hätte auf das Brot achten sollen. Das war die Aufgabe, die mir übertragen wurde, und wer Großes leisten will, muss sich um die Kleinen kümmern.“

"WAHR; aber du musst viel im Sinn gehabt haben und dann mit der Arbeit einer Frau belästigt worden sein.“

„Wie du selbst gesagt hast: ‚Staatssorgen belasteten meinen Geist beim Essen nicht‘“, lachte Alfred. „Nein, nein“, während Adiva in ihrer Verwirrung rot wurde, „gehorche nicht dem Sport, gute Dame. Du hast dich gütig erwiesen, und dein König erweist dir zärtliche Zuneigung.“

Die gute Frau schwoll vor Stolz an. In diesem Moment rief einer der Sachsen: „Die Sonne geht unter! Kommen! lasst uns gehen und verkünden, dass wir den König gefunden haben.“

Adiva zuckte zusammen und wandte sich an Egwina . „Kind“, flüsterte sie, „hat die Wicca nicht gesagt, dass wir vor Sonnenuntergang wissen sollten, wer er war?“ Und es ist der König! Guten Tag! Ich wusste, dass er sanft war. Aber hör zu!"

„Nein“, sagte der König, „geht noch nicht, liebe Freunde.“ Es gibt viel, was ich sagen würde, und wenn diese freundlichen Menschen mit uns Geduld haben, möchte ich, dass ihr die Nacht über bleibt. Ich würde viel mit dir reden.“

„Benutze meine arme Hütte, wie du willst“, sagte Denewulf herzlich. „Es gehört dir, mein König.“

Alfred lächelte ihn an, ein Lächeln voller Süße.

„Dann bleiben sie bei deinem Wohlgefallen. Komm zu uns, Freund Denewulf , und hilf uns mit deinem Rat, denn du bist geistreich und weise in den Lehren des Waldes.“

Mit diesen Worten setzte sich der König ans Feuer, und die anderen setzten sich zu ihm. Als Egwina sich zurückziehen wollte, hinderte er sie daran.

„Bleib, Kleines, an deinem gewohnten Platz. Bin ich nicht immer noch dein Freund?“

So beschworen, saß die Jungfrau wie gewohnt an seiner Seite, während sich der König an die Sachsen wandte.

„Sie haben gesagt, dass die Menschen über die Unterdrückung der Dänen murren“, sagte er. „Glaubst du, dass sie sich gegen sie erheben würden?“

„Wenn die Leute von deinem Aufenthaltsort erfahren“, erwiderte der Älteste der Gruppe, den die anderen Athelnoth nannten , „kann sie nichts davon abhalten, sich zu erheben. Oft haben sie sich gefragt, was aus dir geworden ist, und einige betrauerten dich als tot. Es wird ihre Herzen erfreuen, zu wissen, dass du lebst."

„Dennoch kamen sie nicht auf meinen Ruf", sinnierte der König. „Und ich muss mich notgedrungen verstecken, damit mich niemand, der von meinem Aufenthaltsort weiß, an Guthrum verrät ."

„Nehmt nicht zu viel von ihnen, mein Herr und König", rief Athelnoth eifrig. „Fruitless schien die Aufgabe des Widerstands zu sein. Ihre Brüder in Mercien und Ostanglien lebten scheinbar in Frieden unter den Nordmännern. Jetzt erkennen sie, dass ‚der Tod der Schande der Knechtschaft vorzuziehen ist'."

„Ich denke nicht weniger an sie", sagte der edle Alfred, „sondern nur daran, wie man sie am besten aus ihrer Knechtschaft befreien kann." Ich halte es für nicht klug, die Nachricht zu verbreiten, dass ich einen Aufstand lebe und darüber nachdenke, damit er nicht die Ohren der Dänen erreicht. Alles hängt von der Geheimhaltung und der Plötzlichkeit des Angriffs ab."

„Was sollen wir dann tun?" fragte Athelnoth .

„Hat einer von euch etwas vorzuschlagen?" Alfred warf einen Blick auf die Gruppe um ihn herum. „Ethelred, du denkst schnell, was sagst du?"

Ethelred hatte geschwiegen, seit der König sich erklärt hatte, und außer der Begrüßung, die ihm gegeben wurde, hatte er nichts gesagt.

„Nichts, Mylord", antwortete er nun. „Warum solltest du auf die Worte dessen achten, der heute zweimal das Schwert gegen seinen König gezogen hat?"

„Heirate, Junge! Es war nur die Aufregung der Jugend. Dass du dem König treu bist , zeigte sich, als du den töten wolltest, der sich weigerte, auf ihn zu trinken. Ich vertraue dir, Ethelred. Deine Schnelligkeit wird in wenigen Jahren durch reifes Urteilsvermögen ersetzt. Das eine geht dem anderen voraus. Denken Sie nicht, dass Sie die Weisheit eines Weisen besitzen werden, bevor der Flaum an Ihrem Kinn einem Mann von männlicher Art gewichen ist. Setz dich auf, Mann, und hilf uns."

„Dann", sagte der Jüngling besänftigt, „würde ich dir raten, mein Herr und König, dem Volk noch nichts über deinen Aufenthaltsort zu sagen." Sagen Sie es nur den Eldormen und anderen, die Sie möglicherweise brauchen und denen Sie vertrauen können. Auf diese Weise können wir diejenigen erkennen, die legal sind , und ob etwas getan werden kann."

„Du hast gut und weise gesprochen", erklärte der König. „Wenn sich die Sachsen wie einst um meine Standarte scharen, wird der Drache den Raben aus dem Land vertreiben. Aber es sollte einen Ort der Begegnung geben – einen Ort, an dem man sich bereit machen kann."

„Mein König", sprach Denewulf , „wenn ich so mutig sein darf, etwas vorzuschlagen. Nicht weit von hier, am Zusammentreffen von Thone und Parret , liegt eine von Moränen umgebene Insel. Eine ganze Armee könnte in seinen Mooren verborgen liegen, ohne dass jemand davon erfährt."

„ Denewulf , auch du bist weise und hast gut gesprochen. Morgen werden wir zu dieser Insel fahren und sie selbst sehen."

Bis tief in die Nacht beriet die kleine Band. Hell und früh am nächsten Morgen durchquerte die ganze Gruppe den Wald, bis sie zu der Insel gelangte, von der Denewulf sprach .

An der Ostgrenze des Waldes, auf einer Anhöhe, befand sich die Insel, umgeben von gefährlichen Sümpfen, die von den kleinen Flüssen Thone und Parret gebildet wurden . Die Sümpfe waren nicht durchforstbar, aber Denewulf holte aus dem Binsen ein kleines Korakel, das vier Personen tragen konnte, und bald stand die gesamte Gruppe auf der Insel selbst und untersuchte es.

Es umfasste etwa zwei Hektar, die mit riesigen Erlenbüschen bedeckt waren, auf denen sich Hirsche und anderes Wild befanden.

„Die Sümpfe sind nur im Sommer begehbar, mein König", sagte Denewulf , „und dann nur für diejenigen, die das Geheimnis kennen."

„Das ist ein idealer Ort für eine Festung", erwiderte Alfred, während sein scharfes Auge jedes Detail erfasste. „ Athelney werde ich es nennen. Schau, Denewulf , hier werde ich meine Festung bauen. Wenn dann der Frühling wirklich eingesetzt hat, werden wir uns auf den Weg machen."

Nach dieser Planung kehrte die Gruppe in die Hütte zurück, und dann machten sich die Sachsen mit herzlichem Abschied auf den Weg, um den Vertrauenswürdigen die frohe Botschaft zu überbringen.

In den Tagen des Wartens ging es auf der Hütte wie zuvor weiter. Der Unterricht wurde wieder aufgenommen, und obwohl Adiva sich in der Gegenwart des Königs nicht bald von ihrer Ehrfurcht erholte, betrachtete Egwina ihn mit liebevoller Ehrfurcht.

Eines Tages legte er mit einem Seufzer das Handbuch nieder, das er betrog.

„Was ist los, mein König?" fragte Egwina . „Was beunruhigt dich? Glaubst du, dass die Sachsen zu lange mit ihrer Ankunft warten?"

„Nein, Kind. Ich dachte nicht an sie, sondern an meine Familie. Es ist lange her, seit ich sie gesehen habe, und ich möchte gerne wissen, wie es ihnen ergeht."

„Die Lady Elswitha war mit Granther und mir in Chippenham", bemerkte Egwina . „Sie wurde in der Nacht durch den Andrang der Menschenmenge von uns getragen. Sie und das Mädchen, das sie Ethelfleda nennen , und Edward, der Jüngling."

„ Egwina , sagst du das?" rief der König überrascht. „Na, Kind, darüber hast du noch nie gesprochen!"

„Habe ich das nicht?" und das Mädchen war wiederum überrascht. „Als wir den Palast verließen, waren wir bei der Dame und ihren Kindern." Dann berichtete sie über die Angelegenheit und schloss mit den Worten: „Ich habe mich oft gefragt, was aus ihnen geworden ist."

„Das kann ich dir sagen", antwortete der König. „Als der Morgen anbrach und ich nach ihnen suchte, aus Angst, sie könnten von den Dänen getötet worden sein, kam ein Bode mit der Nachricht angerannt, dass sie im Haus eines Ceorl in einem der Dörfer Zuflucht gesucht hätten. Ich eilte schnell zu ihnen und schickte sie dann nach Somersetshire, wo sie in Sicherheit leben konnten. Es war nicht gut für mich, bei ihnen zu sein, denn so wären sie der Gefahr ausgesetzt. Nur einmal habe ich von ihnen gehört. Das war Zufall, als ich die Harfe bekam. Ich würde ihnen etwas Gutes tun, aber ich weiß nicht, ob man den Sachsen, die kommen, vertrauen kann, und Denewulf muss hier sein. Niemand kennt die Geheimnisse des Waldes so gut wie er." Er seufzte erneut.

„Mein König", Egwina sprach schüchtern.

„Ja, Kind."

„Warum schickst du mich nicht? Seit ich hier bin, habe ich viel über den Wald gelernt und kann mich sicher durch seine Labyrinthe schlängeln. In den Städten bin ich immer noch in Sicherheit, denn Gaukler und Gauklerinnen sind überall willkommen. Lass mich zu ihnen gehen."

„Du, Kleines?" Alfred legte überrascht sein Buch nieder. „Kind, ich konnte dich nicht schicken."

„Du kannst mir vertrauen. Du wünschst , dass das Leben selbst gegeben werden sollte, bevor ich dich verraten würde", sagte das Mädchen ernst. „Bitte lass mich dein Bote sein, mein König."

„Kind, du bist echt und wahrhaftig. Ich werde dich senden, wie du willst . Nimm dieses Juwel; Unter den Sachsen wird es ohne Frage an dir vorbeigehen, wenn sie dem König treu bleiben."

sprach, gab er ihr ein Juwel aus Gold . Es war kunstvoll geschnitzt und trug auf einer Seite die Inschrift: „Alfred hat mich machen lassen." Egwina nahm es ehrfurchtsvoll entgegen und steckte es in die Falten ihrer Tunika.

„Fürchte dich nicht, mein König", sagte sie. „Ich werde sie sicher erreichen."

Mit vielen Bedenken seitens des Königs machte sich Egwina auf den Weg.

Athelney für sie vorzubereiten . Flächen wurden geräumt und bald waren Hütten überall auf der Insel verteilt. Unter den Augen des Königs errichteten Männer starke Befestigungen, denn diese sollten so gebaut werden, dass kein Nordmann durch sie eindringen konnte. Nervös von der Hoffnung, die Freiheit wiederzuerlangen, arbeiteten die Menschen fröhlich, angespornt durch das Beispiel ihres Häuptlings. Zu anderen ihrer Landsleute wurden treue Boten geschickt, und jede neue Verstärkung ihrer Zahl wurde mit Beifallsrufen begrüßt, und die kommenden Sachsen wurden wie Brüder begrüßt.

Und während im Wald fröhlich Äxte klingelten, waren die Menschen draußen nicht untätig. Die Schmiede schweißten neue und starke Waffen; oder sie ließen die, die sie hatten, zu Hause, errichteten neue Schmieden auf der Insel und widmeten sich dort, ohne Angst vor den Dänen, der Aufgabe, die Armee mit Waffen zu versorgen.

Die Nordmänner waren sich bewusst, dass etwas vor sich ging, aber der Glaube, der König sei tot oder sein Aufenthaltsort unbekannt, brachte die Aufregung im Volk nicht mit ihm in Verbindung. Während die Häute für Schilde gegerbt und das Eisen für die Schwerter geschmolzen wurden, brachte Adiva Gunnehilde zu ihrer Wohnung, und dort spannen die beiden Frauen eine Standarte aus reinem Weiß, auf der der goldene Drache von Wessex leuchtete. Viele Zauber befahl Adiva der Wicca, in ihr Netz einzuweben, was dem königlichen Alfred den Sieg bringen sollte. Die Dänin sah die Vorteile voraus, die ihr Pflegekind Denewulf im Falle eines Sieges der Sächsin haben würde, las ihre Runen und webte ihre Zaubersprüche, wie die Dame es wünschte.

Nun rückte Ostern näher, das auf den 25. März dieses Jahres fiel, und Alfred befahl, um den Zugang zur Insel zu erleichtern, eine Verbindung mit dem Land über eine Brücke, den Eingang, herzustellen die er durch eine Festung sicherte.

Nahrung wurde durch Jagen und Fischen beschafft, und es wurden Angriffe auf die Dänen unternommen, die in Bedrängnis gerieten, als dieser neue Feind häufiger eindrang.

Und der König wartete voller Unbehagen auf die Rückkehr Egwinas .

KAPITEL XI
EINIGE DÄNISCHE GESCHICHTEN

Das Wissen, das Egwina während ihres Aufenthalts in der Hütte von Denewulf über Waldkunde erworben hatte , stand ihr nun gut zur Verfügung. Damit war es ihr möglich, sich ihren Weg durch die komplizierten Labyrinthe des großen Waldes zu bahnen. Als das unerschrockene Mädchen schließlich die Ostgrenze verließ, drang es mit mutigem Herzen mutig nach Wessex vor, das nun von den Dänen überrannt wurde.

machte Halt an den Häusern von Ceorl und Thegn , um Schutz und Erfrischung zu finden, lächelte fröhlich und sang ihre fröhlichsten Lieder. Doch die Sachsen hatten keine Lust auf Feierlichkeiten. Bereitwillig unterstützten sie sie und hörten ihren Liedern zu; aber ihre Gesichter waren ernst und ihre Herzen schwer, denn die Herrschaft des Eindringlings lastete schwer auf ihnen. Überall hörte die Jungfrau das Jammern des unterdrückten Volkes: „Oh, dieser König Alfred wäre hier!"

Oft war sie versucht, ihnen die frohe Nachricht zu überbringen, dass Alfred lebte und sich schon damals bemühte, diejenigen auf seine Seite zu ziehen, die bereit waren, ihr Leben für die Freiheit aufs Spiel zu setzen.

Sie zügelte jedoch ihren Eifer, denn sie wusste nicht, wem sie vertrauen sollte, und machte sich mit einem vom Kummer der Menschen belasteten Herzen auf den Weg.

Als Egwina eines Tages, als es schon Abend wurde, auf der Suche nach einem Unterschlupf für die Nacht war, wurde sie von einem dänischen Mann und einer jungen Frau überholt .

„ Wohin , Mädchen?" fragte der Mann, als sie bei ihr ankamen.

„Ich bin eine Gauklerin , die Schutz für die Nacht sucht", erwiderte Egwina kühn. „Wer seid ihr und wohin geht ihr euren Weg?"

„Ich bin Sigurd, der Skalde", antwortete der Mann, „und das ist Gyda, meine Tochter, die eine Seid- Frau ist. Eine Gauklerin , sagst du, auf der Suche nach Schutz? Dann geh mit uns zur Wohnung von Hakon, dem Jarl, der heute Abend ein Fest veranstaltet. Es wird große Freude geben, denn Gyda wird jedem einzelnen sein Schicksal erzählen."

„Was würde eine sächsische Gauklerin in den Hallen von Hakon , dem Jarl, tun?" rief Egwina , die nicht wusste, wie sie ihre Gefährten loswerden sollte.

„Es wird Musik für sein Herz sein", antwortete der Skalde. „Er kümmert sich kaum darum, ob du Sachse oder Däne bist , damit du fröhlich bist. Schließen Sie sich uns an, denn Geschwister sind allesamt Gaukler und Jungfrauen, ob sie Skalden der Normannen, Barden der Waliser oder Knechte oder Gaukler der Sachsen sind. Aber du bist allein, Mädchen? Warum reist du so?"

„Es gibt nichts anderes zu tun", antwortete sie. Dann fuhr er nach einer kurzen Pause fort: „Mein Großvater und ich sind viele Jahre lang durch das Land gewandert. Nun liegt er tot da, und allein folge ich der Harfe."

„Dein Großvater! Ein Mangel! Er war damals alt?" Sigurd erklärte, anstatt zu befragen. „Es ist schade, dass Hela, die Todesgöttin, zu uns allen kommt. Ich denke, der Asen hätte dem Menschen die Äpfel von Iduna schenken sollen , damit er essen und wieder jung sein könnte."

„ Iduna ? Die Äpfel?" Egwina sah verwirrt aus. „Sei nicht zornig , guter Sigurd, aber ich verstehe nicht, was du meinst."

Iduna gehört ?" fragte der Skalde überrascht.

„Ist sie keine Sächsin?" höhnte Gyda, die Seid- Frau, und sprach zum ersten Mal. „Und sind die Sachsen nicht Christen? Sie war zu sehr mit der Messe und dem Priester beschäftigt, um von Iduna gehört zu haben ."

„Dann wird sie erleuchtet werden", rief Sigurd, während Egwina hastig den Blick von den kohlschwarzen Augen der Seid- Frau abwandte. Ihr Blick erfüllte sie mit einer Art namenlosem Entsetzen. Einladend war sie nicht in Erscheinung, so wie Gunnehilde im Wald, und unwillkürlich bekreuzigte sich das Mädchen. Die Augen der Frau glitzerten, als sie die Aktion sah, aber sie äußerte sich nicht dazu.

„ Iduna ", fuhr der Skalde fort, „lebte in Asgard , der Stadt der Asen ." Ihr wurden die Äpfel der Jugend anvertraut, die dem Körper wieder Kraft und dem Gesicht und den Augen Farbe und Licht verliehen. Sie bewahrte sie in einem Sarg auf und wurde nie erneuert. Als die Asen sie brauchten, holte sie die Äpfel aus der Kiste, die so klein wie Erbsen waren, bis ihre Hände sie berührten. Andere ersetzten die Herausgenommenen, so dass der Sarg nie leer war. Es war immer gefüllt, und niemand wusste, woher sie kamen.

„Aber Thyassi Jötun blickte mit begehrlichen Augen auf die Äpfel von Iduna und suchte nach einem Weg, sie zu bekommen. Einst reiste Odin zusammen mit Loki, dem Bösen, und Hoenir von Asgard über die Berge in ein unbewohntes Land, und es war für sie nicht leicht, an Nahrung zu kommen. Als sie in ein Tal hinabstiegen, sahen sie eine Ochsenherde, nahmen einen von ihnen und bereiteten ihn für das Feuer vor. Als sie dachten, es sei gekocht, nahmen sie es ab, aber es war nicht gekocht. Ein zweites Mal, nachdem sie eine Weile gewartet hatten, nahmen sie es ab und es war nicht gekocht. Sie überlegten, was die Ursache dafür sein könnte. Dann hörten sie eine Stimme vom Baum über ihnen, die sagte, dass der, der dort saß, dies verursacht hatte. Sie schauten auf und da saß ein großer Adler. Der Adler sagte:

„'Wenn du mir meine Sättigung vom Ochsen gibst, soll es gekocht werden.'

„Sie haben zugestimmt. Der Vogel stieg langsam vom Baum herab, setzte sich auf den Herd und fraß sofort die vier Schulterstücke des Ochsen auf. Loki wurde wütend, nahm eine große Stange und schlug mit aller Kraft auf den Adler ein. Durch den Schlag flog der Adler in die Luft. Die Stange klebte an ihrem Körper und Lokis Hände an einem Ende. Der Adler flog so, dass Lokis Füße die Felsen, die Steinhaufen und die Bäume berührten. Er dachte, seine Hände würden ihm von den Schultern gerissen.

„Er schrie eifrig und bat den Vogel, ihn zu schonen, aber der antwortete, dass er niemals loskommen würde, es sei denn, er versprach, Iduna dazu zu bringen, Asgard mit ihren Äpfeln zu verlassen . Loki versprach es, befreite sich und ging nach Hause.

„Zur festgesetzten Zeit lockte der Böse Iduna dazu, in einen Wald außerhalb von Asgard zu gehen , indem er sagte, dass er einige Äpfel gefunden hätte, die sie ihren eigenen vorziehen würde, und bat sie, ihre Äpfel mitzunehmen, um sie zu vergleichen. Iduna ging bereitwillig mit ihm, denn er war einer der Asen . Als sie die Mauern von Asgard hinter sich ließ, überkam sie eine Angst, und sie wäre zurückgekehrt, denn jetzt wurde ihr klar, dass Bragi, ihr Ehemann, der weise und beredte, ihr gesagt hatte, sie solle die Stadt niemals verlassen. Selbst als die Angst sie packte, Thyassi Jötun kam in Adlergestalt, nahm Iduna und flog zu seiner Wohnstätte in Jötunheim .

„Die Asen waren sehr betrübt über das Verschwinden von Iduna und wurden bald grauhaarig und alt, denn die Äpfel der Jugend waren von ihnen verschwunden. Hela, die Todesgöttin, stammte aus Niflheim und wohnte ebenfalls unter ihnen. Dann trauerten die Asen noch mehr um die Äpfel von Iduna . Sie hielten ein Thing ab (das Parlament der Nordmänner wird so genannt) und fragten einander nach Neuigkeiten über sie. Dann wurde bekannt gegeben, dass sie das letzte Mal bei Loki war. Odin, der Wilde, befahl Loki vor sich her und erklärte, dass er getötet oder gefoltert werden sollte, wenn er Iduna nicht zurückbringe .

„Dann fürchtete sich der Böse und stimmte zu, Iduna aus Jötunheim zu holen, wenn Freyga ihm die Falkenhaut leihen würde, die sie besaß. Als er es bekam, flog er nach Norden nach Jötunheim und kam eines Tages nach Thyassi Jötun , der im Meer fischte. Iduna war allein zu Hause. Anfangs war sie froh gewesen, wenn ihre Leibeigenen immer lächelten; Doch bald stellte sie fest, dass sie keine Seele hatten und in ihrem Kummer kein Mitgefühl mit ihr haben konnten.

„Hat Thyassi oft getan Jötun versuchte, die Äpfel zu bekommen, aber als er sie berührte , verschwanden sie und er konnte es nicht. Wütend hatte er Iduna gedroht, wenn sie es ihm nicht geben würde, und nun war er voller Zorn über ihre Weigerung auf See angeln gegangen. Also fand Loki sie allein.

„Er verwandelte sie in eine Verrückte, hielt sie in seinen Krallen und flog so schnell er konnte davon. Aber Thyassi Jötun verfolgte sie in Form eines Adlers. Die Asen sahen den Falken mit der Nuss fliegen und den Adler verfolgen, und sie gingen zur Asgard- Mauer und trugen Bündel von Hobelspänen dorthin. Als der Falke in die Stadt flog, landete er an der Mauer.

„Die Asen zündeten die Späne an, aber der Adler konnte nicht aufhören, als er den Falken verlor, und das Feuer erfasste seine Federn und stoppte ihn. Die Asen waren nahe und töteten Thyassi Jötun , was eine sehr berühmte Tat war. So hatten sie wieder die Äpfel der Jugend.

„Ich für meinen Teil möchte, dass Männer davon essen, denn ich möchte nicht alt werden.“

„Das ist eine hübsche Geschichte“, bemerkte das Mädchen, das interessiert zugehört hatte.

„ Glaubst du das?“ rief der Skalde sehr erfreut. „Einst waren solche Geschichten sowohl ein Erbe der Sachsen als auch der Dänen; Aber jetzt haben sie sich von den alten Göttern abgewandt und mit Messen und Gebeten begonnen, bis ihre Kraft nachgelassen hat und sie keinen Mut mehr im Streit haben. Wahrlich, den Anhängern Odins kommt der Sieg.“

„Das war nicht immer so“, rief Egwina aus Vorsicht. „Ich glaube , dass König Alfred den Sieg oft von dir getragen hat. Was er getan hat, das wird er wieder tun.“

„Jungfrau, was weißt du über den König? Die massivsten Armbänder, viele Geschenke und einen Platz auf dem Hochsitz würde Guthrum dir für die Botschaft von Alfred geben. Sprechen!"

„Nichts, nichts“, antwortete das Mädchen, als sie ihren Fehler erkannte. „Ich spreche nur von der Hoffnung eines Sachsen. Ist es unziemlich, dass wir unserem König anstelle des Ihren den Sieg wünschen?“

"Nein; „Das ist natürlich“, erwiderte Sigurd. „Aber ich dachte, dass du redest, als wärst du über die Taten des Königs im Bilde.“

„Ich wollte, dass ich es wäre“, antwortete das Mädchen voller Inbrunst. „Was sollte eine einfache Jungfrau des Königs sein?“

„ Sagt sie die Wahrheit?“ forderte Sigurd von seiner Tochter.

„Im Schein, aber nicht in der Tat", erwiderte die Seid- Frau. „Sei geduldig, mein Vater. Diese Nacht wird Gyda in der Halle von Hakon , dem Jarl, den Seiden aufführen . Dann wirst du alles erfahren, was im Herzen der Jungfrau liegt."

„Heilige Mutter sei mit mir!" murmelte das Mädchen leise.

„ Kennst du die Schicksalslieder, Mädchen?" fragte Gyda.

"Nein; Ich bin Christin", antwortete das Mädchen schlicht.

„Dann werde ich dich lehren", bemerkte Gyda. „Wenn du eine gute Stimme hast, könntest du mir beim Singen der Zauberlieder nützlich sein; denn nur wenige kennen sie. Höre zu, und du wirst es jetzt hören."

"Nein; Lass mich lieber mehr von deinen Geschichten hören", und Egwina blickte den Skalden flehend an. „Gut sagst du es ihnen, und ich wundere mich nicht, dass du willkommen bist, wo Freude herrscht."

„Dann sollst du sie hören", rief Sigurd, geschmeichelt von ihren Worten. „Später, Tochter, kannst du sie für deine Kunst gebrauchen? Jetzt lass sie mir zuhören, denn ich muss mein Gedächtnis auffrischen. Sie ist weise im Wissen über unser Handwerk; denn eine Tochter eines Skalden, und eine Skaldenjungfrau ist sie. Dann weißt du, Mädchen, wie Skadi , die Tochter von Thyassi Jötun , kam nach Asgard , um ihren Vater zu rächen?"

"NEIN; Ich kenne nur die Geschichten meines eigenen Volkes", sagte Egwina und freute sich darüber, dass sie nicht gezwungen war, den Zauberliedern der Seid- Frau zu lauschen.

„Dann hör zu! Ganz Asgard freute sich über den Tod von Thyassi Jötun , als Skadi , seine Tochter, Helm und Brynja (Schild) sowie eine komplette Kriegskleidung nahm und nach Asgard kam, um ihren Vater zu rächen. Die Asen boten ihr Versöhnung und ein Wergeld an , doch zuvor möge sie sich unter ihnen einen Ehemann aussuchen. Da freute sich Skadis Herz , denn ein lebender Ehemann ist besser als ein toter Vater; Deshalb stimmte sie der Versöhnung zu.

„Die Asen konnten sich untereinander nicht darauf einigen, welches sie nehmen sollte, also ließen sie Skadi unter ihnen wählen, da sie nicht mehr als die Füße sahen. Sie standen hinter einem großen Vorhang, unter dem nur ihre Füße zu sehen waren. Nun wünschte sich Skadi sehr, Baldur, den Schönen, zum Ehemann zu haben, also schaute sie sich die Füße ganz genau an und wählte das schönste Paar aus und sagte: „Dieses wähle ich." In Baldur können nur wenige Dinge hässlich sein.

„Aber es war überhaupt nicht Baldur, sondern Njord , der Alte, den sie ausgewählt hatte. Dann lachte und jubelte der Ase . Skadi war wütend, aber sie wollte gern an ihrer Entscheidung festhalten, denn sie allein hatte die Entscheidung getroffen.“

Egwina lachte, trotz ihrer Ängste interessiert.

„Ich glaube, ich wähle lieber nach dem Gesicht als nach den Füßen“, rief sie fröhlich. „Das Aussehen eines Mannes spiegelt seine Taten wider, und ein klares Auge zeigt oft sowohl ein gütiges als auch ein mutiges Herz.“

„Stimmt, Kind. In deiner Rede liegt viel Weisheit. Erinnere dich gut an deine Worte, und wenn Skulda den goldenen Faden eines anderen mit deinen vermischt, dann achte auf ein gutes Gesicht und Herz, ebenso auf die Stärke deiner Arme und wohlgeformten Füße.“

„Das Netz ihres Schicksals ist bereits gewoben“, erklärte die Seid- Frau. „ Skulda hat bereits die Kette und den Schuss der Größe mit ihr verwoben.“

„Woher weißt du das?“ rief Egwina . „Du kannst solche Dinge nicht wissen. Ich glaube es nicht. Ich kümmere mich wenig um mein Schicksal, bis ich dazu komme, und ich weiß, dass mein Leben nicht von deinen Zungenwurzeln abhängt.“

Der Hauch eines Lächelns huschte über das Gesicht der Frau.

„ So hast du nicht gesprochen, als die Vala deinen Traum für dich auflöste. Heute Abend wirst du mehr über deine Zukunft wissen, und wir werden mehr über dich wissen. Dein Plan und was für eine Bedeutung das ist, was du in deinem Busen trägst.“

Unwillkürlich wanderte die Hand der Jungfrau zum Busen ihrer Tunika, denn dort trug sie das Juwel, das der König ihr geschenkt hatte. Ein Licht blitzte in Gydas Augen auf, und erneut bekreuzigte sich die Jungfrau.

„Hier kommen wir endlich zur Behausung von Hakon , dem Jarl“, sagte Sigurd und bog in den Hof einer großen Holzbehausung ein, die einst einem sächsischen Thegn gehört hatte. „Hier wohnen wir für die Nacht.“

„Ich werde weitergeben“, sagte Egwina und versuchte ruhig zu sprechen. „Ich sehe in der Ferne das Haus eines Ceorl. Umso glücklicher werde ich sein, wenn ich bei meinen eigenen Leuten bleibe . Ich danke euch beiden für die nette und freundliche Unterhaltung und wünsche euch gute Besserung.“

dies sagte, machte sie sich auf den Weg, doch die Seid- Frau war sofort an ihrer Seite.

„Deine Gesellschaft war zu gnädig, Mädchen“, rief sie mit glitzernden Augen, „um sie uns jetzt vorenthalten zu können.“ Hat dich außerdem mein Vater nicht mit Geschichten über unser Volk unterhalten? Jetzt müssen sie den Zauberliedern von Gyda lauschen.“

„Bitte bestehe nicht darauf", flehte das Mädchen. „Ich würde weitermachen."

„Bleib die Nacht bei uns, Mädchen", sagte Sigurd. „Es wird dir kein Schaden zustoßen, wenn deine Absicht gut ist. Dunkelheit hat begonnen, sich über die Erde zu legen, und es ist für ein Mädchen nicht angemessen, allein draußen zu sein. Du gehörst zu meinem Handwerk, und Sigurd wird von dir nur deine Lieder und deine Freude verlangen. Sofern es nicht so ist, dass du eine Mission zu erfüllen hast und dich auf den Weg machen musst, flehe ich dich an, bei uns zu bleiben."

Egwina gegen ihren Willen gezwungen war, die Wohnung von Hakon , dem Jarl, zu betreten .

KAPITEL XII
DER MAGISCHE SCHLAF

Der große Metsaal war voller Dänen, die feierten und tranken, und auf dem hohen Sitz saß Hakon , der Jarl. Fröhlich begrüßten sie den Skalden und die Jungfrau, aber die Seid- Frau begrüßten sie mit respektvollen Worten. Hakon selbst kam von seinem hohen Sitz, nahm sie bei der Hand und führte sie zu dem Ort, der für sie vorbereitet worden war, und bat sie, ihren Blick über das Haus und über sich selbst zu richten, damit er das Schicksal aller erfahren könne.

Dann stellten sie ihr einen Brei aus Ziegenmilch und eine Schüssel aus den Herzen aller Arten von Tieren vor. Sie hatte einen Löffel aus Messing und ein Messer aus Messing, und alles, was sie dazu aufrief, wurde ihr gebracht. Alle haben gefeiert. Egwina aß und trank aber wenig, weil sie Angst hatte. Besorgt tastete sie nach dem Juwel, um zu sehen, ob es sicher war, und wartete unruhig auf die kommenden Ereignisse.

Nach dem Fest rief Hakon, der Jarl, die Skalden herbei, und viele waren da, die seine Taten und seine Großzügigkeit besangen. Als alle gesungen hatten, rief der Jarl:

„ Ich glaube, ich sehe eine Skaldenjungfrau, die noch nicht gesungen hat? Sie sieht nordisch aus , aber ihr Kleid ist sächsisch."

„Du hast recht, oh Hakon ", rief Sigurd. „So scharf wie die Augen des Adlers sind die Augen von Odins Sohn, die in die Ferne blicken. Das Mädchen ist für nordische Verhältnisse zwar schön genug, aber es ist eine Sächsin. Sie ist eine Skaldenjungfrau, und ich bezweifle, dass sie viele Lieder nicht gut kennt ."

„Ich würde deine Harfe hören", sagte der Jarl, und Egwina trat vor und sang ein malerisches kleines nordisches Lied, das ihr Großvater ihr beigebracht hatte.

„Gut, gut", rief der Jarl erfreut. „Süß ist deine Harfe, schöne Magd, aber nicht so süß wie die Stimme, die sie begleitet. Komm näher."

Egwina ging zögernd auf den Hochsitz zu.

„Wundervoll ist deine Harfe. Woher soll die Skaldenjungfrau so schön kommen? Es könnte ein Geschenk aus königlicher Hand sein."

„Es ist das Geschenk eines Königs", kam von der Seid- Frau.

Hakon sah das Mädchen an.

„Es ist wahr, oh Jarl“, antwortete sie auf den Blick. „Es ist der Brauch der Sachsen, diejenigen zu belohnen, die sich über sie lustig machen.“

„Das ist in allen Ländern Brauch“, sagte Hakon lächelnd und nahm eine Kette aus Gold vom Hals. „Nimm das, Mädchen; Wenn du auf der Harfe eines Königs spielst , ist es angemessen, dass du königliche Geschenke erhältst . Es ist eine Kette aus Gold, die nie eine Legierung erfahren hat. Siehe, in seiner Mitte hängt ein Amulett, das stets treu die Wünsche seines Trägers wahrt.“

„Ich danke dir, Hakon “, murmelte das Mädchen, als der Jarl ihr die Kette über die Schultern warf.

„Ich würde deine Harfe wieder hören“, sagte er, „aber singe von Sachsen und Dänen. Kannst du uns nicht ein Lied über den Sieg der Dänen über die Sachsen singen?“

Dann schwoll das Herz der Jungfrau in ihr an, als sie an den lieben Großvater dachte, der sein Leben gegeben hatte, weil er nicht so singen wollte, und ihre Seele wurde stark und sie sprach kühn :

„Ich bin ein Sachse, Jarl Hakon , und es würde mir nichts ausmachen, von der Schande meines Landes zu singen. Ich bin bereit, mich für dich zu freuen, wenn dir irgendetwas in meiner Harfe oder Stimme gefällt. Es gibt viele Skalden, die dir die Siege deiner Landsleute besingen können. Gnadenreich war deine Gabe; Sei gnädig mit deinem Geschenk an die Skaldenjungfrau. Aber nimm es zurück und verlange nichts von ihr.“

„Behalte deinen Schmuck“, und der Jarl warf ihn ihr zurück. „Ich wünschte, unsere Jungfrauen würden ihrem Land so treu bleiben. Singe nicht so, Mädchen, wenn du nicht willst, sondern etwas Sächsisches. Wer seinem eigenen Land treu bleibt, verrät niemals ein anderes.“

Die Dänen sahen der Angelegenheit überrascht zu. Jarl Hakon war ein strenger Mann, und noch nie zuvor hatte man von ihm erlebt, dass er auch nur die geringste Verletzung seiner Wünsche geduldet hätte. Egwina dankte ihm dankbar und fegte dann, wie er es wünschte, die Saiten und sang. Sie wählte das Lied des Phönix , ein Thema, das bei den sächsischen Dichtern sehr beliebt war; das mystische Leben, der Tod und die Auferstehung des sagenumwobenen Vogels.

Ihre Gedanken wanderten zu der kleinen Hütte im Wald, in der der König der Sachsen verborgen lag. Sollte er sich wie der Phönix über den Scheiterhaufen der toten Hoffnungen seines Volkes erheben und das Land erneut als König regieren? Ein Zittern schlich sich in ihre Stimme, und als sie sich dann an seine Worte erinnerte: „Die Erde, wenn sie erobert ist, gib uns die Sterne“, schwoll Hoffnung in ihrer Brust an. Unabhängig von den

Schwierigkeiten und Gefahren, die seinen Weg heimsuchten, würde Alfred erneut herrschen. Er wurde vom heiligen Papst selbst zum von Gott auserwählten König gesalbt. Ihre Stimme brach in den triumphalen Refrain aus, als ihr die Gewissheit klar wurde. [1]

„Siehe, aus dem luftigen Netz,

Blühend und strahlend ,

Jung und jubelnd, die

Phoenix bricht hervor.

„Um ihn herum tummeln sich die Vögel

Singen und Jubeln;

Flügel aller Herrlichkeit

Engarland, der König.

„Hymnen und jubeln,

Durch Wald und Sonnenluft,

Hymnen und Jubeln

Und ihn als „König" zu bezeichnen.

„Hymnen und jubeln,

Und die Sonnenluft füllen

Mit Musik und Ruhm

Und Lob des Königs."

Während sie zuhörten, herrschte Schweigen über die Gefolgsleute. Die Augen der Seidenfrau glitzerten seltsam.

„Gut hast du gemacht, Kind", und Hakon nahm ein massives Armband von seinem Arm.

„Du hast mir schon genug gegeben", sagte Egwina und lehnte das Geschenk bescheiden ab.

„Tut! Lehne nichts ab, was dir angeboten wird. Du wirst mich nicht immer so großzügig finden. Mir gefiel der Geist deines Liedes."

„ Es war voller Gedanken an den König", kam von der Seid- Frau. „Nähre keine Viper, Jarl Hakon . Erkundige dich bei der Jungfrau nach dem Aufenthaltsort des Königs, den du suchst. Ungewiss ist die Amtszeit des Nordmanns, es sei denn, der Drache von Wessex wird besiegt. Fragen Sie die Jungfrau nach dem Aufenthaltsort von König Alfred."

Der Jarl wandte sich an Egwina .

„Ist es wahr, dass du weißt, wo dein König ist?"

„Gnädig warst du, oh Jarl, als du sagtest, dass ich nicht gegen mein Land singe! Sei auch hier gnädig. Ich konnte die Schande meines Landes nicht besingen, Hakon ; Ich kann meinen König auch nicht verraten.

Hakon runzelte die Stirn und wurde nachdenklich.

„Du brauchst das Mädchen um nichts zu bitten", sagte Gyda noch einmal. „Hat die Seid -Frau die Macht, dir zu sagen, was du wünschst ? Quota ! Lasst die Beschwörung vorbereiten."

„Es soll geschehen, wie du sagst", sagte der Jarl und erwachte. Dann befahl er einigen jungen Männern, einen großen flachen Stein zu bringen, der auf vier Pfosten gelegt wurde, die in der Mitte des Raumes vor dem hohen Sitz aufgestellt waren.

Auf der Plattform nahm die Volva ihren Platz ein. Frauen bildeten einen Kreis darum und sangen das Schicksalslied. Als diese fertig waren, begann die Seid- Frau heftig zu murmeln und zu gestikulieren, als ihr die Offenbarungen zuteil wurden.

„Ich sehe dich, Jarl Hakon ", rief sie.

„Auf der weiten Heide klingen deine Bogensehnen,

Während sie hoch in der Luft waren, sangen die Pfeile;

Dein eiserner Glanz bringt dich in die Flucht

Der Wächter des großen Odin-Schreins,

Du, der langhaarige Sohn von Odins Linie,

Erhebt die Stimme, die den Jubel ausstrahlt,

Erster auf der Spur von Wolf oder Bär."

Sie krümmte sich gespenstisch bleich auf dem Stein und brach wieder hervor.

„Im Kampfsturm sucht ihr keinen Schutz,

Mit schleichendem Kopf und gebeugtem Knie,

Hinter dem Hohlschild.

Mit Auge und Hand wehrt ihr den Kopf ab,

Mut und Können treten an ihre Stelle

Von Panzer, Helm und Schild

Auf Hilds verdammtem Feld."

„Sag mir, Gyda, was du gesagt hast ", sagte der Jarl. „ Erzähl mir vom sächsischen König Alfred. Lebt er schon?"

„Nach Westen rennt der graue Wolf,

Nach Westen, der untergehenden Sonne entgegen;

Folge schnell und suche ihn

Im Wald feucht und düster."

„Dann wird er leben!" und der Jarl wandte sich an seine Anhänger. „Beachtet gut die Worte der Volva. Beachten Sie es gut und befestigen Sie es an Ihren Herzen, denn morgen suchen wir nach dem sächsischen König." Er warf einen goldenen Ring auf die hohe Seidenplattform und sagte: „ Weiß die Jungfrau etwas vom Versteck des Königs?"

„Nun, das Mädchen kennt es

Wo Alfred versteckt liegt.

Daran in ihrem Busen

Kommt sie seinem Befehl nach? "

Hakon ging auf die Jungfrau zu, die nervös ihre Harfe an ihre Brust drückte. In diesem Moment erklang die Stimme des Vala zu einem lauten Schrei und der Jarl rannte zurück, um die hektischen Äußerungen zu hören. Egwina spürte, wie ihre Hand berührt wurde, und eine Stimme flüsterte:

„Erschrecke nicht, Mädchen, und zittere nicht. Ich bin Ethelred, der junge Mann, der dich mit König Alfred im Wald gesehen hat. Seien Sie guten Mutes. Du hast hier einen Freund."

Egwina drehte für einen Moment den Kopf, und als sie es tat , sah sie in ihrer Nähe die Gestalt eines jungen Dänen. Er schaute zu ihr und lächelte leicht, und dann sah sie, dass es sich tatsächlich um den sächsischen Jugendlichen handelte. Jetzt strömte Hoffnung in ihr Herz, und mit mehr Mut lauschte sie den Schwärmereien der Seid- Frau.

„'Ware, 'Ware des Waldes, Jarl Hakon ,

Der Drache stiehlt aus seinem Versteck,

Er zerreißt dich und dein Volk,

Und hinterlässt euch als Nahrung für den Bären.

„Dann nimm vom Vala eine Warnung;

Suchen Sie nicht den großen König der Sachsen;

Die Streitkräfte von Wessex sammeln sich,

Der Drache von Wessex wird springen."

Sie hörte auf und nichts mehr kam über ihre Lippen. Vergebens warf der Jarl Geschenke auf die Plattform. Was auch immer die Kraft der Volva war, sie hatte sie verlassen und sie lag regungslos auf dem Stein.

Als der Jarl feststellte, dass es sinnlos war, weiter nachzufragen, wandte er sich zur Halle und rief laut nach vier Bechern Met.

„Den Kelch der Gelübde trinke ich", sagte er. „Odin, der den Sieg gibt; an Frey und Nïord , für ein gutes Jahr und Frieden, und an Bragi. Ich schwöre mit diesen Getränken, die ich dem Asen getrunken habe , dass ich eine große Tat vollbringen werde, die des Liedes des Skalden würdig sein wird. Und diese Tat soll die Jagd auf Alfred sein. Wenn Odin die Auserwählten der Erschlagenen geschickt hat, um mich nach Walhalla zu tragen, dann wird der Tod des Kriegers willkommen sein. Wer verpfändet mir die Walküre?"

"ICH!" "ICH!" schrieen die Nordmänner, sprangen auf und hoben jeweils ein Horn Met an seine Lippen.

Niflheim trauern wird , dass sie ihrer Beute beraubt wurde!"

Wieder tranken sie.

„Morgen werden wir uns auf die Suche nach dem Drachen in seiner Höhle und dem König in seinem Loch machen. Der Rabe hat den Drachen von seinem Thron vertrieben. Soll er ihn nicht in Stücke reißen? Wer geht mit mir auf die Jagd nach König Alfred?"

Wieder erfüllten die heiseren Rufe der Gefolgsleute die Halle.

„Ob sie will oder nicht, die Jungfrau wird uns führen", rief der Jarl. „Süß werden ihre Lieder zu uns kommen, während wir, müde vom Marsch, zur Ruhe verweilen."

Aber Egwina schwieg, und in ihrem Herzen wuchs der Entschluss, dass sie diese Männer nicht zu Alfreds Versteck führen würde, auch wenn der Tod oder, noch schlimmer, die schwerste Folter ihr Teil sein mochte.

Die Seidenfrau stieg von der Plattform herab und glitt durch die Dänen hindurch, die nun, nachdem sie sich Odin verpflichtet hatten, an der Seite der Jungfrau große Feierlichkeiten zu veranstalten begannen.

„In deiner Brust ruht ein Juwel", sagte sie leise zu dem Mädchen. „Es ist wunderbar gearbeitet und Gyda will es. Gib es ihr und sie wird dir helfen, Hakon zu entkommen ."

"Ich kann nicht. Es ist das –", begann das Mädchen und hielt inne.

"Ja; des Königs . Ich kenne, Mädchen, das Wort, das du sagen würdest. Nun, die Runen lesen für Alfred den König. Lass mich nur sein Juwel haben und du wirst freikommen."

Aber Egwina schüttelte den Kopf.

„Wunderbar wird dein Schicksal sein, Mädchen. Möchten Sie es wissen? Gyda wird es dir sagen und dir bei der Mission helfen, die du dir vorgenommen hast."

„Warum wünscht du dir das Juwel des Königs Alfred? Sächsisch bist du nicht. Warum wünschst du es?"

„Es bringt dem, der es trägt, Glück. Weisheit und die ganze Magie von Galdra werden mir gehören, wenn ich nur das Juwel von Alfred besitze. Vor langer, langer Zeit sagten mir die Runen, dass mir nur eines fehlte, und dann würde sich alles vor meinen Augen entfalten. Das gehörte einem sächsischen König aus der Linie von Cerdic , der von meinem Volk von seinem Thron vertrieben werden sollte. Gib es mir, Mädchen. Dein ganzes Schicksal werde ich entfalten, und noch mehr. Ich werde Guthrum zwingen, seinen Frieden (Frieden) über dich auszudehnen , damit du diejenigen, die du suchst, in Sicherheit findest."

"NEIN;" sagte Egwina kühn. „Erzähl mir von meinem Schicksal nur, wie es mir widerfährt. Ich werde dir bei deiner bösen Kunst nicht helfen. Nichts von König Alfreds Mitteln sollte für eine so niederträchtige Sache verwendet werden; und nicht dieses Juwel, solange ich es halte."

„Pass auf dich auf, Mädchen", zischte die Frau. „Wenn du es mir nicht gibst, werde ich es mir durch List verschaffen. Denken Sie nicht, dass Gyda keine Kunst hat."

Hakon, den Jarl, suchen . Er wird mich unter seine Hand nehmen", und Egwina stand auf.

„Tu es", spottete der andere. „Seinen Bruder wird er dir geben, wenn du ihn nur zum Versteck des Königs führen willst. Wähle dich."

Das Mädchen zögerte. Es war genau so, wie die Hexe sagte. Hilflos suchte sie nach Ethelred. Er war aus der Halle verschwunden. In ihrer Verzweiflung sank sie auf ihren Sitz zurück und lehnte ihren Kopf auf ihre Harfe.

„Schau mich an, du sächsische Magd", befahl die Wicca.

Fast ohne zu wissen, was sie tat, blickte Egwina die Frau an.

„Höre auf meine Worte, Mädchen. Hören Sie sich das Lied der Hexenfrau Gyda an. Höre auf die Worte, die sie dir singt, und schlafe, Mädchen, schlafe."

Sie machte einige Bewegungen über den Kopf des Mädchens und sang dabei ein leises, krächzendes Lied. Vergeblich machte Egwina das Kreuzzeichen. Vergeblich versuchte sie, den Saphirring, den Ethelfleda ihr gegeben hatte, vor ihrer Vision festzuhalten. Das summende Lied wiederholte seine rhythmischen Takte in ihren Ohren. Die Augen der Seid - Frau leuchteten. Lebendige Funken schienen von ihnen in die Augen des Mädchens zu springen. Sie haben sich in ihr Gehirn eingebrannt. Sie spürte, wie ihre Sinne schwankten und nachließen.

Leise ertönte die Stimme eines der Nordmänner in ihrem Ohr:

„Gyda, die Seidenfrau , hat das Mädchen in den magischen Schlaf fallen lassen."

Leise und fern wie ein Flüstern erreichten sie sie und klangen in ihren Ohren: „Der magische Schlaf", und sie wusste nichts mehr.

KAPITEL XIII

Der Sieg liegt bei den Sachsen

Als Egwina aus dem Schlaf erwachte, schien die Sonne und sie wusste nicht, wo sie war. Sie lag auf einem Stück Stroh, das sich unter ihr zu bewegen schien. Als sie sich aufsetzte, stellte sie zu ihrem Erstaunen fest, dass sie sich mit zwei dänischen Frauen und einigen Kindern in einem unhöflichen Karren befand. Als ihr die Erinnerung an die Ereignisse der vergangenen Nacht in den Sinn kam, tastete sie nach dem Juwel des Königs. Es war weg. Ein Strom der Bitterkeit strömte in ihre Seele.

„Wo ist Gyda?" forderte sie heftig von den Frauen.

„Sie ging mit Sigurd, dem Skalden, wir wissen nicht wohin", antwortete einer von ihnen. „Dir, Mädchen, sagte sie uns, dass sie ihr Wort gehalten hatte, als sie das Juwel erhalten hatte, und dich aus der Hand von Hakon Jarl gesandt hatte, damit du ihn nicht zu deinem König führen musstest . Sie forderte uns auch auf, dir zu sagen, dass nichts anderes von deinem Schmuck berührt wurde, außer dem Juwel. Siehe die Kette, die dir der Jarl gegeben hat; Das Armband und dein anderer Schmuck bleiben unberührt.

„Sag mir, wo wir sind und wohin wir gehen?" rief das Mädchen eifrig.

Demetia überwintert hat und nun von Westen in das Land der Sachsen kommt. Die Zeit des Frühlingsfestes rückt immer näher. Dann wird der Nordmann das ganze Land überschwemmen und vollenden, was er so gut begonnen hat."

Egwina stöhnte. Und niemand war da, um den König zu warnen.

„Sehen Sie", sagte sie zu den Frauen und nahm die Kette von ihrem Hals, die ihr der Jarl gegeben hatte. „Hier ist das und das Armband auch. Beide sind von großem Wert. Ihr werdet sie haben, wenn ihr mich unbehelligt von euch gehen lässt."

Die Frauen schüttelten den Kopf, und derjenige, der gesprochen hatte, sagte noch einmal:

„Wir durften dich nicht von uns lassen. Davor forderte uns die Seid- Frau auf, uns in Acht zu nehmen. Es liegt auch nicht in unserer Macht, dies zu tun, denn die Nordmänner sind überall. Überzeugen Sie sich selbst."

Egwina schaute hin, und ihr Herz sank, als sie die lange Reihe von Reitern und Männern zu Fuß vor und hinter sich sah. Dort standen viele Karren, gefüllt mit Frauen und Kindern und den Vorräten der Dänen. Alles deutete auf Vorbereitungen für einen langen Marsch hin. Egwina vergrub ihr Gesicht in ihren Händen und ergab sich mit dem Unvermeidlichen.

Der Marsch war lang und dauerte mehrere Tage. Schließlich erreichten sie den äußersten westlichen Teil von Devonshire . Hier wurden sie von einer weiteren großen Gruppe Nordmänner unter dem berühmten Hubba, einem der Söhne von Ragnar Lodbrock, begrüßt . Die Sachsen flohen erschrocken, als sie sich ihnen näherten. Einige wenige zogen mit ihren Frauen und Kindern zur Burg Kynwith .

Die Dänen folgten den letzten rasch und da sie sahen, dass die Burg uneinnehmbar war, wollten sie keinen Angriff auf sie riskieren, sondern schlugen davor ein Lager auf, in der Hoffnung, die Sachsen auf diese Weise entweder vor Hungersnot oder Wassermangel zur Kapitulation zu bewegen; denn in der Nähe der Burg gab es keine Quelle.

Vergeblich versuchte Egwina , sich den Sachsen in der Burg anzuschließen. Jede ihrer Bewegungen wurde beobachtet und sie war gezwungen, die Idee aufzugeben. Lustlos mischte sie sich unter sie und lauschte teilnahmslos ihren Liedern. Oft versuchten sie, sie zu zwingen, an ihrer Heiterkeit teilzunehmen und ihre Herzen mit Musik zu erfreuen, aber sie sah sie mit ernstem Gesicht an und wollte nicht singen.

So vergingen die Tage. Die Heiden warteten nur auf die Übergabe der Burg, von der sie glaubten, dass sie aufgrund der dringenden Notwendigkeit der Christen bald erfolgen würde.

Eines frühen Morgens, gerade als die ersten schwachen Morgendämmerungsstreifen den Himmel färbten, wurde Egwina durch die Schreie der Männer und das Klirren von Stahl aus dem Schlaf geweckt. Erschrocken sprangen die Dänen zu den Waffen, aber die Sachsen hatten sie zu völlig überrascht, als dass sie mehr als wütenden Widerstand geleistet hätten. Von Anfang an schlugen sie die Nordmänner in großer Zahl nieder, denn sie waren von der Eingebung der Verzweiflung erfüllt, hielten den Tod für unvermeidlich und fielen lieber im Kampf als durch Hunger.

Die zitternde Jungfrau betete in ihrem Zelt inbrünstig für den Erfolg ihres Volkes. Während sie damit beschäftigt war, wurde die Klappe grob zur Seite geschoben und zwei Männer traten ein. Sie packten sie, bevor sie sich ihrer Absicht bewusst wurde, und stürmten aus dem Zelt und mitten ins Getümmel, wo Hubba, ihr König, war.

„Nimm das als deinen Schild, Hubba", rief einer und warf die Jungfrau vor den dänischen König.

„Wenn du also getötet wirst, muss es durch den Körper des Mädchens geschehen. Sie werden keine ihrer eigenen Jungfrauen töten."

Aber Hubba schob das Mädchen hochmütig beiseite und machte dabei das Zeichen von Thor.

eigener Kraft stark ? Warum sollte ich einen lebenden Buckler verwenden, wenn mein eigener besser ist? Sköfnung (der Name seines verzauberten Schwertes) hat bereits das Blut vieler getrunken, die von seinem Lebenskrug keine Erleichterung finden können. Stehe ich außerdem nicht unter dem magischen Banner, das meine Schwestern an einem einzigen Tag gewebt haben? Ich brauche kein Dienstmädchen zum Schutz."

Stolz wandte er sich von ihnen ab und stürzte erneut in den Konflikt. Aber die Nordmänner standen da und blickten auf die magische Standarte, und plötzlich schrien sie: „Siehe, der Rabe liegt regungslos! Er schlägt nicht mehr mit den Flügeln als Zeichen des Sieges. Wir sind verloren."

Als sie den regungslosen Raben erblickten, erklang ein schmerzerfülltes Wehklagen aus den Reihen. Darüber erklang die Stimme von Hubba:

„Wenn wir sterben müssen, dann sterben, wie es die Söhne Odins tun sollten. Der Einäugige bereitet das Fest des Ebers Schaehrimnir vor . Schnell fließt der Met von der Ziege. Willkommen erwartet uns in Walhalla. Willkommen und gute Laune! Aber nimm viele der sächsischen Krieger mit. Das befiehlt euch der Alfadur ."

Zu weiteren Anstrengungen aufgeweckt, erhoben die Dänen ihren Kriegsgesang und versammelten sich um die tödliche Standarte. Diejenigen, die Egwina in den Kampf gebracht hatten, ließen sie nun stehen und schlossen sich den anderen an.

Das verwirrte Mädchen stand da und wusste nicht, was es tun oder in welche Richtung es sich wenden sollte. Überall mischten sich Sachsen und Dänen im Kampf. Die nordischen Frauen und Kinder hatten sich auf eine Seite zurückgezogen. Die Frauen schrien oder riefen ihren Ehemännern oder Vätern aufmunternde Worte zu oder sangen die Kampflieder ihres Landes. Mitten im Wettstreit konnte man die Stimmen der Skalden hören, die Heldentaten rezitierten und die Nordmänner zu größeren Erfolgen anspornten.

Das Mädchen stand als unwilliger, faszinierter Zuschauer da, ohne an eine Gefahr für sich selbst zu denken. Tapfer und heftig kämpfte der Däne. Tapfer und erbittert kämpften die Sachsen. Sie waren wahre Söhne Wodans , und zum kämpfenden Blut der altnordischen Helden gesellte sich die erhabene Begeisterung, für Heimat und Land zu kämpfen.

Plötzlich erblickte eine der Däninnen Egwina , die mitten im Kampf stand. Mit einem Wutschrei stürmte sie auf sie zu, packte sie an den Haaren und zerrte sie dorthin zurück, wo die Frauen und Kinder waren.

Egwina schrie über den Angriff auf und versuchte, sich aus dem Griff der Frau zu befreien. Auf ihren Schrei hin drehten sich einige der Sachsen um. Einer, ein Jugendlicher, verließ die anderen und sprang auf die beiden zu.

„Lass das Mädchen los", befahl er.

„Nein", rief die Frau; „Sie soll Odin als Opfergabe dienen. Der Kampf geht gegen uns, und der Wilde fordert ein Opfer. Weg!"

Der Jugendliche packte die Frau an den Handgelenken. „Lass deinen Griff los", rief er; „Oder, beim heiligen Petrus seligen Andenkens, ich werde vergessen, dass du eine Frau bist."

„Dann vergiss es! Schlag zu, wenn du es wagst! Schlag zu, und der Fluch Odins fällt auf dein Haupt."

„Odins Flüche sind mir egal", rief der Sachse, „aber ich kämpfe nicht gegen Frauen." Lass das Mädchen los!"

Egwinas langes, wunderschönes Haar nur noch fester .

„Es gibt nur einen Weg, Mädchen." Der Junge ließ eines der Handgelenke der Frau los, um seinen Sax zu ziehen. Die Frau dachte, er wolle ihr die Hände abschneiden. Egwina war derselben Meinung und rief trotz ihres Leidens: „Um Himmels Willen, verstümmelt die Frau nicht!"

Auf dem Gesicht des Jugendlichen lag ein grimmiges Lächeln. Er hob den Sax und der Schlag fiel. Mit einem Schrei ließ die Frau das helle Haar des Mädchens fallen und floh zu den anderen.

„Oh, hast du ihr wehgetan?" rief Egwina , als der junge Mann ihr auf die Beine half.

"NEIN;" und er hielt zwei blonde Locken ihres Haares hoch. „Ich wollte dir nur die Haare vom Kopf abtrennen."

„Und du hattest nicht vor, ihr die Hände abzuschneiden?" rief Egwina erleichtert.

„Bin ich kein Christ? Behandeln Christen andere so?" forderte die Jugend. „Kommt, lasst uns zu den Sachsen gehen, denn die Schlacht ist zu Ende."

Er hob die Axt und der Schlag fiel.

Es war wahr. Begeistert von ihrem Triumph verfolgten die Sachsen die fliegenden Dänen, und das Gemetzel war groß. Groß war auch die Beute, die sie aus dem Lager erbeuteten, und unter anderem das magische Banner von Hubba, unter dem der Häuptling tot lag.

„Jetzt", sagte der Junge zu Egwina , „ist das Gemetzel beendet." Alfreds Freude wird groß sein, wenn er von den Heldentaten dieses Tages erfährt. Ich wünsche dir ein Versprechen vom König. Mickle und wund wird es bereuen , dass er dich von seinen Augen verschwinden ließ, als Zeichen für ihn zu seiner Familie. Er bittet mich, dich zusammen mit anderen auf deiner Reise zu begleiten und dich sicher zu ihm zurückzubringen."

„Oh, hast du ihn gesehen?" rief Egwina . „Es war mir schwer ums Herz, dass ich ihn nicht vor Hakons geplanter Suche warnen konnte . Schwer lag es in meiner Brust, als ich wusste, dass Hubba aus dem Westen kommen würde, um das Land zu überrennen. Ich befürchtete, dass die Hoffnungen des Königs vergeblich waren."

„Das war der Grund, Mädchen, dass ich dich im Haus von Hakon , dem Jarl, zurückgelassen habe", sagte Ethelred. „Niddering schien dich, ein Mädchen, in den Händen des Feindes zurückzulassen, ohne zu wissen, was dir widerfahren könnte. Aber auf dem König liegen alle unsere Hoffnungen. „Es wäre besser, dass du umkommst , als dass der König nicht gewarnt wird."

„Du hast das Richtige getan", erklärte das Mädchen herzlich. „Wovon bin ich im Vergleich zum König zu denken? Besser, oh, besser, tausend wie ich würden sterben als Alfred."

„Du bist ein wahrer Sachse, und so habe ich dich gehalten", rief der Junge. „Ich wünschte, Thegn und Coerl wären von deinem Geist erfüllt und der Däne würde seine Rabenfahne nicht länger im Land aufrichten. Aber um es euch allen zu sagen: Hakon zog in guter Gesellschaft los. Alfred, dem sich zahlreiche Sachsen angeschlossen hatten, machte sich auf den Weg, überraschte den Jarl, und die Gebeine von ihm und seiner ganzen Truppe liegen weiß auf dem Feld."

„Erinnerst du dich nicht daran, was die Seid- Frau gesagt hat?" fragte Egwina ehrfürchtig:

„"Ware, 'Ware des Waldes, Jarl Hakon ,

Der Drache stiehlt aus seinem Versteck;

Er zerreißt dich und dein Volk,

Und hinterlässt euch als Nahrung für den Bären.'

„ Glaubst du, Ethelred, dass die Vala wirklich sieht, was die Zukunft bringt?"

„Das weiß ich nicht. Es gibt viele Dinge, die ich nicht verstehe, aber eines weiß ich, dass es eine heidnische Praxis ist und die guten Priester wenig Nutzen daraus haben", und er bekreuzigte sich fromm.

"WAHR; aber oft habe ich mich gefragt, woher die Macht kam, die ihnen zu gehören schien."

„Denken Sie nicht daran", antwortete der Junge hastig. „Was auch immer sie an Macht haben mögen, es ist böse. Kümmere dich nicht um solche heidnischen Taten, denn für einen Christen ist es unziemlich. Komm, lass uns zum Schloss gehen. Bode muss zum König geschickt werden, um ihm diesen Sieg mitzuteilen. Dann werden du, ich und andere uns in die Tiefen von Somerset führen , wo die Familie des Königs wohnt, und dann zurück nach Athelney ."

Und Egwina begleitete ihn zum Schloss.

KAPITEL XIV
EINE ANGENEHME ÜBERRASCHUNG

Somersetshire war die einzige Grafschaft, die Alfred treu geblieben war. In ganz Devonshire löste die Nachricht vom Sieg der Sachsen auf der Burg Kynwith große Freude aus. Während die Sachsen überall offen ihre Freude kundtaten, hielt man es nicht für klug, die Sache zu beschleunigen, indem man sie wissen ließ, dass der König sich darauf vorbereitete, aus seinem Versteck hervorzukommen. Nur Somerset galt als vertrauenswürdig, und hier wurde das Geheimnis gelüftet, und viele verließen ihre Heimat, um nach Athelney zu gehen .

Im Herzen von Somerset, im Wohnsitz des Thegn Oswald, eines vertrauenswürdigen und bewährten Gefolgsmanns des Königs, war die Familie von Alfred versteckt. Mit leichtem Herzen machte sich Egwina nun auf die Reise, denn sie wurde von königstreuen Sachsen geteilt, und die Hoffnung hatte ihre Herzen erfreut.

„Kennen Sie die Familie des Königs?" fragte Ethelred die Jungfrau, als sie sich der Behausung des Thegn näherten.

„Ich habe die Dame Elswitha getroffen und ihre Mutter und Kinder in der Nacht des Angriffs auf Chippenham gesehen", antwortete Egwina . „Hast du?"

"Nein;" antwortete der Jugendliche. „Mein Vater stammte aus der königlichen Familie von Mercia und starb durch das Schwert, als die Heiden das Land überfielen. Mit ihm hätte ich an Ostern das große Witan in Winchester besuchen und so den König und vielleicht auch seine Familie sehen sollen. Erzähl mir von der Dame Elswitha .

„Sie ist hell und schön. Sie ist absolut würdig, die Frau des edlen Alfred zu sein, denn sie hat sich in der Nacht des Angriffs tapfer geschlagen."

„Oft habe ich Eadburga , ihre Mutter, gesehen", bemerkte Ethelred, „und auch ihren Vater, Athelred den Großen, denn sie stammten aus Mercia. Elswitha habe ich nicht gesehen, denn sie heiratete den König – er war damals der Atheling –, bevor ich alt genug war, mich daran zu erinnern. Ich habe viel von dem jetzigen Atheling und seiner Schwester gehört. Heirate, ich würde sie gerne treffen."

„Ich weiß nichts über den Atheling oder seine Schwester", sagte Egwina . „Es waren nur einige kleine Kinder bei der Dame und ihrer Mutter."

„Und war in ihrer Nähe kein Jüngling meines Alters, kein Mädchen?" fragte Ethelred.

„Nein", erwiderte Egwina . „In dieser Nacht waren ein Jüngling und ein Mädchen dort, aber weder der Atheling noch seine Schwester. Der Junge war jünger als du und das Mädchen älter als ich. Sie konnten es nicht sein. Außerdem habe ich diesen Jüngling und dieses Mädchen vor einiger Zeit in Andréds Wald getroffen. Schau dir den Ring an, den mir die Jungfrau geschenkt hat.

Sie streckte ihre Hand mit dem Saphir darauf aus.

„Und du bist sicher, dass es nicht die Schwester des Athelings war?" fragte Ethelred, als er den Edelstein untersuchte.

Egwina lachte.

„Ich bin mir so sicher , mein junger Mann, dass ich dir diese Kette aus Gold geben werde, die Hakon , der Jarl, mir gegeben hat, wenn sie gleich sind. Dann kannst du mit diesem Amulett alle deine Wünsche erfüllen."

"Heiraten! „Wenn an dem Zauber etwas dran ist, möchte ich, dass sie gleich sind", erwiderte die junge Frau und ließ sich von ihrer fröhlichen Laune anstecken. „Aber hat es dir schon deinen Wunsch erfüllt, Mädchen?"

„Guten Tag! Ich weiß nicht, was es gewährt hat, aber eines weiß ich: Ich wünschte mir, dass ich mich von der Wohnstätte Hakons fernhalten würde , Jarl. Das kam zustande. Ich wünschte, der König würde gewarnt, und das geschah auch. Dann wünschte ich, ich könnte die Dame Elswitha erreichen , und deine Türme sagen mir, dass auch das bald geschehen wird."

Ethelred lachte.

„Du lässt mich fast wünschen, ich könnte die Kette bekommen."

„Gerne würde ich es dir geben, wenn nur die Magd des Waldes und die Schwester des Athelings dieselben wären", entgegnete das Mädchen. „Oft habe ich mir gewünscht, sie wiederzusehen. Oft habe ich mich gefragt, ob der Eindringling ihnen ihre Heimat geraubt hat oder wo sie sind."

Über dem strahlenden Gesicht des Mädchens lag eine Wolke, denn sie wusste genau um die verheerende Arbeit der Verwüster.

"Hier sind wir!" rief der Jüngling. „Nun, Jungfrau, du bist das Versprechen des Königs. Suche zuerst die Dame. Wir werden draußen bleiben, bis sie uns eintreten lässt."

Egwina ging durch den Hof und dann etwas schüchtern zu den Portalen. Als Antwort auf ihr Klopfen öffnete ein Wärter die Tür und bat sie herein.

„Ich würde die Dame Elswitha sehen ", sagte sie. „Ich überbringe ihr eine Botschaft des Königs."

„Vom König? Von Alfred?" rief der Wärter. Er rannte aus dem Zimmer, ohne sie willkommen zu heißen. Egwina lächelte über seine offensichtliche Freude und setzte sich in die Nähe des Eingangs. Sie hatte es kaum getan, als die Dame Elswitha eilig eintrat. Sobald ihr Blick auf das Mädchen fiel , stieß sie einen Freudenschrei aus.

„Bist du es, Kleines? Ich freue mich, dich in Sicherheit zu sehen. Ich habe mich oft über dich und deinen Vater – den guten Harfner – gewundert, der so mutig versucht hat, uns zu König Alfred zu führen. Ist er auch sicher?"

„Nein, Dame", erwiderte das Mädchen, zutiefst berührt von der anmutigen Fürsorge der Dame, die ihre eigene Sorge um das Wohlergehen anderer vergessen konnte. "Nein; er fiel durch die Hand des Dänen. Bald werde ich es dir sagen, aber jetzt überbringe ich dir eine Botschaft des Königs. Er ist in Sicherheit. Anhänger scharen sich um ihn. Der Sieg hat die Sachsen bereits gegen Hubba gekrönt, und bevor der Sommer heimkehrt, hofft der König, erneut über Wessex zu herrschen."

Die Dame faltete die Hände. Ihre Lippen bewegten sich wie im Gebet. Dann beugte sie sich, von einem gnädigen Impuls getrieben, herab und küsste das Mädchen.

„Süßer als die sanfteste Musik ist deine Botschaft an mein Herz. Ich freue mich über die Sicherheit meines Herrn und darüber, dass sein Volk seinem Ruf folgt. Jetzt kann ich auf weitere Neuigkeiten warten, bis du dich erfrischt hast."

„Nein, Dame; „Ich bin nicht müde, und es erfreut mein Herz, dir vom König zu erzählen", sagte das Mädchen.

Dann, als Elswitha sie an ihre Seite zog, erzählte sie von der Hütte im Wald, den Beschäftigungen des Königs und allem von ihrer Reise hierher. Die freundliche Dame stieß viele Ausrufe der Freude, des Mitleids und des Entsetzens aus, als sie der Geschichte zuhörte.

„Und deine Gefährten – die edlen Sachsen, die dich dorthin gebracht haben? Wo sind sie?"

„Sie warten ohne deinen Befehl."

„Sie müssen willkommen geheißen werden", rief die Dame herzlich. „Bleib hier, Kind, bis ich zurückkomme."

Sie eilte hinaus, begrüßte die Sachsen herzlich und forderte sie auf, in die Halle zu kommen. Dann rief sie Oswald, den Thegn, zu sich und befahl ihm, ein Fest für die gute Nachricht, die überbracht wurde, und für die Erfrischung derjenigen, die sie überbracht hatten, zu veranstalten. In die

Halle kamen die drei kleinen Kinder, zwei Mädchen und das jüngste, ein Junge: Ethelgiva , Ethelswitha und Ethelwerd , mit Namen.

„Oh, meine Kinder", rief die Dame und umarmte sie. „Ich habe gute Nachrichten für dich von deinem Vater. Eile in die Laubenkammer deiner Großmutter Eadburga ! Fordern Sie sie auf, sofort in die Halle zu kommen und auch das ganze Haus, damit ich ihnen die frohe Botschaft überbringen kann.

Die Kinder rannten schnell raus. Egwina warf einen hastigen Blick auf den jungen Ethelred. Er hatte einen leicht enttäuschten Gesichtsausdruck, denn er hatte so viel von dem Atheling gehört, dass er ihn für älter als diesen Jungen gehalten hatte.

In diesem Moment wurde die Tür aufgerissen und in die Halle trat ein junger Mann, der etwas jünger war als er selbst – ein Falke am Handgelenk, Jagdhunde auf den Fersen.

„Edward, mein Sohn!" Elswitha erhob sich aufgeregt. „Gib diesen Freunden ein herzliches Willkommen, die frohe Botschaft von deinem Vater haben."

Edward! Egwina blickte erstaunt auf. Es war der Jugendliche, den sie im Wald gesehen hatte. Die Anerkennung erfolgte auf Gegenseitigkeit.

„Das ist die Gauklerin !" rief der Junge und ging auf sie zu. „Wahrlich, Mädchen, du scheinst die gute Flygia unserer Familie zu sein, wie die Hexenfrau sagen würde. Dreimal hast du uns Hilfe gebracht. Einmal im Wald; wiederum in der Nacht des Angriffs der Dänen strebten du und dein Vater danach, uns vor ihrer Wut zu retten; Jetzt bist du ein gutes Zeichen von meinem Vater."

Er nahm sanft ihre Hand, und Egwina errötete vor Verwirrung, mehr überwältigt von seinen einfachen Worten als von denen der anderen, weil sie überrascht war, ihn als Atheling zu finden.

Elswithas Mutter, Eadburga , trat nun ein und mit ihr Ethelfleda , die Magd des Waldes. Egwina war nicht erstaunt, sie zu sehen. Nichts, so schien es, konnte sie jetzt überraschen. Sie bemerkte nicht einmal das fragende Lächeln, mit dem Ethelred sie ansah.

Ethelfleda übernahm sie ungestüm.

„ Hast du den Ring behalten?" fragte sie, nachdem sie sich bei dem Mädchen bedankt und es gestreichelt hatte.

"Ja; „Aber einmal hätte ich es fast verloren", erwiderte Egwina und zeigte es ihr.

"Es verlieren? Sage mir und erzähle alles, was dir widerfahren ist, seit das Volk uns auseinanderdrängte", drängte Ethelfleda .

„Meine Tochter", sprach Alfreds Frau, „lass das Mädchen sich mit den anderen erfrischen." Dann werden alle von sich erzählen."

Und so wurde es arrangiert. Elswitha ließ nichts mehr zu, bis sie sich ausgeruht hatten. Dann erzählte das Mädchen alles, was seit ihrer Begegnung im Wald bis heute passiert war.

„Schön ist die Kette, die dir der dänische Jarl geschenkt hat", sagte Ethelfleda und untersuchte sie. „Seltsam gearbeitet und aus reinem Gold. Ich wünschte, es würde verzaubert sein, wie es bei vielen ihrer Ornamente der Fall ist."

"Ja; Das Amulett, so behauptete der Jarl, brachte dem Träger die Verwirklichung jedes Wunsches …", begann Egwina und hielt dann bestürzt inne, als sie sich an Ethelred erinnerte.

„Es gehört ihr nicht mehr", lachte der Junge und gesellte sich zu ihnen.
„Nicht wahr? Wie kommt das?" fragte Ethelfleda .
„Sie sagte, dass sie es mir geben würde, wenn der Jüngling und die Jungfrau des Waldes dasselbe wären wie der Atheling und seine Schwester", sagte Ethelred fröhlich. „Damit ihr seht, dass es ihr nur durch meinen Willen gehört."
„Und es ist doch dein Wille, nicht wahr?" unterstellte Alfreds Sohn sanft.
„Nein, Bruder", sagte Ethelfleda , der strenger war als der Atheling, „wenn die Jungfrau es versprochen hat, sollte das Wort gehalten werden."
„Und das gerne", sagte Egwina . „Als ich sprach, hatte ich keine Ahnung , dass ihr genauso seid, aber es freut mich, euch wieder getroffen zu haben. Nimm die Kette, Ethelred, und möge sie jeden deiner Wünsche in Erfüllung gehen."
„Nein, Egwina ;" und der Jüngling gab es zurück. „Ich habe nur Spaß mit dir gemacht. Ich wünsche dir nicht deine Kette, obwohl ich dir für deine guten Wünsche danke."
„Aber ich habe dir mein Wort gegeben", sagte das Mädchen. „Ich mag es, es nicht kaputt zu machen. Bitte nimm es, Ethelred.
Aber Ethelred schüttelte den Kopf.
„Das ist die Lösung", und Ethelfleda übernahm die Kette. „Du, Egwina , sollst die Kette haben und Ethelred das Amulett, das ihm seine Wünsche erfüllt."

„Klug bist du, Ethelfleda . Würdig, die Tochter deines Vaters zu sein!" sagte Ethelred und nahm das Amulett. „Ich nehme es mit deinen guten Wünschen an, Egwina , und von dir, Ethelfleda , damit ich einen Wunsch verwirklichen kann, der kürzlich in meinem Herzen aufgetaucht ist."

„ Bist du zufrieden, Egwina ?" fragte Ethelfleda .

„Ja", antwortete sie. „Und ich wünschte, das Amulett möge ihm seinen Wunsch erfüllen. Ich bin froh, dass er es angenommen hat."

„Aber ich nicht", bemerkte Edward und löste ein Amulett von seiner eigenen Kette. „Kahl ist es ohne Schmuck. Nimm das an seine Stelle, Egwina . Es hat keinen anderen Reiz als die guten Wünsche des Spenders."

Er umklammerte das Amulett an der Kette und warf es ihr über die Schultern.

Egwinas Augen leuchteten.

Hakon Jarl war mir egal ", sagte sie, „aber das werde ich schätzen, weil du, der Sohn des Königs, es gegeben hast."

„Ihr müsst jetzt zur Ruhe kommen, Leute", rief Elswitha und kam auf sie zu. „Morgen werden wir uns auf den Weg machen, um uns dem König im Wald anzuschließen. Also ruht euch aus, denn wir müssen früh genug aufbrechen, um die Reise bei Einbruch der Dunkelheit zu beenden."

Mit fröhlichen Gute-Nacht-Grüßen trennte sich die Gruppe, und Ethelfleda trug Egwina mit in ihre eigene Laube.

KAPITEL XV
DER BETTLER VON ATHELNEY

Freudig begrüßte Alfred sie bei ihrer Ankunft in Athelney .

„Gut hast du gemacht, Kleines", sagte er zu Egwina . „Alfred wird nie vergessen, wie freundlich du zu ihm warst."

„Aber das Juwel, mein König? Ich trauere, dass ich es verloren habe."

„Das ist nichts ", versicherte der König. „So eine Kleinigkeit kann man ersetzen. Und du würdest es um deines Lebens willen nicht aus freien Stücken hergeben. Loyalität und Ehre hast du bewiesen – zwei der strahlendsten Tugenden in der Krone der Freundschaft."

Egwina strahlte vor Freude und beeilte sich, Denewulf und Adiva zu begrüßen , die sich über ihre Rückkehr freuten. Auf Athelney war für Alfred ein Häuschen gebaut worden , das er nun mit seiner Familie reparierte. Ethelfleda wollte nicht von Egwina getrennt werden , also ging auch die Gauklerin mit, sehr zum Leidwesen des Schweinehirten und seiner Frau, die ihr das Versprechen abnahmen, für einen Teil des Tages zu ihnen zurückzukehren.

Die Insel war gut befestigt und zahlreiche Menschen strömten dorthin. Es waren so viele dort, dass die knappen Ressourcen des Ortes bald erschöpft waren, und die Not des Königs war so groß, dass er gezwungen war, nach Proviant zu suchen.

Auch jetzt begann er eine Reihe von Scharmützeln; Er griff den Feind ununterbrochen an, wo immer er Truppen oder Lager fand, die seinen Angriffen zugänglich waren. Ganz gleich, ob sein Ziel erreicht wurde oder ob er auf Abscheu stieß, er zog sich mit einer Schnelligkeit zurück, die eine Verfolgung in sein unbekanntes Asyl unmöglich machte. Die Nordmänner wurden von den Verwüstungen, die dieser heimliche Feind über sie anrichtete, voller Schrecken und gelangten schließlich mit dem Aberglauben der damaligen Zeit zu der Überzeugung, dass die Angriffe übernatürlicher Natur seien.

Allmählich weitete der König seine Angriffe aus und bedrängte die Dänen sowohl in der Ferne als auch in der Nähe mit Feindseligkeit . Tagsüber und nachts, im Morgengrauen und in der Abenddämmerung stürmte er aus Wäldern und Sümpfen immer wieder auf die Nordmänner los, mit allen Vorteilen der Auswahl und Überraschung. Doch die Vorräte wurden immer weniger, und der König hatte Probleme mit den Vorräten.

Eines Tages, als es noch so kalt war, dass es gefroren war, waren die Leute des Königs hinausgegangen, um Futter zu holen, Fisch oder Geflügel oder was auch immer ihnen begegnete, während Alfred selbst in der Hütte blieb. Der König war entmutigt. Trotz des erfolgreichen Verlaufs seiner Streifzüge gegen die Nordmänner blieben sie immer noch in einer solchen Zahl, dass es eine unmögliche Aufgabe schien, das Land jemals von ihnen zu befreien. Schließlich nahm er das kleine Handbuch, das er immer bei sich trug, aus seiner Brust und begann zum Trost einen der Psalmen Davids zu lesen.

Ein Klopfen an der Tür brachte Ethelfleda und Egwina aus einem Nebenzimmer.

„Öffne, meine Tochter", sagte der König.

„Aber es ist vielleicht nicht einer deiner Anhänger", sagte das Mädchen zweifelnd.

"Offen; Halten Sie niemanden fern, der Schutz vor dem Wind braucht. Piercing ist der Knaller. Öffne ihm, wer auch immer es sein mag."

Ethelfleda öffnete die Tür nicht weit, wie es bei den Sachsen üblich war, denn sie fürchtete, dass jemand draußen sein könnte, der den König suchte.

„Brot, Mädchen! „Gib mir Brot zu essen um Christi willen", flehte ein Mann, der dort stand. Er war schlecht gekleidet und zitterte im kalten Atem des Märzwinds.

„Treten Sie ein in Seinem Namen", rief der König herzlich. „Treten Sie ein und wärmen Sie sich am Feuer."

Der Mann murmelte Segenswünsche, kroch dicht an das Feuer heran und kauerte sich über die Flammen.

„Speise für ihn", befahl der König Ethelfleda .

„Aber, mein König", entgegnete Egwina mit leiser Stimme, „es gibt nur einen kleinen Laib Brot, das ist alles, was an Nahrung übrig bleibt." Willst du, dass es dem Mann vorgelegt wird und dir dadurch nichts übrig bleibt, was dich für den Ausfall heute Abend stärken könnte?"

„Gib es trotzdem, Kleiner", befahl der König. „Wir haben heute gegessen; es kann sein, dass er es nicht getan hat. Der arme Mann sieht aus, als hätte er es nötig."

Daraufhin widmete er sich wieder seiner Lektüre, während die Mädchen dem Bettler dienten. Hungrig aß er. Bald verschwand der letzte Bissen Brot vor dem unersättlichen Appetit. Dann stand er auf, zog die Falten seines Mantels enger um sich und wandte sich den Mädchen zu.

„Ihr habt die Worte des Meisters gehört", sagte er. „„Was ihr dem Geringsten von diesen getan habt, meine Brüder, das habt ihr auch mir getan.' Ich danke euch, Mädchen, für eure Freundlichkeit. Am allermeisten danke ich dem, der mir aus eigener Not gedient hat."

sprach, wandte er sich dem König zu , doch Alfred war über seinem Buch eingeschlafen. Ein fast anbetender Ausdruck huschte über das Gesicht des Bettlers. Dann machte er über der schlafenden Gestalt das Kreuzzeichen, während die Mädchen ihn mit einer Art Ehrfurcht beobachteten.

„ Wer auch immer du bist", murmelte er, „Christus ist mit dir." Für die Barmherzigkeit, die du einem anderen aus deiner größten Not erwiesen hast, möge sie vierfach zurückgezahlt werden. Bist du von hohem Stand erniedrigt worden? Seien Sie getröstet. Tief hängen die dicken Wolken, oben scheint die Sonne. Es mag sein, dass du jetzt verlassen bist, aber Hunderte werden deinem Ruf folgen."

Er beugte sich vor Alfreds schlafender Gestalt und drückte seine Lippen auf die Hand des Königs. Dann zog er langsam seine Mütze über den Kopf und ging von ihnen weg.

„Fast", sagte Ethelfleda zu Egwina , „konnte ich glauben, dass uns ein Heiliger besucht hat." Ich bin froh, dass mein Vater mich gebeten hat, ihm das Essen zu geben."

„Er ist ein heiliger Mann", erwiderte Egwina leise. „Aber wie hat er über den König gesprochen ? Und wie sehr er ihn liebt!" Sie berührte ehrfürchtig die Hand des Königs. „Wie sie ihn alle lieben, Ethelfleda !"

„Und er ist ihrer Liebe würdig", erwiderte die Tochter und küsste ihn sanft auf die Stirn. „Mein edler Vater! Es ist mir egal, Egwina , dass er König ist; sondern dass er weise und sanft und so gut ist. Wenn er spricht, sind seine Worte immer unlügnerisch , und die Menschen wissen, dass sein Wort keinen Eid erfordert, um ihn zu binden. Mein Herz hüpft vor Stolz, wenn sie ihn „Der Wahrsager" nennen. Vor ihm gab es viele Könige, aber keiner war so groß wie mein Vater."

„Ich wundere mich nicht über deine Liebe", sagte die Gauklerin . „ Nun , er hat es verdient. Und Ethelfleda , wie du fühlst, so empfinden auch alle seine Leute. Stolz auf seine Weisheit und Liebe für seine Zärtlichkeit, selbst gegenüber dem Bettler, der uns verlassen hat. Es hat mir neue Hoffnung gegeben, denn es heißt, dass der Wunsch eines armen Mannes besser ist als das Geschenk eines reichen Mannes."

„Auch in meinem Herzen hat sich neue Hoffnung eingeschlichen", sagte Ethelfleda . „Ich glaube, dass die Tage bald wirklich heller werden."

In diesem Moment erwachte Alfred und stand auf.

„Ich dachte, das wäre ein armer Mann, aber jetzt bat er um Essen", sagte er.

„Einer war hier", antwortete Ethelfleda . „Wir haben ihn gefüttert, und er ist
weg. Erinnerst du dich nicht, lieber Vater, dass nicht genug Essen für alle da
war, aber du hast uns befohlen, es ihm zu bringen? Er hat davon gegessen,
dich gesegnet und ist gegangen."

„Er hat mich gesegnet?" Die Augen des Königs wurden dunkel. „Es ist
seltsam! Und dann mein Traum!"

„ Hast du geträumt, mein Herr und mein Sohn?" sagte Eadburga und betrat
den Raum. „Auch ich habe nur geträumt. Sprich, und lass uns deine hören,
mein Sohn."

„Ich habe geträumt", sagte Alfred, „dass St. Cuthbert von Lindisfarne neben
mir stand." Er sagte mir, dass er mein Gast gewesen sei. Er sagte, dass Gott
mein Leid und das meines Volkes gesehen habe, das nun bald enden würde.
Als Zeichen dessen wird Eduard mit den Sachsen mit einer großen Portion
Fisch zurückkehren."

„Sagtst du das?" rief Eadburga sehr aufgeregt. „Warum das mein eigener
Traum ist. War überhaupt jemand hier?"

„Da war ein Bettler", erklärten die Mädchen im gleichen Atemzug. „Er
segnete den König, als er ging, und machte das Kreuzzeichen über ihm."

„Das war der Grund, warum ich geträumt habe, es sei St. Cuthbert", sagte
Alfred, der dennoch von dem Traum sehr beeindruckt war.

„Deine Schwierigkeiten nähern sich schnell einem Ende", sagte die alte
Dame eindrucksvoll. „Ich denke, mein Sohn, dass dir dies gesandt wurde,
um dein Herz zu trösten und deinen trüben Geist aufzuheitern."

„Und es hat Trost gebracht", sagte der König herzlich.

„Ich wünschte, Edward würde mit den anderen kommen", rief Ethelfleda .
„Ich würde gerne sehen, ob er einen tollen Fischfang bringt."

„Achte nicht immer auf ein Zeichen, Tochter", tadelte Alfred. „ Nun , die
Vision hat geholfen, wenn sie nur unseren Mut stärkt. Es wurde durch den
Segen des armen Mannes herbeigeführt. Ich wünschte, er wäre bei uns
geblieben, denn draußen ist es kalt und rau. Ich wusste, dass er ein heiliger
Mann war. Was auch immer er sein mag, er rechnet kaum damit, wie er uns
als Gegenleistung für das dürftige Essen, das wir gaben, gesegnet hat."

„Aber ich wünsche mir immer noch Edwards Rückkehr", erklärte Ethelfleda
mit leiser Stimme zu Egwina . „Abendessen wird es nicht geben, wenn der
Fisch nicht genommen wird. Ich habe Hunger. Nicht wahr, Egwina ?"

„Nicht, seit ich diesen armen Mann essen sah", antwortete das Mädchen. „Er
aß, als wäre tagelang nichts über seine Lippen gekommen."

In diesem Moment erklang das Stampfen vieler Füße von außen.

„Öffne, Vater", rief die Stimme von Edward. „Öffne dich und sieh, was ich dir gebracht habe."

Ethelfleda flog zur Tür, bevor Alfred sich bewegen konnte, und stieß sie auf.

„Willkommen, willkommen, Edward! Was bringst du mit? Oh, Vater, sieh den Fisch!"

„Genug, um eine Armee zu ernähren", und er lachte, als die Sachsen versuchten, sie einzubeziehen, denn das war wirklich eine großartige Leistung. „Gesegnet sei der heilige Wilfrid, der den Sachsen das Fischen beigebracht hat! Er muss heute bei uns gewesen sein.

"Nein Sohn; „Ein größerer als Wilfrid war bei dir", sagte Alfred feierlich, ein freudiges Licht schien in seinen Augen. „Wunderbar war dein Fang, und wunderbar war auch unser Erlebnis."

„Lasst uns ein Fest feiern", rief der praktische Ethelfleda ; „Ihr müsst hungrig sein, gute Leute, und ich bin auch hungrig. Nicht wahr, Egwina ?"

„Da es so viel gibt", antwortete sie, „weiß ich, dass ich es bin."

„Und verspürst du keinen Hunger, außer wenn es genug gibt?" lachte Ethelfleda . „Seltsam, Egwina ! Ich wünschte, mein Appetit würde sich dem Angebot anpassen. Aber heiraten! je weniger es gibt, desto mehr wünsche ich mir."

„Es ist das Herz von Egwina , das ihren Appetit formt", kommentierte Edward. „Beim Morgenmahl konnte ich nur bemerken, wie sie den größten Teil ihres Brotes abbrach und es Ethelwerd und Elswitha gab . Das Fleisch ging genauso."

„Hast du das?" Ethelfleda blickte erstaunt von dem Fisch auf, den sie gerade zubereitete. „Du hättest deinen Anteil essen sollen. Jeder hatte das Gleiche."

"WAHR; aber die Kleinen wünschten sich mehr", sagte das Mädchen schlicht. „Und ich brauche nicht viel. Dann gab mir Edward auch einen Teil von seinem."

„ Es war nichts", sagte der Junge hastig. „Du würdest nichts für dich behalten, wenn du nicht bewacht würdest. Außerdem bin ich ein Mann und stärker als du."

"Ein Mann?" neckte seine Schwester. „Ein Mann, und doch hast du noch nichts als auf deinem Kinn; Du bist auch nicht alt genug, um einen Schild zu tragen.

„Trotzdem ein Mann", sagte Alfred und legte freundlich seine Hand auf den Kopf seines Sohnes. „Ein Mann, wie ich ihn sehen möchte, mein Sohn. Zärtlich gegenüber den Schwachen und sanft gegenüber den Hilflosen."

Edwards Gesicht errötete angesichts des Lobes.

„Komm, Ethelred", rief er dem jungen Mann zu, der am Feuer stand, um seine Verwirrung zu verbergen. „Kommen Sie und helfen Sie uns, den Fisch zuzubereiten."

„Gerne", erwiderte Ethelred. „Ich habe mich am Feuer gewärmt, denn der Wind war kalt, sonst wäre ich schon hier bei euch gewesen. Heiraten! Ich werde froh sein, wenn der Monat Lenat (März) vorüber ist."

So bereiteten sie eifrig und fröhlich, trotz der Strapazen und Gefahren, den Fisch zu, und mit noch fester verbundenem Herzen für die gleichen Strapazen setzten sich der König und seine Gefolgsleute zum Abendessen nieder. So fröhlich und fröhlich sie waren, als hätten sie sich an anderen Tagen mit Jubel und Gesang um die festliche Tafel im königlichen Saal versammelt, so saßen jetzt der sächsische König und sein Volk in der einfachen Hütte.

Nach dem Essen sang Egwina , denn heute Abend war Hoffnung in ihre Herzen eingedrungen und ihr Hunger war gestillt wie seit Tagen nicht mehr. Früh am nächsten Morgen reiste der König zum Festland. Aber zweimal schlug er sein Horn, als viele Männer aus den Erlen und dem Wald kamen.

"Der König! Der König!" Sie weinten. „Wir stellen uns seinem Standard!"

„Hier ist der König", kam die Antwort, und so kamen fünfhundert weitere Männer zu Alfreds Zahl hinzu.

Kapitel XVI
Im Lager des Feindes

Ostern war vorüber und der erste Hauch des Frühlings lag in der Luft. Rasch stieg die Zahl in Athelney . Zu diesem Zeitpunkt war das ganze Volk über den Plan des Königs informiert und bereitete sich darauf vor, sich ihm beim letzten Schlag anzuschließen. Guthrum und seine Dänen wurden sich der ungewöhnlichen Aufregung und Aktivität unter ihnen bewusst, fanden es jedoch unmöglich, die Ursache herauszufinden.

Noch immer wusste Alfred nicht, wie stark der Feind war. Guthrum hatte Chippenham verlassen und lagerte nun in Westbury. Dem König kam eine kühne Idee. Er rief Egwina zu sich und sagte mit seinem gewinnenden Lächeln: „Kleiner, wagst du es, mich auf eine Reise zu begleiten?"

„Gerne, mein König", war die Antwort.

„Ich werde mich nicht vor dir verstecken, Egwina , damit es sowohl für dich als auch für mich mit Gefahren verbunden sein kann. Aber es wird für mich von Vorteil sein, es anzunehmen, auch wenn ich mir wenig Gedanken über das Ergebnis mache. Du brauchst nicht zu gehen, es sei denn, du willst. Ich werde nicht weniger von dir denken, wenn du dich nicht entscheidest zu gehen."

„Es spielt keine Rolle, mein König, wohin oder wohin es führt. Wenn du mich bei dir haben willst, dann werde ich gehen."

„Du Kleiner ! Ich wusste, dass ich deinem Mut vertrauen konnte. Höre auf meinen Plan, Egwina , und dann sollst du sagen, ob du willst. Du und ich werden als Minnesänger in das Lager von Guthrum gehen und ich werde seine Truppen und Vorräte mit eigenen Augen sehen. Nun, was sagst du?"

Doch bevor sie antworten konnte, unterbrach Ethelfleda , die sich ihnen angeschlossen hatte: „Mein Vater, nimm mich mit." Habe ich nicht zu deiner Harfe gesungen? Ich bin deine Tochter, und es ist passender, dass ich deine Gefahr teile als Egwina .

„Du bist zu stolz auf deinen Hafen für eine Gauklerin ", entgegnete der König. „Viel zu stolz für meinen Zweck. Du könntest im Schein nicht eins sein. Egwina war schon immer einer davon und wird der Angelegenheit daher mehr Anschein von Wahrheit verleihen? Du siehst , meine Tochter, dass es für Egwina besser wäre , zu gehen?"

„Ich verstehe", antwortete Ethelfleda langsam. „Aber, oh, mein Vater! Es macht mir großen Kummer , dass ich in deiner Bedrängnis nichts für dich getan habe!"

„Du hast viel getan", und der König beruhigte sie zärtlich. "Viel! Du hast mich durch deine Anwesenheit und deinen Glanz aufgeheitert und getröstet, und das ist viel, denn ich weiß, wie du dich über die Untätigkeit geärgert hast, meine löwenherzige Tochter. Auch das verspreche ich dir: Das Leuchtfeuer, das alle Sachsen zusammenbringt, sollst du mit deinen eigenen Händen anzünden. "

„Oh, darf ich?" rief Ethelfleda erfreut. „Dann, Egwina , gönne ich dir deinen Platz nicht mehr, sondern wünsche dir alles Gute."

„Willst du gehen, Egwina , jetzt, wo du weißt , was auf dich zukommen wird? Wenn es im Lager der Dänen jemanden gibt, der mich kennt, weiß ich nicht, was aus dir werden wird."

„Denk nicht an mich", erwiderte das Mädchen ernst. „Ist das nicht die Gauklerin ? Willst du Prüfungen ertragen? Denke nicht an mich, sondern denke an dich selbst. Wie sollst du handeln, mein König?"

„Als Gaukler. Mit Harfe und Gesang werden wir sie erfreuen; Dann werde ich mit Mimikry-Tricks und Messern und Bällen ihre Heiterkeit erregen."

„Aber du hast auch eine stolze Haltung", und das Mädchen sah besorgt aus.

„Nicht mehr als dein Großvater", sagte Elswitha lächelnd. „Er hat sich voller Stolz verhalten."

„Und die Geschenke", fuhr das Mädchen fort. „ Kannst du sie demütig und dankbar vom Geschenkhocker empfangen?"

„Keine Angst, Kleiner. Alfred war in letzter Zeit gezwungen, für seine Nahrung zu plündern, und sein Stolz wurde sehr geschwächt."

So verkleidete sich der König als Minnesänger und machte sich mit Egwina , der Gauklerin , auf den Weg zum Lager der Dänen. Nachdem sie den Wald verlassen hatten, begannen sie zu singen und zu spielen, während sie durch die Dörfer zogen. Das Volk strömte hinter ihnen her, und viele wurden eingeladen, in irgendeinem Saal zu verweilen, aber der angebliche Minnesänger und seine Tochter lehnten sie ab und setzten ihren Weg zum dänischen Lager fort.

Es war ein gut befestigter Ort, und als sie sich näherten, bemerkten die scharfen Augen des Königs, wie uneinnehmbar seine Mauern waren.

„Sollte es uns jemals gelingen, das Land von den Eindringlingen zu befreien", sagte er nachdenklich, „wird die Lektion nicht umsonst gewesen sein. Schau dir diese Mauern an, Egwina ! Wie standhaft und fest sie sind! Wenn es Gott gefällt, uns eine Zeit lang Frieden zu schenken, werden Festungen errichtet, Schiffe gebaut und die Küsten verteidigt; damit nie wieder Normannen oder Feinde irgendeiner Art das Land verwüsten."

Sie kamen zu den Toren und hielten dort inne und sangen ihre süßesten Melodien. Die Wärter hörten zu und öffneten sich ihnen. Minnesänger genossen eine solche Wertschätzung, dass Saxon und Dane sie gleichermaßen als Nichtkombattanten betrachteten und sie ungehindert in die Hallen beider Seiten einließen. So geschah es, dass der König und die Jungfrau bald die Krieger im Lager unterhielten.

Sie brüllten vor Fröhlichkeit über die Streiche des Minnesängers und lauschten gebannt dem Gesang von Egwina .

„Nach Guthrum ! Nach Guthrum müssen sie gehen!" rief einer aus der Menge , die sie umgab. „ ,Twill Erwärme das Herz des Königs, sie zu hören!"

So wurden sie zur Wohnstätte von Guthrum gebracht. Der König saß beim Essen auf seinem Hochsitz, als der Aufseher zu ihm sprach :

„Ein sächsischer Minnesänger ist ohne, guter König. Die Saiten berührt er mit der Hand eines Meisters; und während er mit ihm spielt, singt die Jungfrau zu seiner Harfe Geschichten von Helden und tapferen Taten. Schön ist sie, und selten singt sie gut . Tatsächlich sind die Tricks, die der Gaukler macht, auch gut."

„Dann lasst sie eintreten", sagte der König. „Schwer liegt das Herz von Guthrum in seiner Brust, denn Dunkelheit hat sich über ihn gelegt, und er fürchtet, dass das Böse kommen wird."

„Kommen Sie herein, Minnesänger. Das Herz meines Herrn ist schwer, beruhige es mit deiner Kunst", und der Wächter führte sie in die Halle, wo Guthrum mit seinen Jarls saß.

„Schläge deine Harfe, Skalde", sagte Guthrum , „und wähle eine Melodie, die den Schatten erhellt, den die Todesgöttin Hela über meine Seele geworfen hat." Für heute Abend, Guthrum sitzt in der Dunkelheit."

Alfred blickte voller Mitgefühl auf das edle Gesicht und die breite Stirn des Dänen vor ihm. Der Wunsch, die Last, die ihn offenbar bedrückte, zu lindern, indem man seiner Seele etwas von dem Trost einflößte, der nie verging, erfüllte ihn. Er schlug seine Harfe mit kräftigem Saitenklang nach Art der Harfenspieler an und rief laut: „ Hwaet !" (Was). Der Lärm der umliegenden Stimmen verstummte sofort und er begann zu singen.

„Das ist eine christliche Hymne, Skalde. Hast du nicht etwas Fröhlicheres? Ein Lied über die Taten deiner oder unserer Helden? Einst waren sächsische und dänische Brüder aus demselben Alfadur , aber jetzt hat der Sachsen seine Götter verlassen."

„Brüder, sie stehen immer noch unter dem Allvater", erwiderte Alfred. „Brüder, Guthrum , in stärkeren Bindungen als früher. Und die Hand des Bruders sollte nicht gegen den Bruder erhoben werden."

„Deine Harfe", sagte Guthrum ungeduldig. „Es ist die Musik, nach der ich mich sehne, nicht deine Worte."

Wieder sang der König, diesmal begleitet von der Jungfrau. Guthrum hob die Hand.

„Warte, Skalde. Wunderbar ist dein Können auf der Harfe, und köstlich schwingt auch die Jungfrau die Zimbeln. Ich möchte, dass meine Tochter dich hört."

Er gab einigen seiner Diener ein Zeichen, die den Saal verließen und bald mit einem Stuhl zurückkamen, auf dem die Gestalt eines Mädchens saß. Sie war sehr blass, aber ihre dunklen Augen leuchteten, und ihr Gesicht zeigte, obwohl blass, Spuren von Schönheit.

„Was ist mit deiner Tochter, o König?" kam Alfred mitleidig, als er das weiße Gesicht des Mädchens betrachtete.

„Ihr Knie ist geschwollen, und alle Pflege des Blutegels war vergeblich", erwiderte Guthrum . „Es ist lange her, seit sie gestanden hat. Es schmerzt mich bis ins Herz, dass Hilda so sehr betroffen ist."

„Ihr Knie?" Der sächsische König näherte sich der Jungfrau. „Es ist bekannt, dass Weizenmehl, das in Milch gekocht und warm aufgetragen wird, bei solchen Beschwerden Wunder wirkt. Weißt du nicht, dass Cuthbert so geheilt wurde?"

„Cuthbert? Nein, ich weiß nichts von ihm. War er genauso betroffen wie ich?" sprach das dänische Mädchen eifrig.

„Auf die gleiche Weise, Mädchen. Höre zu, und wenn du willst , werde ich dir sagen, wie der gute Heilige geheilt wurde."

„Aber deine Harfe", warf Guthrum ein . „Wirke keinen Zauber, Herr Skalde, sondern gib uns deine Fähigkeiten."

„Nein, mein Vater", sagte das Mädchen Hilda. „Er hat keinen Charme, und ich würde gerne von diesem Cuthbert hören. Sprich weiter, Skalde."

Guthrum an und dieser verneigte sich, um dem Wunsch seiner Tochter zuzustimmen.

„Cuthbert", begann der Minnesänger, „war ein edler junger Mann, der für einen heiligen Mann bestimmt war. Er war immer heterosexuell und gutaussehend gewesen, aber plötzlich –

„Der Jüngling beugte sich nun unter einem plötzlichen Schmerz [2]

Und führte seine trägen Schritte mit einer Kiefer.

Als er an einem Tag wie in der Luft platzierte

Seine müden Glieder und sanftmütig und doch trauernd lagen,

Ein Reiter in schneebedeckten Gewändern kam,

Und anmutig wie ein Renner: – Er salutierte

Der junge Mann lehnte sich zurück und erwies ihm seine Ehrerbietung.

„Meine prompte Aufmerksamkeit sollte gerne erwiesen werden

Für dich, wenn mich nicht schwere Schmerzen zurückhielten;

Sehen Sie, wie mein Knie geschwollen ist – kein Blutegel

Im Laufe der Zeit hat er das Übel gelindert."

Gerade sprang der Fremde von seinem Pferd und streichelte ihn

Der Teil erkrankte, also Rat:

„Das Mehl

Von Weizen und Milch, die schnell am Feuer kochen,

Und verteile die Mischung warm auf dem Tumor."

Als er wieder aufstieg, nahm er den Weg, den er gekommen war.

Und Cuthbert benutzte seine Medizin und fand

Dass seine Ärzte vom erhabenen Thron herabstiegen

Der Höchste war gekommen und hatte seinen Schmerz gelindert,

Wie bei der Fischgalle hat er einst wiederhergestellt

Das Licht für den armen Tobias."

„Das ist wie ich", sagte die Dänin. „Oh, ich frage mich, ob das meinem armen Glied nützen würde?"

„ Es wird dir schaden, es nicht zu versuchen, und möge es dir Heilung bringen, wie es Cuthbert getan hat."

„Und wenn es so sein sollte, werde ich dich immer in dankbarer Erinnerung behalten", sagte Hilda. „Nimm diesen Zauber, Minnesänger, und wenn er heilt, wie du sagst, bring ihn zu Hilda, und von der Herrschaft dieses Landes wirst du den Anteil eines Jarls erhalten. Ja, auch mit Vill drauf."

Alfred zögerte.

„Aus dem Besitz dieses Landes?" er wiederholte. „Dann gehört dir das Land?"

"Noch nicht; aber Alfred ist vor unserer Macht geflohen, und bald wird mein Vater das vollenden, was er so gut begonnen hat. Keine Angst, Minnesänger! Du sollst deinen Anteil haben."

„Aber –", begann Alfred.

„Der König wird ungeduldig", sagte er Egwina , schnell. „Sollten wir seine Stirn nicht noch einmal mit Melodien beruhigen?"

„Du sprichst gut", sagte Hilda. „Auch ich würde deine Harfe hören. Nimm den Talisman, Minnesänger, und bring ihn mir, falls er herausfallen sollte, wie du gesagt hast."

Sie erweiterte den Charme, den Alfred annahm. Wieder sangen der König und die Jungfrau, und noch einmal. Guthrum erhob sich von seinem Sitz und überreichte ihnen mit seinen eigenen Händen Geschenke.

„Wunderbar ist dein Können und auch das der Jungfrau", sagte er zu Alfred. „Dennoch denke ich, dass du nicht so bist wie die anderen Skalden."

„Eifrig und willens bin ich, deine fürstlichen Gefälligkeiten anzunehmen, oh König, so wie es andere Skalden tun", erwiderte der Minnesänger. „Königlich sind deine Gaben, Guthrum , wie es dir gebührt. Warum sagst du, dass ich nicht so bin wie die anderen?"

„Dein Auge blitzt scharf, und immer wieder dringt dein Blick ein, als wollte er meine Seele lesen. Ich würde sagen, du wärst ein Feind, wenn du nicht mit Mitgefühl auf meinen Geplagten geschaut hättest. Und, Minnesänger, wenn deine Heilung funktioniert, füge zu dem, was mein Kind gewährt hat, irgendeinen Segen hinzu, den du wünschst, und er wird dir gehören."

„Ich werde dich an dein Versprechen erinnern, mein Herr", und Alfred zog seinen Willen um sich. „Der Harfner wird sich noch lange an deine Gaben erinnern, denn sie waren großzügig, und möge er erneut deine Gunst suchen."

Er drehte sich um, um zu gehen, als vom unteren Ende der Halle ein Tumult zu hören war.

„Gyda, die Seid- Frau ist gekommen", ertönte der Ruf, und die Hexenfrau rannte in den Raum.

„ Guthrum ! Ich würde mit Guthrum sprechen , dem Alten“, rief sie. „Heute Nacht wurde ich gewarnt, dass der Feind im Lager ist. Der Drache ist aus seinem Versteck hervorgekommen. Er ist in deinen Mauern, Guthrum ! Ergreife ihn, damit er dich nicht verschlingt!“

„Mein König, wir müssen fliegen“, flüsterte Egwina mit blassem Gesicht. „Ich fürchte die Wicca, denn sie hat wunderbare Kräfte.“

„Nein“, sagte Alfred. „Zittere nicht, Kleines. Hab keine Angst. Es gibt einen, der höher ist als Wicca, in dessen Händen wir sind. Lasst uns der Gefahr als Sachsen begegnen.“

Er drehte sich um und stand auf, als wollte er hören, was die Seid- Frau sagte, und die zitternde Jungfrau trat dicht an seine Seite.

„Was sagst du, Gyda?“ nannte Guthrum den König. „Dass ein Feind in unserer Mitte ist? Wo ist er, damit wir ihn ergreifen können?“

„Dein Skalde und das Mädchen sind nicht das, was sie scheinen“, rief die Frau laut.

„Der Skalde! Der Skalde! Wo ist der Skalde?“ verlangte hundert Stimmen auf einmal. Alfred trat in die Mitte der Halle.

„Wer ruft den Skalden?“ er hat gefragt. „Wünscht ihr mehr Harfe und Gesang, damit ihr einen Mann und seine Tochter nicht passieren lassen könnt?“

„Komm her, Minnesänger“, befahl Guthrum , als der Tumult beim Klang der Stimme des Harfners plötzlich aufhörte. „Und du, Gyda! Komm auch du und erhebe deine Anklage .

Alfred sah die Frau starr an. Sie zitterte unter seinem Blick.

„Mylord“, sagte er kühn zu dem Dänen, „wenn ich nicht der bin, der ich bin, dann ist das nicht die Schuld des Minnesängers.“ Als Zeichen der Wahrheit meiner Worte wirst du in der Brust der Seid- Frau ein Juwel aus Gold finden. Sehen! ist es nicht da, so tue mit dem Harfner, was du willst.

Mit einem Wutschrei verschränkte die Seid- Frau ihre Hände an ihrer Brust.

„Die Runen waren falsch“, keuchte sie. „O mein Herr, nimm mir das Juwel nicht. Ich werde die Rede noch einmal lesen. Lass den Skalden gehen, denn ich habe ihm Unrecht getan.“

„Und du hast das Juwel, wie er gesagt hat?“ fragte Guthrum und blickte verwirrt von einem zum anderen.

"Ja, mein Gebieter."

„Dann", sagte der Däne und wandte sich an den Minnesänger, der so ruhig auf sein Vergnügen wartete, „bist du sowohl ein Galdra- Schmied (ein Zauberer) als auch ein Harfner?"

„Nein", erwiderte Alfred. „Ich habe keinen Zauber außer dem eines guten Gewissens. Ich habe ein paar kleine Kenntnisse über Blutegelhandwerk, aber das ist alles."

„Und du bist wirklich ein Harfenspieler?" Guthrum wusste nicht, was er tun sollte, wollte ihn jedoch nicht gehen lassen.

„Hast du nicht selbst gehört? Sei du mein Richter."

„Stimmt", sagte Guthrum . „Was sagst du, Gyda?"

Seid -Frau vorbereitet werden ; denn diese Nacht hat ihre Kunst sie in die Irre geführt", erwiderte Gyda, die alle Gedanken von dem Juwel ablenken wollte.

„Lasst die Beschwörung vorbereiten", befahl der König.

„Geh", flüsterte die Dänin, und Alfred drehte sich um und verließ ohne unnötige Eile ungehindert die Halle.

Kapitel XVII
: Der Gewinn eines Bucklers

Endlich war die Zeit reif für den letzten Schlag. Durch seinen Besuch in Guthrums Lager hatte Alfred die Anzahl, die Disposition und die Disziplin der Dänen kennengelernt. Nachdem er sich über die Wahrscheinlichkeit eines plötzlichen Angriffs vergewissert hatte, war er nach Athelney zurückgekehrt und hatte Boten zu den Thegns und Ealdormen benachbarter Grafschaften geschickt, um ihnen in der zweiten Maiwoche ein Stelldichein zu geben.

Egberts Stein, 26 Meilen östlich von Selwood, war der Ort des Rendezvous. Das Signal für die Sammlung der Streitkräfte sollte ein Leuchtfeuer sein, das auf der Spitze des Stourton- Hügels entzündet wurde, wo heute Alfred's Tower steht. Das Licht würde den Dänen durch die Hügelkette von Wiltshire verborgen bleiben, während es im Tiefland in Richtung des Bristol-Kanals und im Süden bis nach Dorsetshire sichtbar wäre.

Endlich war die Zeit für den entscheidenden Schlag gekommen, und so machten sich Ethelfleda und Egwina , der erstere großzügig zugestimmt hatte, sie zu begleiten, mit Edward und Ethelred zum Schutz auf den Weg, um das Leuchtfeuer anzuzünden.

„Bitte, Ethelfleda , lass mich die Kohlen tragen", sagte Ethelred. „Du hast sie schon weit getragen, und ich fürchte, dass du müde wirst."

"Nein; Es gibt nichts, was mich ermüden könnte", sagte Ethelfleda . „Außerdem möchte ich die Glut tragen, Ethelred. Ich möchte nicht, dass andere Hände als meine sie berühren."

„Wie stark bist du in deinem Vorhaben, Ethelfleda ", sagte der junge Mann voller Bewunderung. „Nichts hält dich von deinen Unternehmungen ab, nachdem du dich darauf eingelassen hast. Bist du nie entmutigt?"

„Manchmal", gestand das Mädchen. „Dennoch, Ethelred, wenn sich in meinem Kopf einmal ein Ziel gebildet hat, kann ich es nicht mehr loslassen. Entmutigungen und Zweifel können sich dicht auf mich drängen; aber ich weiß nicht warum, mein Vorsatz leuchtet hell und klar durch sie alle, und ich muss mich auf den Weg dorthin machen."

„Ich wünschte, es wäre so bei mir", erwiderte der junge Mann. „Aber oft bringen mich Ereignisse von meinem Ziel ab. Ich wünschte, ich hätte deine Ausdauer."

„Das ist eine Tugend, die man kultivieren kann", sagte das Mädchen fröhlich, als sie auf die Glut blickte, die sie in einem irdenen Gefäß trug. „Hier sind wir, Ethelred, und für deine angenehmen Worte wirst du die Glut bewahren, bis ich sie brauche." Sie gab ihm das Gefäß in die Hand und sank vor dem großen Haufen Reisig nieder, den man für das Leuchtfeuer gesammelt hatte.

„Beinahe", sagte sie feierlich, „habe ich Lust, in diesem Feuer ein Opfer darzubringen, damit alles so endet, wie mein Vater es wünscht?"

„Es würde ihm nicht gefallen, Schwester, wenn irgendetwas so wiedergegeben würde, dass es nach Heidentum schmeckte", sagte Edward. „Hier sind ein paar schöne Zweige für den Anfang."

Ethelfleda nahm sie.

„Jetzt, Ethelred, die Kohlen", rief sie. Sie wurden ihr schweigend überreicht, und das Mädchen fächerte vorsichtig die Glut an, bis sich das feine Zeug entzündete. Dann stand sie auf, und die vier standen da und sahen zu, wie die Flammen einen Zweig nach dem anderen fingen, der immer höher kroch, bis schließlich der ganze Haufen zu einer lodernden Masse wurde, die sprang und knisterte und die Flammenzungen höher und höher schoss, bis das umgebende Holz rötlich wurde die Blendung. Die Gestalten der vier zeichneten sich in kräftigen Reliefs als Silhouetten vor dem Licht ab, und so sind die Bilder dieser vier, die sich vor dem Hintergrund dieser dunklen Zeiten abheben, zu uns gekommen.

Am nächsten Tag schnallte Ethelfleda das Schwert selbst um Ethelreds Taille, während Edward sich ärgerte, dass er bleiben müsse.

„Aber noch ein Jahr und ich sollte auch gehen", sagte er und appellierte an Egwina um Mitgefühl. „O Egwina , glaubst du nicht, dass mein Vater mich gehen lassen würde? Ein kleines Jahr! Was soll es bewirken?"

Aber Alfred blieb gegenüber ihren Bitten taub, und Edward war zur Untätigkeit eines Nichtkombattanten gezwungen. Die Einsatzkräfte zogen mit großen Hoffnungen ab. Lustlos wanderte der Junge umher, unfähig, sich zu beschäftigen. Schließlich suchte er die Seite Egwinas .

„Ich kann mich hier nicht zufrieden geben", sagte er, „während dort drüben die Schlacht toben könnte. Es ist Brauch, dass Frauen und Jungfrauen aus der Ferne folgen, warum nicht auch die Jünglinge? Willst du mit mir gehen, Egwina , um den Ausgang des Kampfes zu beobachten?"

„Gerne, Edward", antwortete Egwina und erhob sich, „wenn du versprichst, dass du nicht hineinstürmst."

„Ich bin nicht alt genug", sagte der Junge verächtlich. „Oh Egwina , es bricht mir das Herz, dass ich noch nicht in der Lage bin, für mein Land zu streiken, aber ich werde meinen Zeitpunkt abwarten."

Also machten sich die beiden auf den Weg und folgten der Armee. Alfred hatte seine Streitkräfte zunächst bei Egberts Stein gesammelt, wo sich die gesamte Armee versammelt hatte. Die Sachsen empfingen ihn mit Jubelrufen. Alfred bewegte sich schnell und überfiel dann die Heiden in Ethandune . Sie wurden völlig überrascht.

Der Hauptfehler der Sachsen bestand bisher darin, dass sie unkompakt kämpften und die Dänen sie überwältigen konnten, indem sie einen Teil nach dem anderen umzingelten. Dies hatte Alfred durch Anweisungen und Übungen zu überwinden versucht, bis sie den Dänen nun eine organisierte, geschickte Streitmacht überfielen. Wütend nahmen die Nordmänner den Angriff auf. Dem Abschuss der sächsischen Pfeile folgte der Angriff der Lanzen, und bald kam es zu einem persönlichen Schwertkampf. Die Dänen wehrten sich mit ihrer gewohnten Unerschrockenheit, aber ihre Bemühungen blieben erfolglos, obwohl sie wütend waren. Immer näher an die Kämpfer herankrochen Edward und Egwina . Die Augen des Jungen waren vor Aufregung geweitet. Er zitterte, aber nicht vor Angst. Plötzlich schwankte Alfreds eigene Standarte mit dem goldenen Drachen auf weißem Grund, den Adiva und Gunnehilde gewebt hatten, und fiel. Der Fahnenträger wurde mit seinem Todesstoß niedergestreckt.

"Der Standard! die Standarte des Königs ist gesunken!" schrie Edward wild. „Das darf nicht sein!"

„Edward! Edward!" schrie Egwina , aber der Junge hörte es nicht, oder wenn er es hörte, achtete er nicht darauf. Über den dazwischen liegenden Raum flog er; Er riss im Gehen einem Toten das Schwert, rannte dann direkt nach vorne und hisste die Standarte in die Höhe. Die fliegende Gestalt des Jungen, als er zwischen ihnen auftauchte, versetzte die abergläubischen Sachsen in Ehrfurcht. Alfred sah seinen Sohn, wie er sich mitten ins Getümmel stürzte, und als er bemerkte, mit welcher Tapferkeit er sich zeigte, erhellte ein stolzes Lächeln sein Gesicht.

„Heirate, der Junge verhält sich, als wäre er St. Neot, der gekommen ist, um uns zum Sieg zu führen!"

Ein Sachse hörte in der Nähe das Wort St. Neot und sah, wie der König in die Richtung des Jungen blickte. Sofort schrie er, St. Neot sei mitten unter ihnen. Es rannte durch die sächsischen Linien und brachte ihre Stimmung in Fieberhitze. Voller Begeisterung war ihr entschlossener Angriff überall unwiderstehlich, und die Nordmänner gaben nach. Ihre Körper verstreuten die Ebene. Von denen, die am Leben blieben, flohen viele in verschiedene Richtungen, und der Rest flüchtete bei Guthrum in die benachbarten Befestigungsanlagen.

Alfred war der Meister seines Fachs. Mit einem entscheidenden Schlag hatte er die Macht der dänischen Invasion gebrochen. Die flüchtenden Nordmänner wurden verfolgt und abgeschlachtet. Dann setzte sich der

König vor die Festung und wartete ruhig auf die Kapitulation, die folgen musste. Nach vierzehn Tagen sandte Guthrum , bedrückt von Not, Kälte und Verzweiflung, Friedensangebote, die der König voller Mitleid annahm.

Die Heiden versprachen, das Königreich zu verlassen, nachdem sie Alfred Geiseln gegeben und keine angenommen hatten, was noch nie zuvor geschehen war. Guthrum , berührt von dem edlen Verhalten des Königs, bekundete seine Absicht, das Christentum anzunehmen, sehr zur Freude des guten Alfred. Sieben Wochen später wurde Guthrum in Begleitung von dreißig seiner Jarls an einem Ort namens Aller in der Nähe von Athelney getauft , und dort empfing ihn König Alfred als seinen Adoptivsohn.

Nach acht Tagen, während dieser Zeit, trugen die Dänen gemäß dem damaligen Brauch das Chrismal – ein weißes Leinentuch, das bei der Taufe um den Kopf gelegt wurde; Am achten Tag fand in Wedmore das sogenannte Chrism-Losen oder Entfernen der Tücher statt, in das sich nun das königliche Dorf Alfred mit seiner Familie und Egwina begab .

Hier empfing er auch Guthrum oder Athelstan, wie wir ihn jetzt nennen müssen, denn das war der Name, den er vom König bei seiner Taufe erhielt.

Auf Alfreds Einladung hin brachte Athelstan seine Familie und seinen Aufenthaltsort für zwölf Tage mit. Und siehe da! die Jungfrau Hilda ging gerade und schön. Als der König dies sah, näherte er sich ihr.

„Hat das in Milch gekochte und heiß aufgetragene Weizenmehl Ihre Heilung bewirkt?“ er hat gefragt.

„Ja, mein Herr“, erwiderte die Jungfrau. „Woher weißt du davon? Es wurde mir von einem Skalden erzählt, der mit seiner Tochter für uns sang.“

Aus den Falten seines Bauches zog Alfred den Zauber, den sie ihm gegeben hatte.

„Siehe, Mädchen, dein Zauber. Jetzt sehne ich mich nach der Erfüllung deines Versprechens.“

„Warst du es?“ rief sie überrascht. „Mein Vater sagte, dass der Skalde nicht das sei, was er zu sein schien, aber er konnte von den Seid -Frauen nichts über ihn erfahren. Aber alack! Ich habe nicht mehr die Macht, Vill oder Jarl den Anteil am Land zu geben.“

„Nach nichts sehne ich mich, Hilda, damit du geheilt wirst“, antwortete Alfred.

„Hast du nicht gesagt, dass du das bist, was du zu sein scheinst ?“ fragte Athelstan.

"Nein; Ich habe nur gesagt, dass es nicht die Schuld des Minnesängers sei, wenn ich nicht das wäre, was ich zu sein scheine", antwortete Alfred. „Erinnerst du dich nicht?"

„Ich erinnere mich, Alfred, und edel hast du dich sowohl als Feind als auch als Freund verhalten. Es ist leicht, mir die Täuschungen zu verzeihen, denn daraus erwuchs das Mitleid mit dem Unglück eines anderen. Obwohl sie die Tochter deines Feindes war, hast du ihr großzügig ein Heilmittel gegen ihr Leiden gegeben."

„Das hättest du auch getan, Athelstan", entgegnete der König. „Sofort spürte ich, dass da etwas in dir war, das sprach ein Verwandter von mir."

„Und das ist dein Sohn?" Athelstan wandte sich an Edward, der in der Nähe stand . „Ihm, König Alfred, und deiner Tapferkeit, glaube ich, gehört der Sieg wirklich. Was für einen edlen Angriff er machte, als er unbehelmt in den Kampf stürzte! Allerdings ist er jung für den Kampf."

Alfred lächelte stolz.

„Ohne Erlaubnis ist er zu uns gekommen", sagte er. „Der Junge ist jung. Er wird erst im nächsten Jahr alt genug für den Buckler sein. Ohne seinen Mut wird er sein Jahr nicht warten müssen. Edward hat mir beigebracht, dass der Sohn eines Königs früher erwachsen wird als andere. Das erinnert mich daran, mein Sohn, dass du deine Guerdon noch nicht erhalten hast. In dieser Nacht begibst du dich zum Priester und bekennst deine Sünden, während du die Nacht mit Gebeten bewachst. Am nächsten Morgen sollst du dann zum legitimen Meilen erklärt werden ."

Von dieser Nachricht überwältigt, beeilte sich Edward, sie Ethelfleda und Egwina zu erzählen .

„Nie wieder werde ich dich über dein Alter ärgern, Edward", sagte Ethelfleda . „Du bist wirklich ein Mann im Herzen, wenn auch nicht in Jahren."

Egwina schloss sich der Belobigung seiner Tapferkeit an.

Nachdem die Nacht wie üblich mit Gebet und Wachen verbracht worden war, hörte Edward am nächsten Morgen in Anwesenheit einer großen Menschenmenge die Messe. Dann zog der Jüngling ein purpurnes Gewand an, umgürtet von einem mit Edelsteinen besetzten Gürtel, an dem eine goldene Scheide für sein Schwert befestigt war, das Geschenk seines Vaters, und begab sich erneut in die Kirche und opferte sein Schwert auf dem Altar.

Der Priester las aus dem Evangelium, nahm das Schwert, segnete es und legte es dem Jüngling mit seinem Segen um den Hals. Das Sakrament wurde ihm gespendet, und dann erhob sich Edward, ein vollwertiger sächsischer Krieger.

„Ich weihe diese Waffe meinem Land", sagte er feierlich. „Möge Gott mich richten, wenn es anders als in ihrem Dienst aufgehoben wird."

„Möge Er dir helfen, dieses Gelübde zu halten, mein Sohn", sagte Alfred.

Und die Jahre haben bewiesen, wie edel der Junge seinen Eid erfüllte.

Durch den Friedensvertrag zwischen Alfred und Athelstan, der vom Witanagemot oder dem sächsischen Parlament, das nach der Taufe der Dänen in Wedmore zusammentrat , ausgearbeitet wurde, wurden die Grenzen der beiden Königreiche festgelegt. Eine Linie, die an der Mündung der Themse begann und entlang des Flusses Lea bis zu seiner Quelle verlief und bei Bedford nach rechts entlang der Ouse bis zur Watling Street abbog , sollte die Teilung vornehmen. Der Teil, der nördlich der Linie lag, war das dänische Königreich und wurde Danelagh genannt, während der gesamte Süden der Linie das Königreich der Sachsen war. Nach dieser Vereinbarung fiel ein großer Teil von Mercia an Alfred.

Der Vertrag umfasste verschiedene Regeln für die Führung des Handels, und es wurden Gerichte zur Verhandlung von Streitigkeiten und Verbrechen eingerichtet. obwohl die Dänen in ihrem eigenen Königreich ihren eigenen Gesetzen unterliegen sollten.

Athelstan sollte König der Dänen bleiben, aber Alfred als Oberherr sollte Tribut gezahlt werden. Sobald der Frieden geschlossen war, wandte Alfred seine Aufmerksamkeit den inneren Angelegenheiten seines Königreichs zu. Die Lehren aus der Invasion waren nicht verloren gegangen, und er begann sofort damit, das Land in einen vollständigen Verteidigungszustand zu versetzen . Alte Befestigungsanlagen wurden repariert und an geeigneten Stellen neue errichtet. Herden und Herden grasten wieder auf den Weiden, Schweineherden zogen durch die Wälder, Felder wurden bestellt, Häuser wieder aufgebaut und das Land trat in eine Ära beispiellosen Wohlstands ein.

Die Flotte wurde in einen Zustand großer Leistungsfähigkeit gebracht, und Alfred war es, der zu dieser Zeit den Grundstein für Englands zukünftige Vormachtstellung auf den Meeren legte. Das Land war von Räubern heimgesucht worden, aber der König befreite das Land durch strenge Gesetze von ihnen, die sie zwangen, entweder das Land zu verlassen oder friedliche und gesetzestreue Bürger zu werden.

Die Gesetze wurden nicht vernachlässigt, und der unermüdliche König überarbeitete den Kodex, indem er diejenigen strich, die für die damalige Zeit nicht brauchbar waren, und andere hinzufügte; Das Ganze wurde von seinem Witz gebilligt. Er achtete mit größter Sorgfalt darauf, dass allen unparteiisch Gerechtigkeit widerfährt. Er förderte den Handel und interessierte sich lebhaft für geographische Entdeckungen.

Das Herz des Königs war über die tiefe Unwissenheit des Volkes betrübt, und auch er richtete seine Aufmerksamkeit auf die Milderung dieses dunklen

Aspekts seines Landes. Seiner Aussage zufolge verstanden südlich der Themse nicht einmal die Priester das Ritual der Kirche oder die Bedeutung der Gebete, die sie wiederholten. Es war einer seiner stärksten und am meisten geschätzten Wünsche, dass jeder freigeborene Jugendliche sich dazu qualifizieren sollte, Englisch richtig zu lesen.

Um dies zu erreichen, baute er die in den letzten Kriegen zerstörten Klöster, die damals die großen Bildungszentren waren, wieder auf und gründete Schulen . Um dasselbe Ziel zu erreichen, lud er gelehrte Männer aus allen Richtungen an seinen Hof ein und führte mit ihrer Unterstützung eine Reihe von Arbeiten zur Verbreitung des Wissens im gesamten Königreich durch.

Zu diesen Männern aus Gallien gehörten Grimbald und John. Grimbald war ein ehrwürdiger Mann und ein guter Sänger; geschmückt mit jeder Art von kirchlicher Disziplin und guten Sitten und am meisten in der Heiligen Schrift belehrt. Johannes, der auch Priester und Mönch war, verfügte über äußerst energische Talente, war in allen Bereichen der Literaturwissenschaft bewandert und in vielen anderen Künsten bewandert. Auch Asser von Wales kam. Von Mercia aus berief er Werefrith zum Bischof von Worcester, einen Mann, der sich in der Heiligen Schrift gut auskannte; und Plegmund , Erzbischof der Kirche von Canterbury. Ethelstan und Werewulf , Priester und Kapläne, gebürtige Mercier und Gelehrte.

Durch diese Männer wurde der Geist des Königs erweitert und unter der Jugend große Arbeit geleistet. Elswitha , Ethelgiva und Ethelwerd , die jüngeren Kinder, wurden in die Bildungsschulen geschickt, wo sie mit den Kindern fast des gesamten Adels des Landes und vielen auch Nichtadligen ihre Studien fortsetzten. Sie unterrichteten Bücher sowohl in lateinischer als auch in sächsischer Sprache . Sie lernten schreiben und wurden fleißig und klug in den freien Künsten.

Ethelfleda , Edward und Egwina durften ihre Zeit nicht im Müßiggang oder ohne Gewinn verbringen. Egwina hatte von den Lektionen, die sie in der Hütte von Denewulf erhielt , großen Nutzen gezogen, und ihr kluger und wacher Geist platzierte sie bald neben Edward und Ethelfleda , die bereits viel Unterricht erhalten hatten. Wenn die Mädchen nicht gerade lernten, verbrachten sie viel Zeit mit der Nadel oder dem Spinnrocken; während Edward Falken jagte oder trainierte. So vergingen die Tage, bis zwei Jahre vergangen waren.

Schön war Egwina in ihrer Kindheit gewesen, aber das Mädchen von sechzehn Jahren war wunderbar schön. In süßer Unbewusstheit ihres Charmes erfüllte sie ihre Aufgaben mit leichtem Herzen, denn die Tage waren für sie angenehm. Doch ein Schatten verdunkelte den Horizont.

Ethelred hatte sich mit so viel Tapferkeit verhalten und bewiesen, dass er mit so viel Führungskompetenz ausgestattet war, dass Alfred ihn zum Eldorman von Mercia gemacht hatte. Außerdem hatte der König der Heirat Ethelfledas mit ihm zugestimmt, und für dieses Ereignis wurden nun Vorbereitungen getroffen.

Aus diesem Grund war Egwina traurig. Sie freute sich über das Glück der beiden, doch schmerzte es sie sehr, die Kameradschaft ihrer Freundin zu verlieren.

„Es wird nicht mehr lange dauern, Egwina ", tröstete Ethelfleda . „Wenn ich Herrin der Mercianer bin, sollst du kommen und meine Gefährtin sein, wie du es bisher warst."

So wurde die Hochzeit unter unzähligen Scharen beiderlei Geschlechts mit großer Freude gefeiert. Wie es Brauch war, dauerte das Fest viele Tage lang sowohl bei Tag als auch bei Nacht. Ermüdet von so viel Fröhlichkeit und Festlichkeit und überwältigt von einem Gefühl der Traurigkeit, das sie nicht kontrollieren konnte, stahl sich Egwina von den Gästen und glitt unter den Bäumen auf eine Anhöhe hinaus. Der Mond schien in seiner ganzen Pracht. Die langen, tiefen Schatten des atemlosen Waldes, der dahinter lag, karierten das silbrige Weiß der offenen Grasnarbe und der dazwischen liegenden Lichtung. Nachdenklich blickte das Mädchen auf den Mond und seufzte dann unwillkürlich.

„Warum seufzst du, Tochter von Wulfhere ?" fragte eine Stimme in der Nähe .

Egwina drehte sich erschrocken um. Vor ihr auf dem Hügel stand Gyda, die Seid- Frau.

„Bist du es, Gyda? Lange ist es her, seit ich dich das letzte Mal gesehen habe. Dann wurde das Land von Aufruhr und Krieg zerrissen; Jetzt gedeiht es , und überall herrscht Frieden ."

„Das stimmt, Mädchen; Glücklich waren die Tage. Angenehm waren meine Tage. Angenehm, sehr angenehm, warst du. Warum seufzst du dann? Liegt es daran, dass du allein bist?"

„Nein, Gyda", sagte das Mädchen sanft. „Es ist nur so, dass ich um den Verlust meines Freundes trauere. Sonst hätte ich es nicht gewollt, denn Ethelfleda ist glücklich. Sie glaubt, dass uns nichts ändern kann; Aber du weißt , Gyda, dass jetzt neue Aufgaben ihre Aufmerksamkeit beanspruchen werden und dass es bei uns nicht so sein kann wie bisher. Unwürdig ist es für mich, zu trauern, und dennoch glaube ich, dass es mir dadurch besser gehen wird."

„ Egwina ", sagte Gyda plötzlich, „bist du hier glücklich? Trauerst du nicht oft um das alte und freie Leben? Denk an deinen Vater und an deinen Großvater. Ja! und ich habe gehört, dass sein Vater und seines Vaters Vater Gaukler waren; Und doch bleibst du hier, und es herrscht Frieden im Land. Viel Gold und viele Geschenke könntest du dir durch deine Harfe und deinen Gesang bringen. Bist du damit zufrieden, dem Ruf eines Herrn zu gehorchen, auch wenn dieser Herr der König ist?"

„Ich trauere nicht um das alte Leben, Gyda", sagte das Mädchen schlicht. „Angenehm war es mit Granther. Dennoch glaube ich, dass ich hier glücklicher bin, als dass ich von einem Herrn zum anderen wandern sollte; von Methalle zu Methalle. Und der König und seine Familie lieben mich."

„Und du wolltest sie nicht verlassen?" befragte die Wicca.

"Nein; warum sollte ich? Ich bin Elswitha nützlich , und jetzt, da sie Ethelfleda nicht mehr haben wird , werde ich es noch nützlicher sein. Nein, Gyda; Ich würde sie nicht verlassen. „ Das würde mich sehr betrüben."

„Es tut mir leid, das zu hören", und Gydas Tonfall war leise. „Kind, du hast kaum gedacht, dass du in mir den Wunsch geweckt hast, dich bei mir zu haben, als ich dich das letzte Mal sah. Die Runen sprechen nicht gut für Gyda. Sie werden düsterer, wenn sie liest, was Skulda für sie bereithält. Das Unglück überschattet mich, und eine seltsame Sehnsucht hat mein Herz befallen, dich, der du rein und unschuldig bist, bei mir zu haben. Ich denke, ich sollte der Bessere dafür sein. Kannst du, Kind, mir nicht nur eine Zeit lang dich hingeben? Alfred hat viel. Warum sollte er es mir gönnen, der du keine Geschwister hast? Willst du kommen, um bei mir zu wohnen? Ich habe viel Gold, Jungfrau, und viele Edelsteine von seltenem Wert, die auf mich herabgeschüttet wurden. Dies alles soll dein sein.

„Gyda, ich weiß es nicht", antwortete Egwina sehr betrübt und voller Mitleid über die Einsamkeit der Frau. „Ich werde mit dem König und der Dame Elswitha sprechen und dir bald Bescheid geben. Aber wenn ich mit dir gehe, Gyda, dann nicht wegen Geschenken oder Gold, sondern wegen deiner Einsamkeit. Ich werde dich wiedersehen."

„ Glaubst du, dass Alfred dich von ihm gehen lässt?" rief Gyda. „ Das glaube ich nicht! Ich glaube nicht! Du bist für Großes geboren, und es ist viel von dir zu verlangen."

Sie zog ihren Mantel über ihren Kopf und drehte sich zum Gehen um.

„Trotzdem, Gyda, warte noch ein wenig, dann werde ich mit ihm sprechen", drängte Egwina und legte ihre Hand auf die Schulter der Frau.

„Warte mal, Mädchen. Bis zum Morgengrauen werde ich warten. Noch einmal werde ich die Runen lesen und sehen, ob du kommst. Dunkel und trüb waren sie in letzter Zeit, und Seid und Galdra haben mir nichts genützt; aber ich werde es noch einmal versuchen. Quelle, Baum und Scin-laeca sollen alle befragt werden.“

Sie glitt davon und verlor sich in der Dunkelheit.

„Seltsame, seltsame Frau“, sagte das Mädchen nachdenklich und schaudernd. „Ich habe Mitleid mit ihr, und dennoch lehnt es mein Herz ab, bei ihr zu wohnen; aber trotzdem werde ich den König fragen.“

„ Egwina , bist du hier?“ In diesem Moment trat Edward an ihre Seite. „Vergebens habe ich dich durch Rumpf und Laube gesucht und dich erst jetzt gesehen. Warum hast du die Heiterkeit verlassen?“

„Ich war erschrocken , Edward, aber jetzt werde ich mit dir zurückkehren.“

„Bald werden wir wieder eintreten, Egwina . Ethelfleda möchte, dass du dasselbe Lied singst, das sie dich singen hörte, als du zum ersten Mal für sie gesungen hast.“

„Das werde ich gerne tun“, und Egwina drehte sich um. „Es ist nur eine kurze Zeit, dass Ethelfleda bleibt bei uns, und gerne werde ich alles tun, was sie verlangt .“

"Nein; Geh noch nicht, Egwina . Wie schön ist die Nacht! Erinnerst du dich, wie kalt und trostlos die schreckliche Nacht war, in der die Nordmänner in Chippenham über uns hereinbrachen? Wie schön sahst du an jenem Abend aus, als du, obwohl du noch ein Kind warst, in der Halle aufstandest und sangst. Schön warst du, Egwina , aber nicht so schön wie jetzt. Mit deiner Schüchternheit und Anmut erkennst du mich wie ein Reh. Sage mir, hast du den Zauber behalten, den ich dir gegeben habe?“

„Ja, Edward.“ Egwina zog die Kette unter den Falten ihrer Tunika hervor. "Sehen! Das Amulett ist so, wie du es befestigt hast.“

Der Sachsen umklammerte das Amulett mit der Hand, die es in seiner eigenen hielt.

„ Egwina , willst du heute Abend mit mir das True- Lofa austauschen ?“

„Edward, was meinst du?“ Das Mädchen blickte erschrocken und erstaunt zu ihm auf.

„Du bist langweiliger als du es gewohnt bist, Egwina , wenn du es nicht weißt “, lächelte Edward. „Ich meine unsere Verlobung. Ich hatte immer die Absicht, dich zu heiraten, wenn du wolltest, wenn die richtige Zeit gekommen wäre. Was wäre dann so passend, als dass wir jetzt unsere Treue halten, wenn sich alle über das Glück von Ethelred und Ethelfleda freuen ?“

„Aber, Edward", stockte Egwina , „du bist der Atheling und ich nur eine Gauklerin ." Du wirst eines Tages der zynische (König) sein, und dann wirst du wissen, dass jemand wie ich nicht geeignet ist, die Dame der Sachsen zu sein."

„Keinen anderen werde ich wählen, wenn du nicht mein Gefährte bist", erwiderte Edward.

„Aber dein Vater, Edward; und du bist noch zu jung." Egwina war beunruhigt.

„Ich werde jetzt zu meinem Vater gehen, Egwina . Wenn er sagt, dass wir zu jung sind, dann werde ich auf seine Freude warten. Er wird unsere Treue bestätigen und segnen. Und warum sollte er nicht? Er liebt dich jetzt wie eine Tochter. Willst du mir nicht dein wahres Lofa geben , Egwina ?"

„Warte, bis du deinen Vater gesehen hast", flüsterte das Mädchen. „Ich fürchte seinen Unmut."

„Du dummer Kleiner! War er nicht freundlich zu dir?"

„Immer und immer", erklärte sie voller Inbrunst. „Aber ich bin nicht edel. Weder auf der Speerseite noch auf der Spindelseite habe ich sanftes Blut. Ich fürchte, Edward, dass der König mit mir unzufrieden sein wird."

„Heiraten, das glaube ich nicht! Bleib hier, und ich werde ihn suchen, und bald werden deine Ängste beruhigt sein. Bleib hier, Egwina , denn ich werde bald zurückkehren."

Mit eifrigen Schritten eilte er ins Haus zurück, und das Mädchen sank aufgeregt auf die Grasnarbe. Bald hörte sie Stimmen und da sie eine Zeit lang niemandem begegnen wollte, zog sie sich in den Schatten der Bäume zurück. Es waren Alfred selbst und seine Frau Elswitha .

„Lieber Herr", sagte die Dame, „habe bemerkt, wie schön die Jungfrau Egwina ist wächst ?"

"Ja; aber nicht vor diesen letzten Tagen. Ich fürchte, Elswitha , dass auch sie uns bald verlassen wird, um in eine andere Wohnung zu ziehen."

„Mein Herr, Edward blickt die Jungfrau mit liebevollen Augen an."

„Sagtst du das?" rief Alfred. „Na, der Junge ist doch noch jung! Irrt Ihr Euch nicht?"

„Nein, das Herz einer Mutter täuscht sie nicht, Alfred. Du warst selbst erst achtzehn, als wir heirateten. Dein Sohn ist jetzt fast so alt wie du damals."

„Sagtst du das?" Alfred schien erschrocken zu sein. „Nun, erst neulich hat er Schwert und Schild bekommen!"

„Schnell vergeht die Zeit", entgegnete Elswitha . „Ich weiß, dass das, was ich dir sage, wahr ist, und es hat mich betrübt, Alfred, denn Egwina ist nicht edel."

„Wahr", stimmte der König zu; „Sie kommt nicht von edlem Blut."

Egwina bedeckte ihr Gesicht mit ihren Händen. War es nicht so, wie sie es sich vorgestellt hatte? Jetzt würden diese lieben Menschen, die so viel für sie getan hatten, die so freundlich gewesen waren, unzufrieden sein.

Alfred und die Dame gingen weiter. Egwina schluchzte laut in ihrer Einsamkeit.

„Maiden", kam ein leises Flüstern.

Egwina blickte auf und sah die Gestalt von Gyda wieder neben sich.

„Ich habe alles gehört. Alles, was der Jüngling zu dir gesagt hat, und was auch der König und seine Frau gesagt haben. Siehst du nicht, dass sie dich nicht wünschen? Kommen! Gyda wird dich wie ihr Eigentum schätzen."

Egwina sah sie hoffnungslos an.

„Was soll ich tun, Gyda?" Sie weinte. „Ich konnte es nicht ertragen, dass sie mir gegenüber kalt waren."

„Du musst es nicht ertragen, Kind. Komm mit mir. Ich verspreche dir, dass du es nicht bereuen wirst. Kommen! Edward darf dich nicht hier finden, wenn er zurückkommt. Kommen!"

Sie streckte ihre Hand aus. Kaum wissend, was sie tat, steckte Egwina ihr eigenes hinein, und die beiden glitten lautlos in den Wald.

KAPITEL XIX
DUNKLE TAGE

Sie gingen in den Wald, wobei die Seid -Frau Egwinas Hand festhielt und kein Wort sagte. Einmal glaubte das Mädchen, die Stimme von Edward rufen zu hören: „ Egwina ! " Egwina !" Sie hielt kurz inne, aber Gyda drängte sie weiter. Schließlich blieb die Wicca vor einem kleinen, niedrigen Häuschen stehen , ganz außerhalb des Anwesens des königlichen Dorfes . Als Antwort auf ihr Klopfen wurde die Tür aufgerissen und sie betraten die Hütte. Die Insassen, ein Wit und seine Frau, schienen die Seid- Frau zu kennen und akzeptierten die Anwesenheit von Egwina ohne Fragen.

Gyda hielt nicht inne, um sich mit ihnen zu unterhalten, sondern trug die herabhängende Gestalt des Mädchens halb in einen Nebenraum, der ihr offenbar als Laubengemach diente.

„Da, Kind, leg dich hin", sagte sie nicht unfreundlich. „Du bist erschöpft von deinen Anstrengungen, und der Kummer macht dir das Herz schwer. Ruhe dich aus, während ich dir ein heißes Getränk zubereite.

Das Mädchen sank auf das Bett und gab seinem Kummer nach. Bald darauf kehrte die Wicca mit einem Horn voller dampfender Flüssigkeit zurück.

"Trinken!" befahl sie, und das Mädchen trank gehorsam. „Es ist ein Trank, der dich in traumlose Ruhe wiegen wird, und das Leid wird leicht auf deinem Kissen liegen."

Die Augen des Mädchens wurden schwer, als die Droge wirkte, und bald sank sie in einen tiefen Schlaf. Die Seid- Frau beugte sich über sie und bemerkte freudig ihre Schönheit.

„Jetzt sollst du für mich wie mein eigenes Kind sein", murmelte sie. „Glücklich sollst du sein, denn ich werde dich lieben. Du sollst immer an meiner Seite sein, und selbst wenn der König selbst Anspruch auf dich erheben würde, sollst du mich nicht verlassen. Schlaf, mein Hübscher! Niemand wird dich jetzt aus Gyda holen."

Der Morgen dämmerte. Egwina erwachte aus ihrem schweren Schlaf und blickte sich um.

„Wie kam ich hierher?" sie murmelte, als sie aufstand. „Mir kommt es seltsam vor."

„Bist du wach, Egwina ?" fragte die Seid- Frau, die in diesem Moment den Raum betrat. Als Egwina sie sah, kam die Erinnerung an alles, was passiert war, mit einem Schock zurück. „Das ist gut", fuhr Gyda fort. „Wir frühstücken, und dann machen wir uns auf den Weg."

„Wohin gehen wir?" fragte das Mädchen und wandte sich von ihr ab, damit sie ihre Gefühle nicht sah.

„Zu Gunnehilde im Wald von Selwood", antwortete Gyda und tat so, als würde sie Egwinas Kummer nicht bemerken. „Danach nach Athelney , wo Alfred seine Streitkräfte sammelte. Dort werde ich vielleicht neue Tugend erlangen. Der Sachsenkönig ist mein Flygia . Es macht dir doch nichts aus, dorthin zurückzukehren, oder?"

„Nein", antwortete das Mädchen traurig; „Es spielt keine Rolle, wohin wir gehen ."

„Lass dich nicht niederschlagen, Kind", sagte die Frau sanft. „Einige dunkle Fäden sind in das Gewebe jedes Lebens eingewoben. Es kann nicht alles golden sein. Du bist jung und bald wird dein Kummer von dir verschwinden, während der Schatten, der zwischen Licht und Dunkelheit schwankt, in der Nacht verschwindet. Der Kummer bleibt nicht lange bei den Jungen. Komm, lass uns essen."

Egwina aß mechanisch von dem ihr servierten Essen und bereitete sich dann darauf vor, Gyda auf ihrer Reise zu folgen. Sie gingen schweigend weiter, denn das Herz der Jungfrau war schwer, und auch Gyda schien von einer Sorge bedrückt zu sein. Schließlich erwachte die Seid- Frau und wandte sich an das Mädchen :

„Lass uns die Reise durch Reden bereichern, mein Kind. Möchtest du, dass ich dir deine Rede vorlese?"

„Nein, Gyda; Ich interessiere mich nicht mehr für Rede oder Rune. Dunkel sind die Schatten, die sie werfen, und ich möchte gerne von ihrer Hexerei befreit werden."

„Dennoch gib mir deine Handfläche. Glaube, wie du willst. Der Glaube kommt nicht auf Befehl; und es weicht auch nicht . Du glaubst nicht; Ich glaube. Gib also deine Handfläche zu meinem Vergnügen frei."

Widerwillig erlaubte das Mädchen der Frau, die Linien ihrer Hand zu überfliegen. Gydas besorgter Blick kehrte zurück, als sie sie untersuchte.

„Dunkel, dunkel breitet sich in der nahen Zukunft aus", rief sie. „Das Ende ist hell, aber, oh, Kind! Dein Kummer hat gerade erst begonnen. Hätte ich dich bei Alfred gelassen? Es ist noch nicht zu spät. Komm, lass uns unsere Schritte zurückverfolgen. Nur so kannst du der Gefahr entgehen."

Egwina schüttelte den Kopf. „Nein, Gyda; Ich möchte nicht zurückkehren. Wenn Gefahr oder Ärger auftauchen, werde ich um die Kraft bitten, ihr zu begegnen. Lass uns weitermachen." Sie zog ihre Handfläche von Gydas zurück und ging weiter.

„Aber dein Leben endet in Herrlichkeit", sagte Gyda, mehr tröstend für sich selbst als für Egwina . „Es endet in großer Herrlichkeit. Was macht es denn schon, wenn wir nicht zurückkehren? Was gewebt wurde, ist gewebt!" Sie verfiel in Schweigen, das von ihr sofort unterbrochen wurde: „Kind, würdest du nicht etwas für mich tun?"

„Gyda gerne, wenn ich kann."

„Du kannst, wenn du willst." Der Ton der Frau war leise und ihre Art fast flehend.

„Was ist, Gyda?"

„Nenn mich nicht mehr Gyda, sondern Mutter. Ich hatte einmal ein Kind, und wenn es am Leben geblieben wäre, wäre es dir ähnlich gewesen, aber Hela hat es mir genommen. Willst du, Egwina ?"

„Ich werde es versuchen", und das Mädchen drehte sich plötzlich mitleidig zu ihr um, bewegt von der Sehnsucht in der Stimme der Frau, und legte ihre Hand sanft auf ihren Arm.

"Du willst?" rief Gyda freudig. „Ich werde so gut zu dir sein, Kind. Du sollst es nicht bereuen. Jetzt singe mir, meine Tochter! Singe für deine Mutter. Oft hatte Gyda das Echo deiner süßen Stimme in ihrem Herzen gehört. Singe, meine Hübsche; Das wird dich und mich erfreuen."

Egwina unterdrückte tapfer ihre eigenen Gefühle und sang die Lieder, um die die Frau gebeten hatte, und so war die Reise zur Hütte von Gunnehilde endlich vollbracht, indem sie abwechselnd sang und redete. Gyda befahl der Jungfrau, außerhalb der Hütte zu bleiben, denn sie fürchtete, dass die Vala sie erkennen würde.

„Bleib hier bis zu meiner Rückkehr, mein Kind. Bewegen Sie sich nicht von dem Baumstamm, auf dem Sie sitzen , sonst könnten Sie sich zu weit in den Wald verirren. Ich gehe, um die Vala zu konsultieren ."

Egwina setzte sich, als die Frau es ihr befahl. Es dauerte einige Zeit, bis Gyda zurückkehrte. Als sie das tat, schien sie zutiefst gerührt und etwas verärgert zu sein.

„Beeil dich", rief sie. „Lass uns nach Athelney gehen . Es kann sein, dass Gyda dort die Macht zurückgewinnt, die jetzt nicht auf ihren Willen kommt."

Egwina folgte ihr. Ein flotter Spaziergang brachte sie bald auf die Insel, aber siehe da! eine große Veränderung hatte stattgefunden. Anstelle der Befestigungen und einfachen Hütten, die Alfred in seiner Not errichtet hatte, erhoben sich die stattlichen Mauern eines Klosters. Mit einem Schrei der Verzweiflung ließ sich die Wicca zu Boden fallen.

"Was ist es?" rief Egwina und kam zu ihr.

„Kind, Kind, ich bin erledigt! Siehst du nicht deine Mauern? Sie haben den Charme des Ortes mitgenommen. Flüche seien auf ihnen! Im Schatten solcher Mauern kann kein Galdra oder Seiden gedeihen."

Sie stöhnte in ihrer Verzweiflung; dann zog sie aus ihrer Brust das Juwel von Alfred.

„Böses hast du mir statt des Guten gebracht", rief sie. „Doch hat mir die Volva nicht an der Quelle gesagt, als die Scin-Laeca aus dem Grab auferstanden ist, welches Juwel Sachsens ich haben muss, um mein Wissen zu vervollständigen? Einer aus der Linie von Cerdic , und aus Cerdic stammte Alfred. Warum zögere ich dann? Warum werden die Runen vor mir dunkel? Gunnehilde hat gesagt, dass ein Verlust und der Tod bevorstehe . Tod? Nein, ich widersetze mich dem! Hela wird ihre Beute noch nicht haben; Ich werde den Zauber trotz Mone (Mönch) und Priester ausprobieren."

Sie stand auf und machte sich auf den Weg vom Festland über die Brücke.

„Komm", rief sie dem Mädchen zu, das halb erschrocken über ihr Verhalten herumstand. Dann drehte sie sich um und rannte fast über die Brücke. Sie hatte gerade die Mitte erreicht, als ihr Fuß ausrutschte und sie fiel. Dabei fiel der Edelstein aus ihrer Hand ins Wasser. Mit einem schmerzerfüllten Stöhnen lag die Frau auf dem Bauch auf der Brücke. Egwina eilte zu ihr.

„Kunst krank?" Sie fragte. „Lass mich dir aufhelfen."

Gyda stand hoffnungslos auf. „Dem Schicksal muss begegnet werden", sagte sie mit verzweifelter Ruhe. „Ich musste stöhnen; Jetzt wird Gyda das annehmen, was Skulda für sie gesponnen hat." Sie drehte sich um, um zum Festland zurückzukehren.

„Aber willst du nicht auf die Insel gehen?" fragte das Mädchen.

"Nein; Das ist nutzlos. Jetzt machen wir uns auf den Weg nach Hause. Wenn Gunnehilde Wenn du die Runen richtig liest, wird es nicht mehr lange dauern."

In melancholischem Schweigen, ohne die Reise durch Gesang oder Gespräche zu beeindrucken, machten sich die beiden auf den Weg zum Haus der Frau in Berkshire. Das Leben von Egwina wurde nun ganz anders als zuvor. Das Leben in Alfreds Villa war voller Pflichten und Vergnügen gewesen. Hier verbrachte die Seid- Frau ihre Zeit mit Beratungen über Rinde und Brunnen und mit Kunstübungen, zu denen sie das Mädchen zu bewegen versuchte. Egwinas Seele erkrankte vor Abscheu beim Anblick oder Klang von Magie, und sie widerstand allen Versuchen, ihre Hilfe bei den Ritualen zu erhalten.

Vergeblich versuchte sie, die Frau von dem Thema abzubringen, und als sie sich daran erinnerte, was der Abt über den guten Priester Aldhelm und seinen Gesang erzählt hatte, versuchte sie, durch das Singen christlicher Hymnen die Sehnsucht zu wecken, vom Gott des Christen zu hören. Aber Gyda wollte nichts davon haben.

„Sing sie nicht", sagte sie. „Deine Stimme gefällt mir sehr, aber singe nicht, wenn sie alles sind, was du singen kannst. Galdra gedeiht nicht dort, wo solche Lieder gesungen werden."

Und Egwina hörte ganz auf zu singen. Je schwächer die Frau wurde , desto mehr praktizierte sie ihre Rituale, bis das Haus von Dämonen bevölkert zu sein schien, die nur auf einen Ruf warteten, um herauszutreten. Auch ihr Temperament wurde sehr unsicher. Sie überhäufte Egwina mit Zärtlichkeiten und schimpfte abwechselnd über sie. Obwohl sie unter dieser Behandlung dünn und blass wurde, ertrug Egwina geduldig mit ihr, denn sie wusste, dass der Tod schnell nahte.

„Gib mir deinen Arm", sagte Gyda eines Tages zu Egwina . „Hela wird bald bei mir sitzen, und ich würde mich gerne auf ihr Kommen vorbereiten."

Schwer auf Egwinas Schulter gestützt ging sie in ihr Zimmer.

„Verlass mich", befahl sie. „Ich werde dich rufen, wenn ich dich brauche."

So beschworen, löste das Mädchen bei ihr ein gewisses Unbehagen aus, denn Gyda schien viel schwächer zu sein. Lange wartete sie, und als sie kein Geräusch hörte, wurde sie unruhig und betrat leise das Zimmer. Gyda saß vor einer großen Kiste auf dem Boden und befingerte liebevoll die darin enthaltenen Münzen und Edelsteine. Sie war so konzentriert, dass sie das Mädchen nicht eintreten hörte. Egwina wollte das Zimmer genauso leise verlassen, wie sie es betreten hatte, doch dabei machte sie ein Geräusch, das die Frau dazu veranlasste, aufzusehen. Mit einem Ausruf der Wut sprang sie mit ungewohnter Kraft auf, ihre Augen glühten vor Wut.

„Wie konntest du es wagen, mich auszuspionieren?" sie weinte vor Wut. „Wie hast du es geschafft, Mädchen? Meinst du, jetzt das Gold zu bekommen? Aber das sollst du nicht tun."

„Nein, nein, Gyda", begann Egwina beruhigend und ging auf sie zu. „Ich habe es nur verstanden, warum du so still warst."

„ Sag mir nicht, dass du mich nicht ausspioniert hast. Das hast du getan!" Und die wütende Frau schlug heftig mit ihrem Stab auf sie ein.

Der Schlag war so plötzlich und heftig, dass Egwina schwer zu Boden fiel. Sofort verflog der Zorn der Frau, als sie sah, was sie getan hatte, und sie taumelte kraftlos auf das Mädchen zu.

„Verzeih mir, meine Hübsche! Ich habe es nicht so gemeint. Gyda wollte dir keinen Schaden zufügen." Aber das Mädchen war ohnmächtig geworden.

Sobald sie dies sah, schleppte sich die Frau zu ihrem Schatz zurück und brachte ihn in sein Versteck zurück. Dann näherte sie sich wieder dem Mädchen, hing stöhnend über ihrem am Boden liegenden Körper und bemühte sich schwach, sie wiederzubeleben. Egwina erwachte bald wieder zu Bewusstsein. Gyda streichelte sie zärtlich.

"Mein Kind! Mein Kind! Ich war grausam zu dir. Kannst du mir nicht verzeihen? Du wirst Gyda nicht mehr lange ertragen müssen, denn Hela haucht mir jetzt noch Kälte auf die Stirn."

„Ich vergebe dir, Gyda", sagte Egwina schwach. „Du wolltest mir nicht wehtun. Du wusstest nicht, was du tust."

„Nein, nein; Ich wusste nicht. Sag: Ich vergebe dir, Mutter. Gib mir deine Hand und sag es."

Egwina streckte ihre Hand aus und ergriff sanft die der Frau .

„Ich vergebe dir, Mutter", sagte sie leise.

Mit Mühe richtete sich das Mädchen auf, beugte sich über die Frau und küsste sie.

„Jetzt leg dich neben mich. Bist du schwach, Egwina ?"

"Ja Mutter."

Niflheim tragen ", und ein triumphierender Ausdruck huschte über Gydas Gesicht. „Es würde mein Herz erfreuen, dich dort bei mir zu haben. Möchtest du sterben, Egwina ?"

„Es macht mir nichts aus, Gyda. Der Himmel ist hell und schön, und Granther wäre da. Lieber Granther! Wir waren so glücklich zusammen! Würde ich bei ihm sein !"

„Möchtest du lieber bei ihm in deinem Himmel sein als bei mir in Niflheim ?" fragte die Frau eifersüchtig.

„Kümmere dich nicht darum, Gyda. Er ist mein eigener Gefährte und er liebt mich."

„So liebe ich dich. Es wird dunkel, Egwina . Leg dich näher."

Egwina kroch dicht an Gyda heran, und die Frau zog sie in ihre Arme.

„Soll ich dir nicht zu deinem Lager helfen, Gyda?"

„Das kannst du nicht, Kind. Was spielt es für eine Rolle , wo wir Hela treffen?"

Dann herrschte Stille. Geschwächt durch die anstrengenden Tage zuvor, schien der Schlag dem Mädchen alle Energie geraubt zu haben, und bald fiel es in einen tiefen Schlaf.

Plötzlich wachte sie auf. Das Licht strömte schwach in den Raum. Sie war steif vom langen Liegen und versuchte sich zu bewegen, aber es gelang ihr nur mit großer Mühe. Sie stützte sich auf einen Arm und drehte sich zu der Gestalt an ihrer Seite um. Als sie bemerkte, wie vollkommen still Gyda dalag, beugte sie sich über sie und blickte ihr ins Gesicht. Sie war tot.

Mit einem Schrei des Entsetzens sprang Egwina auf. In diesem Moment betraten ein Mann und eine Frau, angezogen von ihrem Schrei, den Raum. Egwina machte einen Schritt auf die Frau zu, dann verschränkte sie die Hände vor dem Kopf, taumelte und fiel bewusstlos auf den Boden.

„Es ist schade, dass die Jade zu dieser Zeit krank wird ", brach eine Stimme unhöflich an Egwinas Ohr, als sie eines Morgens mit dem klaren Licht der Vernunft in ihren Augen erwachte. „Hier müssen wir nur noch um die Mutter weinen, wenn die Tochter auch krank sein muss."

„War sie ihre Tochter?" kam eine Männerstimme. „Ich wusste nicht, dass Gyda eine Tochter hatte, obwohl wir Geschwister sind."

„Sagen das nicht die Nachbarn?" fragte die erste Stimme. „Wie sollte sie hier sein, wenn nicht ihre Tochter? Aber jetzt ist es für das Luder eine Belastung, krank zu sein."

„Nun, sehen Sie, wie es ihr geht. Wir können sie jedoch nicht schlecht behandeln, ohne sie würde uns Gydas gesamter Schatz bescheren. Vieles hat sie irgendwo versteckt, und wenn es dem Mädchen besser geht, wird sie uns vielleicht sagen, wo es ist."

„Sie nicht", grummelte der andere. Noch immer murrend näherte sich die Frau dem Bett, in dem Egwina lag.

„Wie geht es dir heute Morgen?" Sie fragte.

„War ich krank?" Die klaren Augen von Egwina blickten die Frau erstaunt an. „Wer bist du und warum bin ich hier?"

"Wer bin ich? Warum Githa , die Frau von Sweyn, Cousine deiner Mutter? Wer sollte ich sonst sein?" fragte die Frau, die ein mürrisches Gesicht hatte.

„Aber ich verstehe nicht, was du meinst. Ich habe keine Mutter; Ich habe auch kein Sith -Kind bekommen. Ich habe auch noch nie von einem unserer Geschwister mit diesem Namen gehört."

„Odin, höre sie!" ejakulierte die Frau. „ Hörst du das, Sweyn?"

"Was?" fragte der Mann.

„Das Mädchen verleugnet ihre Verwandten und Verwandten."

„Nun, Sith , das tut sie, lass sie leugnen", erwiderte der Mann träge.

„Aber du siehst doch nicht ein, du Dummkopf, dass das nur dazu dient, uns vom Geld abzuhalten", rief die Frau wütend.

Der Mann sprang auf und betrat den Raum, in dem sie sich befanden. Egwina betrachtete das Paar voller Staunen.

„Bist du nicht Gydas Tochter?" verlangte der Mann von ihr.

„Gydas? Nein. Warum solltet ihr mich für die Tochter der Seid -Frau halten ?" fragte Egwina erstaunt.

„Hast du nicht immer hier bei ihr gelebt und dann gesagt, dass du nicht ihre Tochter bist?" rief die Frau heftig. „Wie nun, Mädchen?"

"Nein; aber ich bin nicht ihre Tochter", wiederholte Egwina .

„Wie bist du dann hierher gekommen ? Die Nachbarn sagen, dass du wochenlang hier warst und dass Gyda dich Tochter genannt hat. Du hast sie Mutter genannt!"

"WAHR; aber um ihr zu gefallen, nannte ich sie so. Ihr eigenes Kind starb und sie sehnte sich mit zunehmendem Alter nach Liebe. Deshalb nahm sie mich zu sich, um bei ihr zu wohnen."

„Und du bist also nicht Gydas Tochter?" rief die Frau.

Egwina schüttelte den Kopf.

„Dann hast du keinen Anspruch auf Gold oder Edelsteine, die gefunden werden könnten?" sagte die Frau schnell.

„Keine", sagte Egwina kurz.

„Sagen Sie uns, wo sie sie versteckt hat", rief der Mann.

„Ich weiß es nicht", antwortete das Mädchen. „Ich weiß nur, dass ich an dem Tag, als sie starb", und ein starker Schauer erschütterte ihren Körper bei der Erinnerung, „auf sie traf, als sie etwas Gold aus einer Kiste zählte. Hast du es nicht gesehen, als du den Raum betratst?"

„War es der Raum, in dem wir euch zusammen gefunden haben?" fragte der Mann.

"Ja."

„Und du hast nichts anderes gesehen?" fragte er.

„Nichts als das", antwortete das Mädchen müde.

„Was machst du dann hier?" Die Frau sah so wütend aus, dass das Mädchen
zitterte.

„Frau, sie kann jetzt nicht gehen. Wenn sie nicht Gydas Kind ist, ist es uns
egal, ob sie bleibt , bis es ihr wieder gut geht. Wir werden alles haben", sagte
der Mann.

"Ja; Ich werde gehen, sobald ich kann", rief Egwina . „Bitte lass mich bis
dahin bleiben. „Der Köper wird nur etwas länger sein!"

Widerwillig stimmte die Frau zu.

Egwinas Genesung verlief schnell. Sie sah, dass die Ungeduld von Sweyn und Githa , sie loszuwerden, umso größer wurde, je stärker sie wurde. Mit ihr fürchteten sie sich, nach dem Schatz zu suchen, den Gyda hinterlassen hatte. Eines Tages dankte Egwina ihnen für die Freundlichkeit, mit der sie sich um sie gekümmert hatten, und machte sich erneut auf den Weg, um von Methalle zu Methalle zu wandern, um durch ihren Gesang Wohlwollen zu gewinnen. Sie hatte keine Harfe mehr, mit der sie sich selbst begleiten konnte, und leider vermisste das Mädchen das geliebte Instrument. Ihre Stimme hatte nichts von ihrer Süße und Kraft verloren, und ihre außerordentliche Fairness verschaffte ihr ein offenes Ohr; und so wanderte sie in Sicherheit und Frieden, denn die strengen Gesetze Alfreds erlaubten es, goldene Armbänder unbehelligt auf der Landstraße aufzuhängen, von Stadt zu Stadt.

Eines Tages befand sie sich auf dem Weg nach Winchester. Erinnerungen daran, wann sie den Ort das letzte Mal gesehen hatte, drängten sich auf sie. Hier, auf diesem Baumstamm, hatte sie sich aufgehalten, um sich bei ihrem Großvater auszuruhen. Hier traf sie Ethelfleda und Edward zum ersten Mal. Ein einsamer Schluchzer brach aus ihren Lippen, als sie an sie dachte. Wie lange schien das alles her! War sie jemals ein Mitglied der Familie des Königs? Was würden sie sagen, wenn sie wüssten, dass sie erneut obdachlos durch das Land wanderte? Hell und glücklich waren die Tage gewesen, als sie mit ihrem Großvater gemächlich von Ort zu Ort geschlendert waren. Jetzt war sie allein. Ein Anflug von Selbstmitleid erfüllte ihr Herz.

Sie hielt inne, bevor sie die Stadt betrat. Der König könnte schon jetzt hier sein, und Edward! Sollte sie weitermachen? Dann überkam sie ein überwältigendes Verlangen, noch einmal in ihre Gesichter zu schauen, ohne dass sie es sah. Diesmal würde sie sie sehen, wenn der König in seiner königlichen Villa wäre . Mit dieser Entschlossenheit betrat die Jungfrau die Stadt. Aber der König war noch nicht nach Winchester gekommen, und so war Egwina etwas enttäuscht, als sie sich dem Herrenhaus eines Thegn zuwandte und sich, wie es ihre Gewohnheit war, an der Freude des Festes beteiligte.

Bett und Unterhaltung für einen Tag und eine Nacht konnte selbst der gemeinste Wanderer bekommen, und so nahm das Mädchen kommentarlos ihren Platz unter den Sängern und Harfenspielern ein. Ihre Schönheit und die Süße ihrer Stimme erregten bald die Aufmerksamkeit von Oswald, dem Thegn, und riefen bei ihm den Wunsch nach mehr hervor.

„Bruder“, sagte das Mädchen zu einem Harfenspieler, „leih mir deine Harfe. Ich hatte einmal eins von mir, aber es ist weg. Für die Begleitung ist das Lied umso besser.“

„Ich brauche die Harfe für mein eigenes Lied“, antwortete der Harfenspieler mürrisch. „Sith du hast das Ohr von Oswald, warum brauchst du die Harfe?“

Aus Angst vor einer Ablehnung seitens der anderen Gaukler bat Egwina nicht um einen weiteren, sondern sang ohne Instrument, und Oswalds Zustimmung war groß.

Gauklerin unter meinem Mund (Schutz) bleiben “, sagte er, „und deine Gaben sollen großzügig sein.“

„Bitte, Sir“, sagte Egwina , denn sie wollte nicht dort bleiben, wo Alfred und Edward jederzeit hinkommen würden, „bitten Sie mich, nicht bei Ihnen zu bleiben; denn ich möchte nicht in Winchester bleiben. Diese Nacht werde ich mich für dich freuen, so sehr du willst , aber morgen muss ich mich auf den Weg machen.“

„Gehen Sie auf Ihre Weise, Mädchen“, sagte der Thegn gutmütig, „obwohl ich wünschte, du würdest bleiben. Spielst du Harfe?“

„Ja, gut, Thegn.“

„Du hast kein eigenes, wie ich sehe. Edwy , leihe der Jungfrau deine Harfe. Ich würde es hören, wenn sie Geschick hat.“

Mit einem mürrischen Gesichtsausdruck reichte ihr der Harfenspieler, den Egwina um seine Harfe gebeten hatte, diese. Die Jungfrau dankte ihm, fegte über die Saiten des Instruments und spielte mit so seltener Geschicklichkeit, dass sogar die Gaukler gezwungen waren, ihre Macht anzuerkennen. Der Thegn erklärte sich schließlich zufrieden, und nachdem Egwina ihr versprochen hatte, bis nach der nächsten Nacht im Herrenhaus zu bleiben, zog sie sich in die ihr zugewiesene Kammer zurück.

Der große Metsaal war am nächsten Morgen verlassen, als die Jungfrau, die bis zum Abend kaum wusste, was sie tun sollte, hineinirrte. Auf einer der Bänke, auf denen die Gaukler und Harfenspieler saßen, lag die Harfe von Edwy . Das Mädchen nahm es mit Freude auf. Seit sie Alfreds Palast verlassen hatte, hatte sie erst in der Nacht zuvor eine Harfe berührt.

Das Instrument kam ihr wie ein Freund vor. Zärtlich berührte sie es; Dann ließ sie, von schönen Erinnerungen getrieben, ihre Finger träge über die Saiten gleiten und dachte über die Zeit nach, als sie dem König das Spielen beigebracht hatte.

„Du hast dich verbessert, Mädchen, seit ich dich das letzte Mal gehört habe“, sagte eine Stimme in ihrem Ohr.

Egwina drehte sich erschrocken um. Ælfric, der Jongleur, stand neben ihr. Zuerst konnte sich das Mädchen nicht an seinen Namen erinnern oder wer er war, als Ælfric , als er ihre Verwirrung sah, sagte:

„Du kannst dein Wissen über mich nicht leugnen, Mädchen. Wisst ihr nicht, dass du und dein Vater mich zu einem Theow gemacht haben?“

„Bist du wirklich der Jongleur?“ fragte Egwina und schreckte vor dem grimmigen Gesichtsausdruck des Mannes zurück.

„Ich bin in Wahrheit er. Wo ist dein Vater!“

„Tot“, kam es schwach von der Jungfrau.

„Bist du allein?“ Ein bösartiger Ausdruck trat in die Augen des Mannes.

Egwina nickte. „Und du?“ Sie fragte. „Bist du noch ein Witzbold ? Ich hoffe nicht. Ich hätte versucht, Granther dazu zu bringen, zurückzukehren und den Preis für dich zu bezahlen, aber die Dänen wurden so unterdrückt, dass es keinen Gedanken mehr gab, als an Sicherheit vor ihnen zu denken.“

„Ich brauchte deine Hilfe nicht“, kam von Ælfric . „Als befreiter Mann stehe ich vor dir, mit der Hilfe von niemandem außer Ælfric . Aber was machst du mit Edwys Harfe?“

„Ich habe es nur versucht.“ und Egwina legte es nieder.

„Hast du nichts von dir, sodass du das von anderen ausprobieren musst?“

"NEIN; Ich habe keine;" und Egwina seufzte. „Wahrlich , Ælfric , du hattest deinen Wunsch, und unser Schicksal war schlecht. Der Tod lügt, und allein wandere ich ohne Freunde und Verwandte. Ich hoffe, bald einen Lord zu finden, der mich zu seiner Gauklerin macht .“

„Warum bleibst du nicht hier?“ fragte Ælfric .

„Ich möchte nicht in Winchester sein“, erwiderte Egwina . „Sag mir, Ælfric , du betrachtest mich jetzt nicht mit Hass, oder?“

Ein grausames Licht leuchtete in den Augen des Mannes; aber er antwortete:

"NEIN; wenn ihr beide gelitten habt, ist es genug.“

Ohne mehr zu sagen verließ er den Saal, und Egwina sah ihn nicht, als sie im Saal war.

Am nächsten Morgen machte sich die Jungfrau auf den Weg, beladen mit vielen Geschenken, die ihnen Oswald, der Thegn, geschenkt hatte, und beschloss, schnell den Schutz eines Lords zu suchen.

Sie hatte sich nur ein kleines Stück vom Herrenhaus entfernt, als sie ihren Namen rief, und als sie sich umdrehte, sah sie eine Magd auf sich zukommen. In ihrer Hand hielt sie Edwys Harfe.

„Das hat dir auch mein Herr gesandt", rief sie, ihr Atem ging durch die Anstrengung des Laufens schnell.

„Aber das Instrument gehört dem Harfenspieler!" rief Egwina erstaunt.

„Er hat noch einen für Edwy . Nimm die Großzügigkeit des Thegn und stelle sie nicht in Frage." Die Frau drückte dem Mädchen das Instrument in die Hände, bevor sie es verhindern konnte, und verschwand.

Egwina stand eine Weile da und betrachtete überrascht und etwas unruhig die Harfe.

„Ich wünschte, die Thegn hätten das nicht getan", überlegte sie. „Ich mag es nicht, die Harfe eines Gauklers zu übernehmen. Ich weiß nicht, was für ein Herr er sein mag, der etwas nimmt, um es einem anderen zu geben. Ich weiß nicht, was ich tun soll."

Sie dachte eine Zeit lang darüber nach, dann warf sie sich das Band der Harfe über die Schulter und machte sich auf den Weg. Es war Abend, als sie den Hof eines Herrenhauses betrat und zur Methalle ging. Während sie wartete, bis alle gesungen oder ihren Teil zur Freude beigetragen hatten, begann die Jungfrau ein Lied. Mittendrin ertönte von draußen das Geräusch von Pferdehufen, und eine Stimme verlangte lautstark Einlass. Der Jubel und die Freude verstummten, während alle neugierig auf die Männer blickten, die eintraten.

Die Gruppe bestand aus mehreren Sachsen; unter ihnen Oswald der Thegn, Ælfric der Jongleur, Edwy der Gaukler und andere.

„Was suchst du nun, Freund Oswald, dass du so unanständig unser Schloss betrittst?" rief der Thegn des Herrenhauses.

„Dein Mädchen", sagte Oswald und zeigte auf Egwina . „Letzte Nacht und die Nacht zuvor sang sie in meinem Saal zum Glee. Mit Geschenken beladen schickte ich sie hinaus, aber das genügte nicht. Mit gierigen Augen blickte sie auf die Harfe von Edwy , dem Gaukler, und die hatte sie mitgenommen. Wir sind gekommen, um sie zum Vogt zu bringen, damit das Schicksal über sie verkündet werden kann."

"Dieses Mädchen?" Der Thegn und die Gefolgsleute sahen das Mädchen überrascht an. „Sie sieht nicht so aus, als würde sie so etwas tun."

„Und ich auch nicht!" sprach Egwina erholte sich von der Bestürzung, in die Oswalds Rede sie gestürzt hatte. „Guter Oswald, hast du mir nicht deine

Magd mit dieser Harfe als zusätzliches Geschenk geschickt, nachdem ich deine Wohnung verlassen hatte?"

„Heiraten, nein! Warum sollte Oswald das nehmen, was einem anderen gehört , um es dir zu geben? Hat er nicht genug eigenen Reichtum?"

„Aber hast du die Frau nicht zu mir geschickt?" stockte das Mädchen.

„Eine wahrscheinliche Geschichte", rief Ælfric der Jongleur. „Ist es Brauch, dass ein Lord einer Gauklerin mit seinen Gaben hinterherläuft ? Ich glaube nicht!"

Die Sachsen im Saal quittierten diese Bemerkung mit lautem Gelächter. Die arme Egwina war voller Verwirrung.

„Aber wirklich, mein Herr", sagte sie und wandte sich an Oswald, „eine Frau hat es gebracht und mir gegeben."

„Jungfrau", sagte Oswald traurig, „füge dem Diebstahl nicht das Laster des Lügens hinzu. Vor beiden Sünden warnt uns die Heilige Schrift."

„Aber ich sage die Wahrheit", rief Egwina und faltete die Hände. „Ich spreche die Wahrheit, mein Herr, da ich vom Brot lebe."

Ein mitfühlender Ausdruck breitete sich auf dem Gesicht des Thegn aus.

„Schön bist du, Mädchen! Zu fair, solche Worte auszusprechen. Das Böse war deine Umgebung, wenn ein so unschuldig aussehendes Mädchen einen solchen Meineid leisten würde ."

„Ich denke, dass die Jade sagen würde, dass mein Herr die Harfe seines Gauklers verschenken würde", sagte Edwy . „Hast du nicht gesehen, Ælfric , mit welchen sehnsüchtigen Augen sie darauf blickte?"

„Ich habe es gesehen", antwortete Ælfric . „ Nichts Bleibt nur, sie zur Gerefa zu bringen . Er soll ihr das Schicksal verkünden."

In seinem Ton lag so viel Bösartigkeit, dass Egwina ihn ansah, und als sie sah, mit welch grausamem Triumph er sie ansah, wusste sie in ihrem tiefsten Inneren, dass es Ælfric war , der diese Sache verursacht hatte.

Schweigend ließ sie sich zurück zum Herrenhaus von Oswald tragen, um auf den Morgen zu warten, an dem sie zur Verhandlung in die Gerefa gebracht werden würde.

KAPITEL XXI
DER PROZESS GEGEN EGWINA

Vor dem Eldorman des Auenlandes und dem Gerefa oder Vogt wurde Egwina gefangen genommen. Es war die Volkssache des Auenlandes. Der Bischof hätte anwesend sein sollen, aber er besuchte den König in Windshore . Viele waren anwesend, und das Mädchen schreckte vor den neugierigen Blicken zurück, die auf sie gerichtet waren.

„Bei dem Herrn", sagte Edwy , der Gaukler, als er den Eid ablegte, „ich beschuldige das Mädchen weder des Hasses noch der Kunst noch der ungerechten Habgier, noch weiß ich etwas Wahres , aber so sagte mir mein Verstand: und ich selbst sage der Wahrheit nach, dass dieses Mädchen, genannt Egwina die Schöne, die Diebin meiner Harfe ist."

„Bist du dir dessen sicher, Edwy ?" fragte die Gerefa , Beornwulf , gewonnen durch das süße Gesicht der Jungfrau.

„Heirate, halte ich meinen Eid nicht?" schimpfte der Mann. „Ich habe nicht nur geglaubt, dass das Mädchen die Harfe genommen hat, ich weiß es auch."

„Dann erkläre deinen Vorwurf", sagte Beornwulf .

„Das Mädchen hat die Halle erst vor drei Tagen bei Sonnenuntergang betreten", erklärte Edwy . „Sie hat gesungen und hat meinem Lord Oswald gut gefallen. Damit ihr wisst, dass mich nichts als die Liebe zur Gerechtigkeit und zur Wiederherstellung meines eigenen Eigentums beseelt, möchte ich sagen, dass sie gut gesungen hat. Dann rief mein Herr nach mehr, und die Jungfrau bat um meine Harfe, aber da ich nicht wollte, dass der Sonnenstrahl des Gauklers aus meinen Händen ginge, lieh ich sie nicht. Dann befahl Mylord Oswald der Jungfrau, die Harfe zu haben, und sie wurde ihr gegeben. Sie hat es mir noch einmal gegeben. Am nächsten Abend sang sie erneut zum Glee. Am Morgen machte sie sich auf den Weg. Siehe! Als ich mein Lied mit dem Instrument begleitet hätte, war es weg. Wir folgten der Jungfrau und fanden es bei ihr. Ich habe gesagt."

Er setzte sich hin. Die Aussage war klar und direkt. Egwina blickte auf den Gerefa und sah, dass er von dem Konzert beeindruckt war. Ohne Freunde und allein in der Menge saß sie da und niemand konnte an ihre Unschuld glauben.

Ælfric den Eid ab und erklärte, dass er am nächsten Morgen, der ersten Nacht, von der der Harfner sprach , die Halle betreten habe. Da saß das Mädchen und in ihren Händen hielt sie die Harfe von Edwy , die sie mit anhaltender Berührung betastete. Er hatte sich der Verfolgung des Mädchens angeschlossen, und als sie sie fanden, siehe, die Harfe war in ihren Händen.

Als er seine Rede beendet hatte, hob er feierlich seine rechte Hand und sagte: „Im Namen des allmächtigen Gottes! Während ich hier als wahrer Zeuge stehe, ungebeten und ungekauft; So sah ich es mit meinen Augen und hörte es mit meinen Ohren, was ich gesagt hatte."

Das Mädchen hob den Kopf und sah dem Kerl direkt in die Augen. Ælfric zitterte bei diesem klaren Blick und nahm verwirrt seinen Platz ein. Oswald, der Thegn, legte daraufhin den Eid ab und schwor auf die Wahrheit dessen, was die anderen beiden gesagt hatten, und fügte hinzu, dass er, obwohl er Mitleid mit der Jungfrau hatte, das Gefühl hatte, sie dem Untergang des Landes ausliefern zu müssen.

„Jungfrau", der Gerefa wandte sich an Egwina und sein Gesicht war voller ehrlicher Trauer, „es gefällt mir nicht zu glauben, dass diese es so geschworen haben." Leisten Sie nun Ihren Eid, und wenn Sie etwas zur Widerlegung dessen sagen können, was diese gesagt haben, dann sprechen Sie."

Das Mädchen stand auf, stolz war ihre Miene, als sie den Eid leistete, und rief eindringlich: „Im Namen des Herrn!" Ich bin in Wort und Tat unschuldig an der Sache, die mir der Gaukler vorwirft."

„Kind", sagte die Gerefa , „schwöre nicht deine Seele. Du stehst unter Eid."

„Ich weiß, dass ich einen Eid leiste", sagte das Mädchen mit klarer, fester Stimme. „Ich sage es noch einmal, Mylord Gerefa , ich bin an dieser Anklage unschuldig. Es ist wahr, wie Edwy gesagt hat, dass ich ihn um die Harfe gebeten habe. Süßer ist die Stimme des Sängers mit seiner Musik. Es ist der Wunsch unseres gesamten Handwerks, zu gefallen, und so hätte ich meine Chance, andere zu erfreuen, erhöht. Es stimmt auch, dass Ælfric mich allein in der Halle antraf, als ich das Instrument ausprobierte. Es lag auf dem Sitz des Gauklers, und es schadete niemandem, dass ich es probierte. Dann, mein Herr, und die Wahrheit spreche ich, wenn ich dir sage, als ich das Herrenhaus der Thegn mit großzügigen Geschenken beladen verließ, kam eine Frau hinter mir hergerannt, eine Magd, die die Harfe trug. „Das hat dir auch mein Herr gesandt", rief sie. Da ich mich sehr darüber wunderte, dass ein Herr das Eigentum eines anderen als Schenkung schicken sollte, nahm ich es nicht an, sondern sprach von der Sache. „Stellen Sie die Gaben meines Herrn nicht in Frage, sondern nehmen Sie sie an", sagte sie und drängte sie mir entgegen. Bevor ich noch etwas sagen konnte, rannte sie vor mir davon und ich musste voller Verwunderung mit der Harfe fortfahren."

„Seltsam ist deine Geschichte, Mädchen." Die Gerefa sprach zweifelnd. „Niemals, glaube ich, hat ein Herr etwas von einem genommen, um es einem anderen zu schenken. Seltsam, seltsam deine Geschichte!"

„Dennoch glaube ich, dass in den Worten der Jungfrau der Klang der Wahrheit liegt", sagte der Eldorman. „Bitte, mein Herr Oswald, lass deine

Sklavinnen herbringen, damit man mit ihnen sprechen kann, und wir werden sehen, wie wahr die Magd spricht."

Egwina sah ihn dankbar an. Es war das erste Wort, das sie gehört hatte und das so etwas wie den Glauben an ihre Unschuld verriet. Es herrschte Schweigen über dem Volk, als der Theg nach seinen Sklavinnen schickte, und während sie auf ihr Erscheinen warteten, waren einige da, die, von der Schönheit der Jungfrau erobert, offen ihren Glauben an ihre Unschuld zum Ausdruck brachten. Schließlich kehrten die Gesiths von Oswald zurück, und mit ihnen kamen die Magdfrauen. Die Gerefa winkte sie vorwärts und sagte zu Egwina : „Jungfrau, wenn diese an dir vorbeigehen, sag, wer diejenige war, die dir die Harfe gegeben hat."

Egwina blickte die Frauen an, als sie vorbeigingen. Endlich, am Ende der Schlange, kam einer, den sie aufmerksam betrachtete.

„Das, mein Herr Gerefa ", sagte sie, „ist derjenige, der es mir gegeben hat."

Der Vogt rief die Frau zu sich und leistete den Eid.

„Gib an, Frau", sagte er, „wann und wo du der Jungfrau die Harfe gegeben hast."

Die Frau sah ihn überrascht an.

„Fürchterlicher Herr, ich weiß nicht, was du meinst."

„Bist du nicht der Jungfrau gefolgt und hast ihr eine Harfe gegeben?"

"Nein; „Ich weiß nicht, was du meinst", erklärte die Frau.

„ Kennst du das Mädchen nicht? Sagen Sie, ob Sie überhaupt mit ihr gesprochen haben.

„Ich habe die Jungfrau in der Halle von Oswald, dem Thegn, gesehen", erklärte sie. „Zwei Nächte und einen Tag blieb sie darin, und als es Segel gab , sang sie vor Freude. Am Morgen des dritten Tages verabschiedete sie sich von uns und machte sich auf den Weg von hier; Wohin, mein Herr, ich weiß nicht. Ich will auch nicht mehr von ihr.

„ Weißt du etwas über die Harfe und wie die Magd an sie kam?" fragte der Ealdorman, bewegt vom Ausdruck der Verzweiflung im Gesicht der Jungfrau. „Nimm das Instrument und sieh es dir an. Erklärst du, Frau, dass du es noch nie zuvor gesehen hast?"

Die Frau nahm die Harfe und betrachtete sie genau.

„Ich habe es oft und oft gesehen", sagte sie mit einem Anschein von Offenheit. „Es ist das von Edwy , dem Gaukler."

„Woher weißt du das?"

„Einmal hat er mich gebeten, es für ihn zu reinigen. Hier, mein Herr, habe ich versehentlich das Holz zerkratzt, als ich ihn gerettet hatte.

„Und du hast es der Magd nicht gegeben ?" Der Eldorman war eindeutig enttäuscht.

„Nein, Mylord", erklärte die Frau positiv. „Warum sollte ich dem Mädchen Edwys Harfe geben?"

Die Gerefa wandte sich an Egwina , die mit blassem Gesicht dem Dementi der Frau zuhörte.

„Du hörst , was die Frau gesagt hat. Gibt es noch etwas, was du sagen musst, bevor dein Schicksal über dich verkündet wird?"

Egwina war beunruhigt. „Ich weiß nicht, was ich sagen soll", sagte sie verzweifelt. „Die Wahrheit habe ich dir verkündet, mein Herr – die Wahrheit und nichts als die Wahrheit. Das ist sie, die mir die Harfe geschenkt hat. Warum sie dieser Tatsache widersprechen sollte, weiß ich nicht. Aber so wahr meine Seele lebt , erkläre ich dir, dass ich an dieser Anklage, die gegen mich erhoben wurde, unschuldig bin. Es ist mir bewusst geworden, dass Bosheit am Werk war und dass Ælfric die Angelegenheit arrangiert hat; dass er aus Rache falsch ausgesagt und dieses Böse begangen hat."

„Jungfrau, wir können nicht länger auf dich hören. Nimm das Schicksal an, wie du es kennst ", befahl der Gerefa .

Aber der Eldorman rief: „Bruder, sollen wir nicht Gerechtigkeit üben? Solange noch Zweifel bestehen, lassen Sie das Mädchen davon profitieren. Lass sie den Grund darlegen, warum Ælfric sich an ihr rächen wollte."

„Warum sollten wir zuhören?" erwiderte der Vogt ungeduldig. „Hat sie kein faires Verfahren erhalten? Ein Kunstgriff – der der Frau – ist gescheitert. Sollen wir es noch einmal versuchen? Heiraten, nein!"

„Lasst uns dennoch zuhören", forderte der Ealdorman. „Jungfrau", ohne die Zustimmung des Vogts abzuwarten, wandte er sich an Egwina , „du hast Ælfric , den Freigelassenen, noch nie gesehen ." Warum sollte dies dann seine Rache an dir sein?"

„Oh mein Herr, aber ich habe ihn schon einmal gesehen!" rief Egwina , und die Hoffnung keimte erneut in ihrer Brust. Sie erzählte schnell von den Umständen.

„Es kann sein, wie du sagst", überlegte der Eldorman. „Bruder, lass uns der Sache nachgehen, wie das Mädchen es gesagt hat."

"NEIN;" Die Gerefa war voller Ungeduld. „Es ist nur eine List der Jade. Ist es außerdem nicht klar erwiesen, dass sie die Harfe gestohlen hat? Steh auf, Jungfrau, und höre dein Schicksal. Zu lange hast du uns nun aufgehalten. Es wurde durch Zeugen, sowohl ungekaufte als auch unwahre , bewiesen, dass du die Harfe von Edwy , dem Gaukler, aus dem Herrenhaus von Oswald, dem Thegn, mitgenommen hast. Es wurde auch noch mehr gezeigt. Du hast nicht nur die Harfe gestohlen, man fand sie auch in deinem Besitz. Hören Sie also das Schicksal."

„Aber, mein Herr, ich bin unschuldig – unschuldig", unterbrach Egwina wild. „Bei den Mächten des Himmels, ich schwöre dir, dass ich unschuldig bin."

„Mädchen, wagst du es zu lästern?" schrie die Gerefa und wich vor ihr zurück. „ Wagst du es, die Mächte des Himmels anzurufen?"

"Ja!" rief Egwina und sprang auf. „Und nicht nur auf die Mächte allein, sondern auch auf Ihn, der über alles herrscht . Sir Gerefa , ein Größerer als du soll mein Richter sein. Ich übergebe Gott meine Seele, um ihre Unschuld zu bezeugen. Sir, ich fordere die Tortur."

Die Wirkung auf die Menschen war elektrisch. Man murmelte, die Jungfrau sei unschuldig, sonst dürfe sie sich nicht an den Obersten Richter wenden. Ælfric der Jongleur wurde blass. Die Tendenz, an die Unschuld des Mädchens zu glauben, wuchs im Herzen des Eldormans zur Gewissheit, und sogar die Gerefa schien etwas gemildert zu sein.

„Kind, Kind", sagte er mitfühlend, „ weißt du, was du fragst ?"

„Ja, ich weiß", antwortete Egwina bestimmt. „Durch Feuer oder durch Wasser, wie ihr wollt, mein Herr Gerefa und mein Herr Ealdorman, und bei Gott sei das Gericht."

„Bei Gott sei das Gericht", wiederholte die Gerefa feierlich. „Aber bei dir liegt die Wahl."

„Entscheidet ihr zwei", sagte das Mädchen, „dass ihr mit der Prüfung zufrieden seid." Es wird mir umso mehr Freude bereiten, wenn es so entschieden ist."

„Dann, Bruder", sagte der Gerefa und wandte sich an den Eldorman, „was sagst du zu der Wasserprobe?"

„Wenn es der Jungfrau passt , werde ich die Wahl nicht leugnen", erwiderte der Eldorman.

„Dann, Jungfrau, gehst du zum Bischof, der heute nach Winchester zurückkehren wird. Dort wirst du dich durch eine gerechte Vorbereitung auf den Ritus reinigen. Lass Brot und Salz, Wasser und Kräuter nur dein Teil sein. Drei Tage sollst du in der Wohnung des Bischofs verweilen; dann wird dir, gereinigt und freigesprochen, die Prüfung gegeben. Vor Zeugen, zwölf für dich und zwölf gegen dich, sollst du mit dem Priester in die Kirche eintreten. In kochendes Wasser sollst du deinen Arm bis zum Ellenbogen tauchen und aus dem Wasser einen heiß erhitzten Stein nehmen. Und möge Gott, der höchste Herrscher, der am letzten großen Tag die Lebenden und die Toten richten wird, dein Richter sein. Möge Er in Seiner unendlichen Barmherzigkeit deine Unschuld beweisen, wie du sagst, denn Schrecken und Schrecken ist die Strafe, die dich überwältigen wird , wenn du schuldig bist."

Die Versammlung zerstreute sich. Mit aufrechter Haltung, wie von jemandem, der sich der Rechtschaffenheit bewusst ist, ging die Jungfrau mit dem Ealdorman und der Gerefa . Mit blassem Gesicht wäre Ælfric mit Edwy davongeeilt, wenn Beornwulf nicht dazwischengekommen wäre.

„Mein Lord Oswald“, sagte er und wandte sich an den Thegn, „sehen Sie, dass diese Männer während der Tortur anwesend sind. Sei auch dort, du und deine Magd, die Zeugnis gegeben hat.

"Ja; Ich werde da sein“, antwortete der Thegn. „Wenn sich herausstellt, dass ich dem Mädchen Unrecht getan habe, werde ich das Zweifache bezahlen.“

„Warten Sie auf das Ergebnis und planen Sie dann Ihr Handeln“, sagte Beornwulf kurz und setzte seinen Weg mit der Jungfrau und dem Ealdorman fort.

Als Antwort auf das Klopfen an den Portalen des Hauses des Bischofs erklärte der Aufseher, der Bischof sei zurückgekehrt, befinde sich aber in der Messe.

„Dann lassen wir die Jungfrau hier“, sagte der Eldorman, „und suchen ihn im Münster.“

„Die Unschuld der Jungfrau an der Anklage ist noch nicht bewiesen“, sagte die Gerefa vorsichtig. „Ich würde mir keine Gelegenheit zur Flucht leisten, damit die Gerechtigkeit nicht besiegt wird. Sollte sie vor uns fliehen, müssen du und ich, Bruder, dafür bezahlen.“

„Gibt es da keine Bolzen und Stangen?“ fragte der andere. „Lasst uns das Mädchen hier lassen und den Bischof suchen.“

Es war so beschlossen, und Egwina befand sich allein in einem Raum mit verriegelter Tür und wartete auf die Rückkehr des Bischofs. Überwältigt von den Ereignissen, die sich so schnell zugetragen hatten, und der damit verbundenen Aufregung sank das müde Mädchen auf eine der geschnitzten Sitzgelegenheiten und brach in Tränen aus. Anfangs weinte sie heftig , aber nach und nach wurde das Schluchzen immer leiser und seltener, bis es schließlich ganz aufhörte und das Mädchen, erschöpft von der Müdigkeit, einschlief.

„Sie schläft nicht wie die Schuldigen“, sagte die Stimme des Eldormans, als Egwina aufwachte. „Es spricht für die Jungfrau, dass sie die Hilfe der Kirche gesucht hat. Mickle, es gefällt mir nicht, eine so schöne Hand zu sehen, die durch die Tortur Narben und Nähte aufweist.“

Egwinas Ohr süßer klang als die leiseste Musik , denn sie wusste es genau. "WAHR; Aber es ist besser, wenn die Hand vernarbt ist, als dass die Seele von der Schwärze der Falschheit und des Diebstahls verbrannt wird. Mit der Zeit können die Narben auf der Haut verschwinden; niemals der Seele, außer durch das Blut dessen, der allein reinigen kann.“

Egwina drehte sich um und sah dem Redner direkt ins Gesicht.

„Gut hast du gesprochen, Denewulf “, sagte sie.

„ Egwina ! Bist du es wirklich?" und der Bischof, denn er war kein anderer als Denewulf , der Schweinehirte, den der König zu dieser Position ernannt hatte, ergriff die Hände der Jungfrau. „Liebes Kind, sehe ich dich endlich so?"

„So ist es, Denewulf ", antwortete Egwina traurig. „Wo ist Adiva ? Ich wusste nicht, dass du der Bischof bist."

„Ich bin eines so großen Standes unwürdig", sagte Denewulf demütig, „aber der König hat anders gedacht. Adiva geht es gut und bei mir. Sie wird sich sehr freuen, dich zu sehen, mein Kind, denn seit einiger Zeit wissen wir kaum noch von dir. Wie kommt es, dass du nicht beim König bist, sondern in meinen Händen liegst, des Diebstahls beschuldigt und der Prüfung ausgesetzt?"

„Das ist eine lange Geschichte", sagte Egwina . „Bring mich nach Adiva , lieber Denewulf , und dann werde ich dir von allem erzählen, was mir widerfahren ist, und warum ich bei dir bin, um für die Tortur geschmälert zu werden."

„Mein Herr Bischof, ist dir die Jungfrau bekannt?" rief der Ealdorman überrascht aus. „ Gehört sie dem König?"

„Das tut sie", antwortete Denewulf streng. „Wenn ihr Schaden zugefügt wird, werdet ihr euch vor dem König verantworten müssen."

„Wahrlich, mein Herr, wir wussten nicht, dass das Mädchen aus dem Haushalt des Königs stammte", rief der Eldorman demütig. „Dennoch habe ich, ohne es zu wissen, geglaubt, sie sei des Diebstahls unschuldig."

„Stimmt", sagte Egwina und lächelte ihn dankbar an. „Er allein hat auch nur einen schwachen Glauben an meine Unschuld gezeigt."

Adiva gehen ", sagte Denewulf , „und dann, Kind, musst du anfangen, dich auf die Tortur vorzubereiten." Da du es verlangt hast, kann Gott allein dich richten."

„Gerne übergebe ich die Angelegenheit Seinen Händen", antwortete Egwina . „Das Urteil des Menschen ist fehlbar, das Urteil Gottes unfehlbar."

„Dann überlasse ich die Jungfrau in deinen Händen", sagte der Eldorman und zog sich zurück.

Adiva begrüßte sie freudig, wurde aber traurig, als sie ihre Geschichte erzählte.

„Muss dein hübscher Arm ins Wasser getaucht werden?" sie weinte empört. „ Denewulf , sei Bischof und erlaube es?"

„Sie hat sich an Gott gewandt", antwortete Denewulf . „Nicht einmal der König könnte verhindern, dass die Tortur jetzt stattfindet, obwohl ich die Angelegenheit ihm vorlegen werde, wenn Egwina es so will."

„Nein, tu das nicht", rief Egwina . „Seht ihr nicht, gute Freunde, ich möchte nicht, dass Edward weiß, wo ich bin. Der König wäre unzufrieden mit mir, wenn ich ihn aufsuchen würde. Es gefällt ihm nicht, dass Edward mich ansieht –" Sie stockte und errötete.

„Mit Wohlwollen", ergänzte Adiva . „Liebes Herz, Kleiner, wie könnte er es verhindern? Ich wusste nicht, dass der König sich von dir abwenden würde, weil du nicht sanft warst. Ich gebe zu, dass er mich darin etwas betrübt hat, aber leider! Sogar Alfred, so weise und gut er auch ist, hat vielleicht zu viel Stolz."

„Nein, nein, Adiva ", schimpfte er Egwina . „ Sage nichts gegen den König. Er war immer freundlich und zärtlich zu mir. Siehst du nicht, dass Edward von den Witzbolden zum Schmähen ausgewählt werden könnte? eines Tages ? – und groß wird er sein, zu groß für den Ehemann eines einfachen Mädchens wie mir."

Adiva schüttelte den Kopf und begann sie zu streicheln, als Denewulf sie unterbrach.

„ Wir müssen nicht länger reden, Adiva . Das Mädchen muss beginnen, sich auf die Tortur vorzubereiten. Lass sie daraus triumphieren, und du wirst jetzt genug Zeit zum Reden haben."

„Muss sie?" Adiva begann zu weinen.

„Trauere nicht, liebe Adiva ", tröstete Egwina . „Ich habe keine Angst. Warum sollte ich? Bin ich nicht unschuldig? Ich bin bereit, Denewulf .

So begann sie mit der Vorbereitung auf den Prozess. Die Vorbereitung dauerte drei Tage. Sie aß nur Brot und Salz und Kräuter und trank nur Wasser; viel Zeit im Gebet verbringen.

Es war die Nacht, bevor die Tortur stattfinden sollte, als Egwina durch ein schwaches Licht in dem kleinen Raum geweckt wurde, der für diejenigen reserviert war, die die Prüfung durch Feuer oder Wasser forderten. Eine sanfte Berührung fiel auf ihren Arm, und jemand begann, ihn vom Ellenbogen abwärts zu reiben. Das Mädchen wunderte sich sehr, setzte sich auf ihrem Lager auf und siehe! Adiva streichelte sanft ihren rechten Arm.

„ Adiva , was machst du mit meinem Arm?" fragte das Mädchen.

„Nein, meine Hübsche, frag mich nicht. Kein Schaden, das garantiere ich dir."

„Womit salbst du es?" forderte das Mädchen.

„Warum solltest du das wissen wollen?" rief die gute Dame. „Es ist nur eine Salbe, die ich für dich gemacht habe."

„Aber warum benutzt du es an meinem Arm?"

„Kind, es geht darum, deinen Arm zu retten. Siehe, es verhärtet die Haut, und deshalb spürt sie das kochende Wasser nicht, und du kannst den erhitzten Stein ungestraft in die Hand nehmen."

Egwina entriss der Dame entsetzt den Arm.

„ Störst du dich in das Urteil Gottes?" Sie weinte. „Wie kann ich beweisen, dass ich die Harfe nicht genommen habe, wenn ich meine Hand und meinen Arm dem Wasser verhärtet habe? Weg, Adiva ! Sonst werde ich glauben, dass du mit dem Bösen verbündet bist, um meine Seele zu beschwören."

Beschämt über die Heftigkeit des Mädchens verließ die Dame das Zimmer, und das Mädchen entfernte sorgfältig alle Reste der Salbe von ihrem Arm. Sie ahnte nicht, dass Adiva das Mitglied jeden Abend auf diese Weise gesalbt hatte.

Am nächsten Morgen, dem Tag der Tortur, legte Egwina ihre Opfergabe auf den Altar und empfing das heilige Sakrament. Dann legte sie vor dem Gerefa , Beornwulf und dem Ealdorman erneut den Unschuldseid ab. Von den Anklägern wurden Oswald der Thegn, Ælfric , Edwy und andere bis hin zu zwölf zu denjenigen ausgewählt, die gegen sie waren. Der Eldorman und elf andere traten für sie ein.

Diese hatten vierundzwanzig Stunden lang gefastet. Auf beiden Seiten der Kirche standen sie, und Denewulf besprengte sie mit Weihwasser, von dem sie auch tranken. Der Bischof überreichte jedem die Heilige Schrift zum Küssen und unterzeichnete mit dem Kreuzzeichen. Das Feuer, das direkt unter dem Altar angezündet wurde, funkelte und brannte hell. Der riesige Kessel, der darüber schwang, war voller Wasser, das blubberte und lebhaft kochte. In der Glut des Feuers lag der Stein, der heiß erhitzt in das Wasser geworfen werden sollte, aus dem die Jungfrau ihn reißen sollte.

Von beiden Seiten traten Männer vor: Oswald, der Thegn, und der Eldorman. Sie gingen zum Kessel und kehrten mit gemessenen Schritten zu ihren Plätzen an den Seiten der Kirche zurück, da sie sich darüber einig waren, dass das Wasser heftig kochte.

Alle senkten zum Gebet ihre Köpfe. Als die letzte Versammlung beendet war, trat Egwina mit dem Läufer ein. Sie war sehr blass, aber sie ging fest, und ihre Augen leuchteten mit einem verzückten, aufmerksamen Blick, als ob sie mit unsichtbaren Wesen kommunizierte. In ihrer Hand trug sie ein kleines Kreuz, das sie immer wieder küsste, und ihre Lippen bewegten sich immer zum Gebet.

Sie holte den Stein aus dem kochenden Wasser.

Langsam näherten sich der Bischof und der Angeklagte dem Altar. Sie hielten inne, als sie den eisernen Kessel erreichten. Alle Köpfe waren gesenkt und jeder betete weiterhin ein Gebet, damit die Wahrheit bekannt werde, während der Bischof mit einer Zange den Stein hochhob und ihn ins Wasser warf.

Es gab ein zischendes, brodelndes Geräusch. Das Wasser blubberte und bewegte sich turbulent, als es den Stein aufnahm. Auf ein Zeichen des Bischofs tauchte Egwina mit einem unhörbaren Gebet ihren entblößten Arm ins Wasser und hob den Stein heraus.

Dabei huschte ein Ausdruck großer Verwunderung über ihr Gesicht. Ihre Lippen öffneten sich, als wollte sie etwas sagen, aber der Bischof machte das Kreuzzeichen und sie schwieg. Immer noch in Totenstille nahm Denewulf, seine eigenen Hände mit einem Tuch bedeckt, ihr den Stein aus der Hand und warf ihn erneut in die Glut. Feierlich verband er den Arm und versiegelte ihn.

„Gott gehört das Gericht", sagte er mit ernstem Ton und zog sich mit der Jungfrau aus der Kirche zurück. Die Leute folgten ihnen.

Drei Tage lang sollte der Arm gefesselt bleiben, und wenn er sich am dritten Tag als schmutzig erwies, wurde Schuld angenommen; Wenn sie klar und ohne Eiterung wäre, wäre sie dann unschuldig.

„Es tut mir nicht weh, Adiva ", antwortete das Mädchen zweifelnd auf die besorgten Fragen der Dame. „Ich weiß nicht warum, aber ich habe überhaupt kein brennendes Gefühl verspürt."

„Warum solltest du?" fragte die Dame. „Bist du nicht eines von Gottes eigenen Lämmern? Sei zufrieden, liebes Herz, dass Er nicht wollte, dass du leidest."

In Anwesenheit des Eldorman, der Gerefa Beornwulf , Oswald der Thegn, Edwy , Ælfric und allen anderen Anwesenden bei der Tortur wurde der Verband vom Arm des Mädchens entfernt. Klar und weiß wie Alabaster, ohne Spuren von Verbrühungen oder Verbrennungen, glänzte das schöne Glied.

Ein Schrei ging von denen los, die es sahen.

"Ein Wunder! Ein Wunder!" Sie riefen. „Eine von Gottes eigenen Jungfrauen ist die Jungfrau!"

KAPITEL XXIII
Das Schreckensdekret

„Die Magd ist unschuldig", rief Denewulf, der Bischof. „Nach Gottes eigenem Urteil ist sie so ausgesprochen. Was ist dann mit ihren Anklägern? Diejenigen, die meineidig waren und durch falsche Aussagen das Heil ihrer Seele aufs Spiel setzten? Tretet hervor, ihr, die ihr das gesagt habt, und begründet, warum ihr das getan habt!"

Dann trat Oswald der Thegn hervor.

„Ich habe dir geschworen , mein Herr Bischof, dass ich der Jungfrau unwissentlich Unrecht getan habe. Ich habe nur das gesagt , was ich bei meiner Aussage wusste. Die Harfe war weg. Es wurde bei der Magd gefunden. Heirate, so wie ich es beurteilt hätte, hättest du genauso beurteilt. Nennen Sie die Waren, und es wird bezahlt! Ich habe gesagt."

„Und nun, Oswald, ohne es zu wissen und ohne es zu wissen, hast du der Jungfrau Unrecht getan. Da du bereitwillig Wiedergutmachung leisten willst , hast du deine Schuld gesühnt. Mehr kannst du nicht tun. Aber die anderen."

Seine Stirn verdunkelte sich bedrohlich, als Edwy, der Gaukler, vortrat. Der Ealdorman und die Gerefa sahen den Mann eindringlich an; Jetzt, da der Himmel selbst die Unschuld Egwinas bewiesen hatte , waren sie davon überzeugt, dass List zum Einsatz gekommen war.

„Meine Herren", rief der Gaukler, der sichtlich aufgeregt war, „ich schwöre bei allen Heiligen, dass ich nur das abgelegt habe, was ich wusste." Die Harfe gehörte mir. Es war weg. Dasselbe fanden wir auch beim Zimmermädchen. Wie könnte ich sonst absagen?"

„Wie kommst du darauf, dass das Mädchen es genommen hat?" fragte der Ealdorman scharf.

„ Das stimmt Ælfric , der mir erzählte , wie die Jungfrau im Flur damit spielte. Aber am Abend zuvor hat sie mich darum gebeten. Meine Herren, es sah schlecht für das Mädchen aus, das müssen Sie zulassen."

„Er sagt die Wahrheit, meinen Sie?" fragte der Eldorman des Bischofs und der Gerefa .

„Überlassen Sie ihn mir", sagte der Bischof. „Er wird nicht geschwächt werden, bis er die Wahrheit verkündet . Die anderen beiden sind meiner Meinung nach die wahren Schuldigen."

Nun erhob sich ein lautes Geschrei, dass Ælfric fliehen würde , und viele verließen die Versammlung, um die Verfolgung aufzunehmen. Der Gaukler wurde bald eingeholt und wieder zum Bischof getragen. Oswald hatte die Leibeigene vorgezogen.

Die beiden standen trotzig vor dem Tribunal. Ælfric hatte der Frau einen kurzen, warnenden Blick zugeworfen, unter dem sie zusammenzuckte.

„Was sagst du?" fragte Denewulf die Frau. „Warum hast du es abgelehnt, der Jungfrau die Harfe zu geben?"

„Ich habe es nicht gegeben", antwortete sie mürrisch.

„Frau, Gott hat die Jungfrau für unschuldig erklärt. Dann sind du und dieser Mann schuldig. Es muss so sein. Sage also, warum du das getan hast."

Von den Lippen der Frau kam keine Antwort. Der Bischof wandte sich an Gerefa und Ealdorman. „Brüder, fragt ihr sie? Hartnäckig und hartherzig hat sie sich bewährt. Versuchen Sie, sie zu erweichen."

Keine noch so großen Fragen, Drohungen oder Überredungen konnten die Frau dazu bewegen, weiter zu antworten, als dass sie der Jungfrau nicht die Harfe gab. In der Hoffnung, dadurch mehr zu gewinnen, wandten sie sich nun an Ælfric . Die Augen des Mannes leuchteten triumphierend, als er sah, dass die Frau verstockt war.

Auf alle Fragen antwortete er nichts. In einer unverschämten Haltung hörte er zu, antwortete aber nicht. Schließlich sagte der Bischof mit einiger Ungeduld: „Ich bin von der Schuld dieser beiden völlig überzeugt. Durch seinen Fluchtversuch hat Ælfric sein Verbrechen gezeigt. Brüder, in dieser Angelegenheit haben der Mann und die Frau gegen den Himmel gesündigt. Lasst also die Kirche die Strafe geben. Zur Tortur werden beide verurteilt. Die Frau wird wie die Jungfrau mit Wasser und Steinen auf die Probe gestellt; der Mann, die Feuerprobe."

Gerefa und Ealdorman stimmten bereitwillig zu, da sie davon überzeugt waren, dass Ælfric und die Frau wirklich die Täter waren.

wurden zum Haus des Bischofs gebracht, um dort die notwendigen Vorbereitungen zu treffen. Die vorgegebene Anzahl an Tagen ist vergangen. Da die Frau in dieser Zeit einsam und allein gehalten worden war, hatte sie Zeit zum Nachdenken gehabt. Spuren eines mentalen Kampfes zwischen Verstocktheit und Verzweiflung zeigten sich in ihrem Gesicht, als sie herausgebracht wurde, um ihr Opfer darzubringen und das Abendmahl zu empfangen, bevor sie die Prüfung auf sich nahm.

„Vom Leib Christi isst du geistig", sagte der Bischof, als er das Brot verteilte. „Er war rein und ohne Sünde. Wenn du unschuldig bist, iss ungestraft von dem heiligen Brot und trinke den Wein, der durch seinen Segen sein geistliches Blut ist. Iss und trink, Frau! Wenn du unschuldig bist, fürchte dich nichts; wenn du schuldig bist, wehe, wehe deiner Seele."

Die Frau zitterte und ihr ohnehin schon blasses Gesicht wurde gespenstisch weiß. Sie streckte ihre Hand nach dem heiligen Bissen aus und fiel dann mit einem lauten Schrei dem Bischof zu Füßen.

„Ich wage es nicht", rief sie, „um meiner Seele willen, ich wage es nicht, daran teilzunehmen."

„Dann, Tochter, befreie deine Seele von ihrem Makel durch ein vollständiges Bekenntnis."

„Das werde ich, das werde ich", schluchzte die Frau und brach völlig zusammen. „Ich habe der Jungfrau die Harfe gegeben, wie sie es gesagt hat. Alles war so, wie sie es bereits erzählt hatte. Ich rannte ihr nach und gab es ihr in die Hände, mit der Begründung, dass mein Lord Oswald es als Geschenk geschickt habe."

„Aber warum, Tochter, solltest du deiner Seele so einen Meineid leisten?" fragte der Bischof.

„Oh mein Herr, beurteilen Sie mich nicht zu hart. Ich habe ein Kind, und es macht mir Kummer , dass sie eine Sklavin sein soll. Ælfric würde mir das Geld geben, um mein Kind zu kaufen, und dann wäre es frei – frei, mein Herr Bischof! Du schämst dich nicht für das Herz einer Mutter, wenn du nicht weißt , welche Versuchung ein solches Angebot für mich darstellen würde. Was wusste ich von der Jungfrau? Sie bedeutete mir nichts, und mein Kind ist mein Leben."

„Schwer war deine Sünde, Frau, aber groß auch deine Versuchung", sagte Denewulf mitfühlend. „Du bist nicht verhärtet, sonst hätte dich das heilige Abendmahl nicht so berührt. Spüre, Tochter, aus ihrem Kummer über dein Los den vollen Segen der Kirche. Dein Kind und auch du werden von ihrer Gnade befreit werden. Nicht wegen deiner Sünde, sondern weil die Kirche Mitleid mit deinem Elend hat, erlöst sie dich. Steh auf, Tochter, und geh in Frieden. So wie der Heilige, dessen Priester ich bin, zu der irrenden Frau sprach , so sage ich zu dir: ‚Geh und sündige nicht mehr!'"

Unter Gebeten, Tränen und Danksagungen erhob sich die Frau und verließ das Münster. Der Bischof wandte sich an Ælfric .

„Willst du vom heiligen Brot und Wein essen, oder willst du, wie die Frau es getan hat, die Schuld deiner Seele durch Beichte begehen?"

Ælfrics Lippen kräuselten sich.

„Ich habe keine Angst, Herr Priester. Mach weiter mit deiner Tortur! Was muss ich gestehen?"

„ Hast du nicht gehört, was die Frau gestanden hat?" fragte der Bischof. „Dass du sie zu dieser Tat verleitet hast , indem du ihr Geld angeboten hast, um die Freiheit ihres Kindes zu erkaufen. Mann, Mann! Nimmst du an der Eucharistie teil und reinigst deine Seele nicht durch die Beichte?"

„Ich habe nichts zu gestehen", wiederholte der Mann hartnäckig. „Die Frau hat dir fälschlicherweise geschworen, wie du sehen wirst."

Mit Entsetzen im Gesicht über die Kühnheit des Jongleurs spendete Denewulf das Abendmahl. Ælfric nahm daran teil, und dann wurden wie zuvor zwölf Männer aus jeder Seite derjenigen ausgewählt, die für und gegen ihn waren. Neun Fuß der Fußlänge des Angeklagten wurden vom Feuer aus gemessen, wo das Eisen erhitzt lag. Für diese Distanz musste das Eisen getragen werden. Kurz vor der letzten Versammlung hob der Bischof das Eisen an die Klammern und führte nach dem Gebet den Angeklagten hinein.

Mit festem Schritt trat der Mann vor und ergriff das Eisen fest mit beiden Händen. Er ging die erforderliche Strecke zurück, wobei er das Eisen ruhig trug, und warf es dann mit einem Fluch auf den Boden.

Der Bischof und die ehrlichen Sachsen zu beiden Seiten der Kirche zuckten entsetzt zurück. Zitternd und aus Angst, den Mann wegen seiner Gottlosigkeit niedergeschlagen zu sehen, näherte sich der Bischof dem Unglücklichen, verband ihm die Hände und drückte ihnen das Siegel der Kirche auf. Nach den erforderlichen drei Tagen wurden die Verbände entfernt und die Verbrennungen wurden übel genommen.

„Schuldig bist du", sagte der Bischof voller Trauer zum Gaukler. „Böses hättest du einem anderen angetan, und Böses hast du dir selbst zugefügt." Sohn, hast du dich nicht daran erinnert, dass der Herr gesagt hat: „Mein ist die Rache, ich werde sie vergelten"? Warum solltest du dann versuchen, dem Mädchen etwas anzutun, wofür nur deine eigenen Taten verantwortlich waren? Siehe, das Gericht Gottes ist über dich gekommen! Du wirst als schuldig bewiesen. Deine Seele muss von ihrer schlimmen Sünde gereinigt werden. Gehe von diesem Tag an ohne deine Waffen hinaus; und reisen Sie barfuß zu den Gräbern der vier Heiligen: St. Edwin, St. Guthlac , St. Oswald und St. Neot . Nachts darfst du keinen Unterschlupf haben. Du musst Tag und Nacht fasten und wachen und beten und dich bereitwillig ermüden. Eisen soll weder in deine Haare noch in deine Nägel gelangen. Du sollst kein warmes Bad nehmen, kein weiches Bett; Fleisch sollst du nicht essen und du sollst kein Getränk zu dir nehmen, das berauschen kann. In eine Kirche sollst du wegen des Eides, den du bei der Prüfung des heiligen Gottesgerichts abgelegt hast, nicht gehen, sondern du sollst die Gräber dieser Heiligen aufsuchen und dort deine Sünden bekennen und um Fürsprache beten. Wenn du deine Buße vollendet hast, und sie ist schwer, mein Sohn, denn du hast so sehr gesündigt, geschrumpft und von der Schuld befreit, kannst du zurückkehren und dich wieder unter deine Mitmenschen mischen. Steh auf und geh, und möge Gott in seiner unendlichen Barmherzigkeit mit dir auf deinen Wanderungen sein."

Mit gesenktem Kopf lauschte die Versammlung der schrecklichen Strafe, die dem Unglücklichen auferlegt wurde. Die Macht der Kirche über das Volk war so groß, dass es Ælfric kein einziges Mal in den Sinn kam , ihrem Befehl nicht zu gehorchen.

Mit finsterem Blick und reueloser Miene setzte er sich mitten unter sie und zog seine Schuhe und Lederhosen aus. Dann verließ er die Kirche und machte sich auf den Weg, um seine Pilgerreise zu beginnen.

Und nie wieder sah Egwina ihn.

Egwinas Tage danach friedlich. Adiva streichelte und verhätschelte sie, wie es nur gute mütterliche Frauen tun können, und das Mädchen hatte das Gefühl, endlich einen Hafen der Ruhe gefunden zu haben, denn sie war des Wanderns müde.

„Nie wieder sollst du uns verlassen, Kleines", erklärte Adiva eines Tages, als sie und das Mädchen sich wie in alten Zeiten mit Schiffchen und Spinnrocken beschäftigten. "Nie wieder! Du hättest uns überhaupt nicht verlassen sollen, denn du gehörtest zuerst zu uns. Hat Denewulf dich nicht im Wald gefunden? Jetzt sollst du für immer bleiben."

„Aber der König?" sagte Egwina und beugte sich tief über ihre Arbeit. „ Besuchet er dich nicht , Adiva – er oder einige aus seiner Familie?"

„Guten Tag, ja", antwortete Adiva . „Was ist damit, Kind? Konntest du nicht aus dem Weg gehen, bis sie gegangen waren? Es ist nicht wie im Wald. Dann waren da noch die beiden Zimmer. Wusstest du nicht, dass das Anwesen des Bischofs noch mehr hat?"

Egwina lachte mit etwas von ihrer alten Fröhlichkeit.

"Dort!" rief die gute Frau entzückt, „Es erfüllt mein Herz mit Freude, dich so lachen zu hören!" Lache und du willst, auch wenn es aus meinem törichten Stolz geschieht. „Es ist etwas Besseres, die Frau eines Bischofs zu sein, als die eines Schweinehirten, nicht wahr?"

„Aber er ist immer noch derselbe, Adiva , Schweinehirt oder Bischof", sagte die Jungfrau. „Was spielt es für eine Rolle, was er tut? „Das ist der Mann, den du geheiratet hast."

„Du bist jung", bemerkte Adiva und hob den Kopf. „ Weisheit wirst du erlangen, wenn du älter wirst ." Als Schweinehirte war Denewulf ein guter Ehemann, aber es gab nur wenige Mancuses und Pences, die uns in den Weg kamen. Nun trägt er die Stola des Bischofs und alle verneigen sich vor ihm. Guten Tag, Kind! Es macht einen Unterschied. Aber du hast noch nicht gesagt, dass sie bei mir bleiben würden. Um die Wahrheit zu sagen ", sie senkte ihre Stimme, „es gibt Zeiten, in denen ich trotz meiner Größe einsam bin."

„Wenn es dir gefällt, dann wird es mir gefallen", antwortete das Mädchen. „Ich habe es satt, umherzuwandern, und gern würde ich dort wohnen, wo Freunde wohnen, wenn es so wäre, dass ich weder den König noch Edward sehe. Es kam mir in letzter Zeit so vor, Adiva , dass ich Gott auf irgendeine Weise meine Dankbarkeit für seine Barmherzigkeit gegenüber mir zeigen sollte. Ich würde ihm für sein Urteil einen Dienst erweisen. Warum, Adiva , wenn ich denke, dass da nicht einmal eine Narbe war, frage ich mich, was ich getan habe, dass mir ein so großer Gefallen erwiesen werden konnte."

„Machen Sie sich darüber keine Sorgen", sagte die Dame hastig. „Ich habe oft gehört, dass man solche Dinge nicht herausfinden konnte. Warum, Denewulf , obwohl er Bischof ist, weiß nicht, warum viele Dinge so sind!"

„Das Mädchen hat recht", sagte Denewulf , als er in diesem Moment eintrat. „Auch ich, Egwina , habe an das Wunder gedacht, denn es war ein solches, und es kam mir vor, als ob du verschont wurdest, um ihm deinen Dienst leisten zu können . Dein Leben sollte der keuschen und heiligen Maria gehören. Du suchst Ruhe, mein Kind; Finde es im Kreuzgang.

„Der Kreuzgang!" Adiva warf bestürzt die Arme hoch. „Dein hübsches Kind? Denewulf , was fehlt dir?"

„Nichts", antwortete der Bischof prompt. „Nichts als der Wunsch nach dem Besten für Egwina . Wunderbar wurde sie begünstigt. Es kann um nichts anderes gehen, als dass sie ihr Leben dem Dienst am Himmel widmet."

„ Denewulf , bist du verrückt geworden?" forderte Adiva mit einiger Schärfe. „ Egwina eine Nonne? Ich glaube nicht!"

„Aber, Adiva ", sagte die sanfte Stimme von Egwina , „warum wurde ich so bevorzugt? Nicht einmal eine Narbe, wie du weißt , noch irgendein Zeichen. Ich hatte das Gefühl, dass Gott meine Unschuld beweisen würde, aber Seine Gunst war so groß, dass es mich beunruhigte, den Grund dafür zu kennen. Es kann sein, dass ich für diesen Dienst auf diese Weise bevorzugt wurde."

„Und denkst du darüber nach, Nonne zu werden?" rief die Dame bestürzt.

„Wenn Denewulf das Beste denkt und dass aus diesem Grund das Wunder vollbracht wurde, werde ich es tun", antwortete das Mädchen.

„Es hat mich belastet", sagte der Bischof, „und es scheint mir, Egwina , dass mit diesem Zeichen beabsichtigt wurde, dass du die Braut der Kirche werden solltest ."

„Raus auf solchen Unsinn!" rief die Dame voller Energie aus. „Es gab kein Wunder außer dem, was ich mit der Hilfe deiner Pflegemutter Gunnehilde vollbracht habe."

„ Adiva !" riefen Egwina und der Bischof atemlos aus. „Was meinst du?"

„Ich meine", sagte die Dame, „dass ich nicht bereit war, deinen hübschen Arm verbrennen zu lassen, also habe ich zu Gunnehilde geschickt , und sie hat mir eine Lotion zubereitet. Jeden Abend habe ich Hände und Arme gebadet. In der letzten Nacht, Kind, war die Salbe, die du benutzt hast, nur der letzte Schliff. Die Lotion hatte bereits ihre Wirkung entfaltet, und du hättest glühendes Eisen auf deinen neun Fuß und deinem Rücken tragen können, und es wäre keine Narbe entstanden. Erwarte ein Wunder!"

"Frau! „Du hast das Urteil des Allerhöchsten entweiht", sagte ihr Mann streng, während Egwina überwältigt zurücksank.

„Entweiht? Überhaupt nicht", antwortete die Dame trotzig. „Hat es nicht die Strafe für die Schuldigen gebracht? Die Frau hat gestanden, und der Gaukler ist gerade auf seiner Pilgerreise. Egwina wurde als unschuldig gezeigt – so wie sie war. Wie habe ich dann das Urteil entweiht?"

„Du musst Buße tun", sagte Denewulf.

"Buße?" erwiderte Adiva. „Ich nicht. Was nützt es mir, die Frau eines Bischofs zu sein, wenn ich als gewöhnliche Gemeinschaft Buße tun soll? Bewahre deine Buße für diejenigen, die sie brauchen, Denewulf.

„Aber meine Unschuld?" rief die arme Egwina. „Glücklich war ich bei dem Gedanken, dass Gott sich dazu herabgelassen hat, mich so zu begünstigen."

„Jetzt denke ich mehr denn je, dass du das Kloster betreten solltest ", sagte der Bischof. „Es ist wahr, dass die Schuldigen zur Strafe gebracht und deine Unschuld bewiesen wurden; Aber was wäre, wenn die Ealdorman, die Gerefa und das Volk davon wüssten? Glaubst du, dass sie das für gerecht halten würden? Entweder, mein Kind, du musst die Prüfung noch einmal bestehen, oder du musst dich ins Kloster zurückziehen. Ich sehe nichts anderes zu tun", und er verließ den Raum.

„Du zum Nonnenkloster?" rief die Dame empört. „Guten Tag! Wir werden sehen, mein Herr Bischof. Für meine Hübsche soll es weder Prüfung noch Kloster geben!"

„Aber Adiva, ich sehe, dass es so sein muss, wie er sagt", sagte Egwina. „Mir bleibt nichts übrig."

„Gibt es das nicht, Kind? Noch einmal habe ich Gunnehilde nach deinem Traum gefragt. Größe soll dein Teil sein, und du sollst das Netz, das dir durch dieses Ding gesponnen wurde, nicht verderben. Ein Nonnenkloster für dich, wer ist für die Braut von Edward bestimmt? Ich glaube nicht! Bevor das geschieht, wird man nach Edward selbst schicken, und dann werden wir sehen."

„Oh, liebe Adiva, das darfst du nicht tun", rief Egwina verzweifelt.

„Wenn du nicht tust, was ich dir sage ", sagte er Adiva, mit Entschlossenheit auf ihrer Stirn: „Ich werde sowohl den König als auch Edward holen lassen."

"Ich werde! Ich werde!" rief Egwina hastig. „Was auch immer du sagst, das werde ich tun, wenn du, lieber Freund, nur nicht nach ihnen schicken würdest. Gerne würde ich in ihre unbekannten Gesichter blicken , aber ich wagte es nicht, mit dem König zu sprechen. Ich konnte es nicht ertragen, dass er mich mit Kälte ansah."

„Wir werden ein paar Tage warten", sagte Adiva , „und sehen, ob Denewulf immer noch das Gleiche denkt." Wenn er es tut, werde ich dir sagen, was du tun sollst. Wenn ich ihn davon abbringen kann, dann sollst du bei mir bleiben, und es wird nichts zu tun geben."

Doch Denewulf ließ sich von seiner Idee nicht überzeugen. Der ehrliche Sachse wollte nur Gerechtigkeit üben, und für sein aufrichtiges Ehrgefühl war diese Prüfung ein Fehlschlag gewesen. Sein Gewissen konnte nur durch eine Wiederholung der Tortur oder einen Rückzug ins Kloster beruhigt werden.

Andererseits war Egwina , angetrieben von demselben feinen Sinn für Ehre, von der Angst überwältigt, dass Adiva Alfred und Edward holen könnte, wie sie es angedroht hatte. Als die gute Dame feststellte, dass Egwina immer mehr zu Denewulfs Denkweise neigte und Denewulf verstockt war, nahm sie die Sache selbst in die Hand.

"Kommen!" sagte sie eines Tages zu Egwina . „Du sollst heute Morgen mit mir zu Gunnehilde gehen . Erinnerst du dich an die Zeit, als wir durch den Wald gingen, damit sie dir deine Rede vorliest? Wir werden wieder hingehen."

„Aber nicht zum Lesen von Runen oder Rede", flehte die Jungfrau. „Es macht mich im Herzen krank , denn es erinnert mich an Gyda."

„Keine Rune soll sie dir vorlesen, Kind, obwohl ich wünschte, du würdest es ihr erlauben. Dann würde sie dir zeigen, dass du dazu bestimmt bist, neben Edward zu sitzen."

„Sprich nicht so, Adiva ", sagte das Mädchen. „Von nun an verzichte ich auf jeglichen Glauben an Seid und Galdra . Sie warnen nicht vor Gefahren; und halte sie auch nicht von der Sünde ab. Ich werde nicht mehr versuchen, den Schleier zu durchdringen, mit dem ein allweiser Vater die Zukunft vor unseren Blicken verbirgt. Es bringt nichts als Böses."

„Nun, nun, tun Sie, was Sie wollen ", grummelte die Dame. „Ich für meinen Teil finde, dass es mir schadet, mich nicht von Gunnehilde leiten zu lassen , und selten ist sie als Kräuterkomponistin. Hier sind wir, Kind. Du siehst , dass wir die Vala mitgebracht haben, denn Denewulf , obwohl er nicht an ihr Handwerk glaubt, wünscht sie in seiner Nähe."

Gunnehilde begrüßte sie herzlich. Sie erwies Egwina einen Respekt und eine Ehrerbietung, die das Mädchen verwirrten, das nicht anders konnte, als zu sehen, welche Gedanken ihr durch den Kopf gingen.

„Kommt ihr, um die Runen zu konsultieren?" Sie fragte: „Oder worüber du gesprochen hast , Adiva ?"

„In dieser Sache", erwiderte Adiva . „ Egwina wird nichts mehr mit Runen oder Rede zu tun haben. Deshalb eilen wir zur anderen Angelegenheit."

„Sie hat kein Bedürfnis", antwortete der Vala . „ Skulda hat das Netz gewebt und golden ist sein Schuss." Fürchte dich nicht, Mädchen, Verdandi strebt danach , dunkle Fäden in das Gold zu weben, doch schon fangen sie an, aufzuhellen. Beschleunige deinen Weg. Skulda hält das Shuttle."

Egwina antwortete nein. Die Erinnerung an Gyda war noch immer zu stark in ihr, als dass sie den Prophezeiungen der Frau ohne Schaudern zugehört hätte. Gunnehilde sah den Abscheu in ihrem Gesicht und wandte sich an die Frau des Bischofs.

„Der Karren steht zu deinem Befehl bereit, Adiva . Wann immer du sagst: „Dann soll Beorn die Jungfrau zu meinem Bruder bringen, Anlaf , den Schwarzen."

„Was meinst du?" rief Egwina . "Wo gehe ich hin? Adiva , was ist das?"

„Mein Kind, du hast versprochen, dass du tun würdest, was ich dir gesagt habe, sollte Denewulf hartnäckig an seinem Vorhaben festhalten, dich in ein Kloster eintreten zu lassen. Du weißt, wie fest er in seinem Plan steckt. Ohne deine Zustimmung darfst du natürlich nicht dazu gezwungen werden, einzutreten, aber ich fürchte, dass er dich überreden wird . Deshalb halte ich es für das Beste, dass du dich für eine Weile nach East Anglia zurückziehst, wo Anlaf der Schwarze, der Bruder von Gunnehilde , wohnt. Dort sollst du bleiben, bis Denewulf seinen Plan aufgegeben hat. Dann kannst du zu mir zurückkehren und wirst mich nie verlassen, bis Edward dich nimmt."

„ Adiva ", sagte das Mädchen verzweifelt, „das kann nicht sein. Es wird niemals so sein, wie du zu denken scheinst . Verweile nicht bei solchen Hoffnungen, denn sie sind vergeblich. Ich bin mit Denewulf der Meinung , dass es angemessen und angemessen ist, dass ich mich in ein Nonnenkloster zurückziehe. Widersetze mich nicht länger, Adiva . Es ist das beste."

„Es ist nicht das Beste", rief die Dame. „Wenn es so ist, dass Edward nicht mit dir heiratet, sollst du trotzdem nicht im Kloster versteckt werden. Du wirst doch mit dem Mann zu Anlaf gehen , nicht wahr? Das musst du tun, Egwina , sonst schicke ich nach dem König und lege ihm die ganze Angelegenheit vor."

„Du weißt , dass ich tun werde, was du sagst, Adiva , wenn du eine solche Drohung aussprichst. Um dir also zu gefallen und dich davon abzuhalten, den König zu rufen, werde ich nach Ostanglien gehen und den Gedanken an das Kloster eine Zeit lang aufgeben. Sobald ich es in Angriff nehme.“

So befand sich Egwina, gebündelt in einem Karren, auf dem Weg nach East Anglia zum Haus von Anlaf dem Schwarzen.

KAPITEL XXV
HILDA NOCHMAL

Der Bruder von Gunnehilde , Anlaf der Schwarze, war einer der Diener von Guthrum gewesen . Der König hatte die Ländereien und Herrenhäuser von Ostanglien unter denjenigen seiner Gefolgsleute aufgeteilt, die beschlossen hatten, bei ihm zu bleiben. Viele der wilden und mutigen Geister, die gegen die Zwänge eines friedlichen Lebens rebellierten, hatten sich von den Küsten Großbritanniens zurückgezogen und waren auf der Suche nach anderen Abenteuern und Heldentaten. Für sie erwies sich auch die Tatsache, dass Guthrum und viele seiner Jarls das Christentum angenommen hatten, als ärgerlich, und so viele Herrenhäuser und weite Felder wurden den Zurückgebliebenen zugewiesen. Die sächsischen Einwohner unterwarfen sich entweder ihrer Herrschaft und wurden Untertanen des dänischen Königs oder zogen sich nach Wessex oder in den Süden Merciens zurück.

Egwina wurde nach Thetford, der Hauptstadt und größten Stadt Ostangliens, gebracht. Große und ausgedehnte Wälder umgaben die Stadt. Direkt am Waldrand befand sich eine offene Lichtung, in der sich das Haus befand, in dem Anlaf der Schwarze wohnte. In der Nähe war das königliche Dorf Guthrum oder Athelstan zu sehen.

Die Familie bestand nur aus zwei Mitgliedern. Anlaf selbst und seine Frau. Sie empfingen das Mädchen mit Gastfreundschaft und Ehrfurcht, denn Egwina spürte, dass auch hier die ihr von Gunnehilde vorhergesagte Größe ihre Wirkung entfaltete. Die Frau von Anlaf erlaubte ihr nicht, ihr bei ihren Haushaltspflichten zu helfen, und das Mädchen stellte bald fest, dass die Zeit, da sie jeder Beschäftigung beraubt war, schwer an ihren Händen zu hängen begann.

Sie ärgerte sich über ihre Trägheit und begann, im Wald in der Nähe des Hauses umherzuwandern, wobei sie die Vorsicht beachtete, die man ihr gegeben hatte, sich nicht zu weit zu entfernen, aus Angst vor den Wölfen oder Bären, die der Wald voller Wölfe war. Eines Nachmittags war sie etwas weiter gegangen als sonst, und da sie das Bedürfnis nach Ruhe verspürte, warf sie sich auf die Grasnarbe unter den ausladenden Zweigen einer Eiche. Sie hatte nur kurze Zeit so gelegen, als sie Stimmen hörte.

Zwischen den Bäumen kamen die Gestalten zweier Personen hervor: ein junger Mann, sehr blond und allem Anschein nach ein Sachse, und ein Mädchen, ein Däne. Egwina setzte sich auf und musterte die beiden mit einer gewissen Neugier, die der Mann und das Mädchen erwiderten, denn sie blieben stehen und sahen sie überrascht an.

„Komm, Siegbert ", sagte die Dänin, „lass uns vorgehen und sehen, wer das Mädchen ist." Sie machte einen Schritt vorwärts, während sie sprach, und der junge Mann namens Siegbert stützte sie vorsichtig.

Egwina stand auf und wartete auf ihr Kommen und freute sich darüber, dass sie endlich ein paar junge Leute in ihrem Alter treffen würde.

„Na, es ist die Skaldenjungfrau!" rief das dänische Mädchen aus, als sie sich der sächsischen Jungfrau näherte.

„Hilda, Tochter von Guthrum !" rief Egwina ihrerseits aus.

"Ja; es ist Hilda. Was machst du hier?" rief die Königstochter. „Ich dachte, dass du die Skaldenjungfrau von König Alfred wärst? Du warst bei ihm, als er das Lager in Westbury betrat.

„Stimmt", antwortete Egwina kurz. „ Sowohl Gauklerinnen als auch Gaukler gibt es an vielen Orten. Heute dienen sie einem Herrn; Morgen singen sie das Lob eines anderen."

„Setzen wir uns", befahl die Dänin gebieterisch. „Es ermüdet mich sehr, zu stehen, und ich möchte mit dir reden."

Der junge Mann breitete einen Mantel auf der Grasnarbe aus und Hilda ließ sich darauf nieder. Egwina nahm wieder Platz und blickte dabei den sächsischen Diener an. Er war der Aufmerksamkeit durchaus würdig.

Er verhielt sich edel; Seine Gestalt war kräftig, muskulös und symmetrisch entwickelt. Sein Gesicht war wunderbar schön, aber die Augen fesselten den Blick und hielten ihn fest. Sie waren tiefblau und voller unergründlicher Trauer, aber auch voller Kraft, die sich ihrer Macht bewusst ist. Seine Haltung gegenüber der dänischen Jungfrau war äußerst zärtlich.

Er ertrug ihre Kleinlichkeit und Herrschsucht nicht wie ein Sklave, sondern nachsichtig, wie man die Launen eines geliebten Kindes erträgt. Immer wieder bemerkte Egwina , dass ihr Blick zu seinem Gesicht wanderte, und sie ertappte sich dabei, wie sie seiner Stimme lauschte, während er mit einem seltsamen Herzklopfen zu Hilda sprach.

„Lehn dich an mich, Hilda", sagte er. „Dann wirst du nicht so müde sein."

„Es ist besser", gab Hilda zu und lehnte sich zufrieden an seine breite Brust. „Jetzt erzähl es mir, Mädchen. Wanderst du durch Danelagh, oder was machst du hier?"

"Nein; Ich wandere nicht mehr", antwortete Egwina . „Hier in East Anglia bleibe ich nur eine Zeit lang. Ich weiß nicht, wann ich von hier fortgehen werde, aber ich glaube, es wird nicht mehr lange dauern. Hast du wieder Probleme mit deinem Knie?"

"NEIN; Wusstest du nicht, dass dein König Alfred mich geheilt hat? Ich leide nicht mehr unter meinem Knie, aber der Schmerz hier ist heiß und stechend", und sie legte ihre Hand auf ihre Brust. „Ich wünschte, ich wüsste mehr über diesen Cuthbert, von dem mir der König erzählt hat. Und er litt ebenso wie ich unter der Lahmheit des Knies. Bitte, Mädchen, weißt du etwas von ihm?"

„Nur, dass er ein heiliger und strenger Mann war; der Bischof von Lindisfarne", antwortete Egwina . „Viele Wunder wurden an seinem Grab gewirkt, und viele hat er selbst vollbracht."

„Oh, dass ich sein Grab besuchen könnte!" rief das dänische Mädchen inbrünstig aus. „Ich möchte noch nicht sterben. Ich bin so jung, so jung!" Sie brach in leidenschaftliches Weinen aus.

Siegbert zog sie an sich und streichelte sanft ihr Haar.

„Aber gibt es keine Blutegel, keine Heilmittel?" rief Egwina , ihr Herz voller Mitgefühl für das Mädchen.

„Alles wurde versucht", sagte Siegbert und wieder spürte Egwina dieses seltsame Herzklopfen, als er sprach . "Alles; Aber Hilda glaubt, dass nichts sie heilen kann, außer ein Besuch am Grab von Cuthbert."

geht sie dann nicht ?" fragte Egwina . „Könnte sie nicht dorthin gebracht werden?"

„Nein, Mädchen." Die Stimme des Sachsen war ernst. „Als sich die Dänen über das Land ausbreiteten und die Klöster zerstörten, wurden Cuthberts sterbliche Überreste von den Mönchen auf ihrer Flucht aufgenommen und weggetragen. Jetzt weiß niemand, wo sie sind."

„Ich bin sicher, dass König Alfred es wissen wird", rief Egwina . „Er hat die Klöster wieder aufgebaut, und oh! Ich weiß, dass er es wissen wird."

„ Glaubst du das?" rief Hilda voller Eifer. „Ich werde es meinem Vater sagen und er wird es zum König schicken."

Sie setzte sich auf und schien durch die Hoffnung, die ihr eingeflößt wurde, viel besser und stärker zu sein.

„ Solltest du jetzt nicht besser zurückkehren, Hilda?" fragte Siegbert . „Du bist einen Tag lang lange draußen geblieben."

„Nein, ich würde mehr mit der Jungfrau reden", erwiderte Hilda. „Sobald ich zurückkomme, werde ich meinen Vater bitten, Bode zu König Alfred zu schicken, um ihn zu fragen, wo die Gebeine von Cuthbert liegen. Glaubst du , Jungfrau, an die Runen der Volva?"

Egwina schüttelte den Kopf.

„Die Runen verkünden mir den schnellen Tod", sagte Hilda.

„Aber, Hilda, du wurdest mit deinem Vater getauft", tadelte er Egwina . „Du kannst jetzt nicht an Runen oder irgendeinen der Seiden der Volva glauben."

„Tun die Sachsen nicht?" fragte Hilda. „Ich habe gehört, dass sogar diejenigen, die an das Christentum glauben, die Morthwyrtha bei Quelle, Ulme und Scin-Laeca konsultieren ."

Egwina zuckte zusammen, antwortete aber tapfer: „Zu wahr, Hilda. Viele unserer Leute beschäftigen sich mit solchen heidnischen Ideen, aber das ist vom Priester und unserer heiligsten Religion verboten. Ich habe gehört, dass manche immer noch die alten Götter verehren, trotz der Worte des Königs oder Mönchs."

„Aber warum haben sie die alten Götter im Stich gelassen?" rief das dänische Mädchen. „Ich mag den sächsischen Gott nicht. Worin ist er besser als Odin? Wen könnt ihr uns anstelle unseres schönen Baldur, des Herrlichen, geben? „Betet den sächsischen Gott an", ist der Befehl, der von meinem Vater ausgegangen ist, und das Volk gehorcht, weil er es gesagt hat; aber sie klammern sich immer noch an Odin, Thor und Baldur. Einst wie wir anbeten, habt ihr es auch getan. Warum habt ihr euch verändert?"

„Hast du nicht gehört, wie der gute Papst Gregor die Priester nach Großbritannien schickte?" fragte Egwina .

"NEIN; Sag es mir", und Hilda lehnte sich bequem an Siegbert zurück . „Wenn ich diese neue Religion anbeten soll, möchte ich davon wissen; aber außer Cuthbert interessiert mich nichts davon."

„ Wissen Sie nicht, dass Männer unserer Insel oft als Leibeigene in andere Länder verkauft wurden?" fragte Egwina .

"Ja; So wie es euch in dieser Hinsicht ergangen ist, so ist es auch uns ergangen."

„Nun, es gab einmal in der Stadt Rom einige Männer von unserer Insel, die als Leibeigene verkauft werden sollten. Während sie auf dem Marktplatz standen, kam Papst Gregor seligen Andenkens vorbei. Damals war er ein einfacher Priester, wurde aber später Papst. Er fühlte sich von der überaus fairen Haltung der Männer angezogen und hielt inne.

„„Aus welchem Land kommt ihr?' er hat gefragt. Sie antworteten, dass sie „Angels" seien. „Winkel! Ihr solltet Engel sein! „Seid ihr Christen", sagte der Heilige, „oder Heiden?" „Sicherlich keine Christen", sagten sie, „denn niemand hat unsere Ohren geöffnet." Da erhob der Heilige die Augen und antwortete: „Welcher Mensch legt ein Fundament aus Schilfrohr, wenn er Steine zur Hand hat ?" Sie antworteten: „Kein Mann der Klugheit." „Das habt ihr gut gesagt", sagte er, und sogleich nahm er sie mit in sein eigenes Haus, unterwies sie in den göttlichen Orakeln und vereinbarte mit ihnen, dass er in ihr Land gehen sollte, um die heilige Religion zu verbreiten.

„Als das Volk davon hörte , schrie es laut auf, denn er war ein heiliger Mann, der für seine guten Taten bekannt und sehr beliebt war. Deshalb ließ ihn der Papst nicht gehen und hoffte, dass das Evangelium eines Tages in unser Land getragen werden würde. Als er Papst wurde, schickte er sofort den heiligen Augustinus, einen heiligen Mann, mit einer Vielzahl von Priestern, und so verwandelten sie unsere Vorfahren in Christen."

„Was haben sie gesagt?" fragte die Dänin. „Wie konnten sie sie von den alten Göttern abbringen? Ich glaube, ich würde gerne wissen, was gesagt wurde."

„Liebe Hilda", und Egwina sah verzweifelt aus, „ich wünschte, es gäbe außer mir noch jemanden, den du befragen könntest ." Ich weiß so wenig; Ich weiß nur, dass ich glaube. Ich wünschte, König Alfred wäre hier! Er könnte dir alles sagen, was du fragst .

„Aber weißt du nicht einigermaßen, was zwischen ihnen vorgefallen ist?" fragte das Mädchen ungeduldig. „Ich glaube, es wäre mein Volk, sich zu ändern, damit ich wüsste, warum es getan wurde. Denke an dich! Erinnerst du dich nicht an etwas davon?"

„Ich glaube", sagte die sächsische Magd nachdenklich, „dass ich gehört habe, was zwischen ihnen vorgefallen ist, aber, Hilda, ich kann dir nicht sagen, was es war." Es ist schon so lange bei unserem Volk üblich, Christen zu sein, dass es nicht mehr nach dem Warum fragt ."

„Das kann ich dir sagen, Hilda", sagte er Siegbert , in seiner tiefen musikalischen Stimme. „Der König und seine Thegns diskutierten im Witan über die alten und die neuen Religionen, als ein Thegn aufstand und sagte: ‚Vielleicht erinnerst du dich, oh König, an das, was manchmal im Winter passiert, wenn du am Tisch sitzt.' mit Gesiths und Thegns. Dein Feuer ist angezündet und deine Halle erwärmt, und draußen ist Regen und Schnee und Sturm. Dann fliegt eine Schwalbe durch die Halle. Er geht durch eine Tür hinein und durch eine andere wieder hinaus. Der kurze Moment, in dem er drinnen ist, ist für ihn angenehm; er spürt weder Regen noch trostloses Winterwetter; Aber der Moment ist kurz – der Vogel fliegt im Handumdrehen davon und geht von Winter zu Winter. Das ist meiner Meinung nach das Leben des Menschen auf Erden, verglichen mit der unsicheren Zeit danach. Es erscheint für eine Weile, aber was ist die Zeit, die danach kommt – die Zeit, die davor war? Wir wissen es nicht. Wenn uns diese neue Lehre also etwas mehr Gewissheit lehren könnte, wäre es gut, dass wir sie berücksichtigen.'"

„Na, Siegbert ", rief Hilda, „ich wusste nicht, dass du etwas davon wusstest."

„ Vergisst du, dass ich einmal in einem Kloster war?" fragte Siegbert .

„Stimmt, ich habe es vergessen. Wie kommt es, dass du es mir nicht vorher gesagt hast?" fragte Hilda.

„Noch nie habe ich dich so reden hören wie heute", antwortete der junge Mann. „Ich hätte es dir gern erzählt."

„Das stimmt", erklärte das dänische Mädchen nach einer kurzen Pause des Schweigens, während der sie nachzudenken schien. „Wir sind wie die Schwalbe. Hier für eine so kurze Zeit und dann hinaus in den Schatten des Todes. Wohin? Wir wissen es nicht; es sei denn, es stimmt tatsächlich, dass Hela, die Todesgöttin, uns in Niflheim erwartet . Oh, wäre ich doch keine Frau! Wäre ich Krieger? dass Odin, Alfadur , die Walküre schicken könnte, um mich nach Walhalla zu begleiten, wo alles hell und schön ist. Ich möchte nicht nach Hela gehen!"

"Du sollst nicht." Siegbert sprach beruhigend und so positiv, dass Hilda ihre Tränen vergaß und fragend den Kopf hob.

„Was meinst du, Siegbert ?"

„Du sollst nicht zu diesem schrecklichen Aufenthaltsort gehen, denn so etwas gibt es nicht", sagte der junge Mann. „Lass mich dir erzählen, Hilda, vom wunderschönen Himmel des christlichen Glaubens."

Mit feierlicher Sanftmut erzählte er von der himmlischen Stadt, in der es keine Nacht gibt, in der weder Schmerz noch Tod Einzug halten, und von dem sanften Christus, der sich seiner Schwäche und seines Leidens so sehr erbarmt. Egwina hörte gebannt zu. Der Ernst des jungen Mannes beeindruckte sie und sie spürte ihre eigenen Unvollkommenheiten wie nie zuvor.

„Ich bin müde", sagte Hilda schließlich. „Bring mich nach Hause, Siegbert , und dort sollst du mir mehr von deinem Christus erzählen. Er ist wie Baldur in seiner Schönheit und Güte. Wenn dein Himmel so ist, wie du sagst, dann glaube ich, dass ich ihn wünsche, denn man muss kein Krieger sein, um ihn zu betreten."

Siegbert hob sie vorsichtig in seine Arme und wollte gehen, aber Hilda hielt ihn auf.

„Komm morgen zu mir, Mädchen", sagte sie zu Egwina . „Willst du nicht? Siegbert wird dich holen, wenn du willst. Ich würde dich wieder singen hören. Wunderbares Geschick hattest du im Umgang mit der Harfe."

„Ich habe jetzt keine", antwortete Egwina langsam, „aber ich werde kommen, wenn du es wünschst ."

„Das wünsche ich mir. Ich habe meine eigene Harfe, die du benutzen kannst. Dann werde ich Siegbert zu dir schicken .“

Sie sank zurück in die starken Arme des Sachsen, der davonschritt, als wäre die Last, die er trug, nichts für seine Kraft. Egwina blieb lange auf der Anhöhe stehen, wo man sie zurückgelassen hatte.

„Warum schlägt mein Herz beim Klang seiner Stimme oder beim Blick seiner Augen?“ sie überlegte. „Etwas zieht mich zu ihm. Ich würde, oh, ich würde, dass er es wäre Geschwister zu mir. Noch nie habe ich mich so sehr danach gesehnt, dass jemand in meiner Nähe ist wie er. Oh, wäre er doch einer meiner Verwandten! Aber Gott tut alles gut, und es kann sein, dass ich meiner Verwandten beraubt bin, damit ich mich umso bereitwilliger dem Dienst des Himmels widmen kann.“

Mit einem unwillkürlichen Seufzer wandte sie ihre Schritte in Richtung der Wohnstätte von Anlaf .

KAPITEL XXVI
Die Sonnenfinsternis

Egwina erwartete ungeduldig den nächsten Tag. Sie konnte das Gefühl, das sie beherrschte, nicht beschreiben. Sie würde nicht in den Wald gehen, damit Siegbert nicht käme, und sie versuchte, die Zeit bis zu seiner Ankunft so gut es ging zu vertreiben. Erst als die Sonne hoch am Himmel aufgegangen war, kam der junge Mann.

„Schöner Tag für dich, Mädchen", sagte er mit seiner ernsten Stimme. „Willst du jetzt zu Hilda kommen, Tochter von Guthrum ?"

„Gerne, Siegbert ", und Egwina legte hastig Kopftuch und Halstuch an. „Wie sieht es mit ihr heute aus?"

„Heller; aber es ist die Helligkeit, die der Auflösung vorausgeht", antwortete Siegbert ernst.

„Glaubst du dann, dass sie nicht gesund wird?"

"Sie wird nicht. Sie kann nicht ", entgegnete der Sachse. „Das Unwohlsein ist so tief in ihre Eingeweide eingedrungen, dass nichts sie heilen kann."

„Hat ihr Vater zu Alfred geschickt, um zu erfahren, wo Cuthbert liegt?" fragte Egwina besorgt. „Mickle waren die Wunder, die an seinem Grab gewirkt wurden, und wenn sie nur den Ort erreichen würde, würde sie vielleicht auch begünstigt werden."

"Nein; Hilda konnte es nicht erreichen, es sei denn, es wäre ganz in der Nähe . Ich denke, das Ende ist nicht mehr weit."

Schweigend gingen sie zum Dorf Guthrum . Es war Eigentum der Könige der königlichen Familie von Anglia und war ein niedriges, weitläufiges Gebäude im üblichen Stil der Sachsen. Als sie die Portale betraten, bemerkte Egwina den Unterschied zwischen dem Hof des dänischen Königs und dem von König Alfred.

An Alfreds Hof herrschte eine Atmosphäre der Ruhe, der Mäßigung und des Lernens. Unter den Bäumen, in den Räumen und überall im Palast konnte man gebildete Männer sehen, die mit Büchern oder Tafeln in der Hand beschäftigt waren, entweder die Weisheit der Alten aufzunehmen oder sie an andere weiterzugeben. Schmiede und Handwerker waren mit der Arbeit in ihren verschiedenen Berufen beschäftigt, während die Armee, von der der König stets die Hälfte behielt, dabei beobachtet werden konnte, wie sie in der Kriegstaktik geschult wurde. Alles deutete darauf hin, dass ein wachsamer Monarch versuchte, sein Volk in allem zu erziehen, was Zivilisation und Verfeinerung ausmacht.

Hier lümmelten die Dänen lustlos umher – einige spielten unter den Bäumen Quoits, oder drängten sich um einige Skalden und lauschten gespannt den Aufführungen von Helden oder Schlachten oder der Harfe und dem Gesang, Dinge, deren sie nie müde zu werden schienen; andere warfen Speere oder schossen Pfeile auf ein Ziel, während viele in der großen Methalle feierten und tranken. Wenn die Sachsen herzhafte Esser und Trinker waren und an gute Laune glaubten und auf ihren vier Mahlzeiten am Tag von Ealdorman bis Ceorl bestanden, übertrafen die Dänen sie. Nichts hier zeugte von der überlegenen Intelligenz, die den Animus und das Leben des sächsischen Königs ausmachte.

Egwina spürte den Unterschied, ohne ihn definieren zu können. Siegbert führte sie eilig durch den Hof und die Methalle, wo Guthrum mit seinen Jarls saß, und in die Laubenkammer von Hilda. Das dänische Mädchen lag träge auf einer Couch. Ihr Gesicht war blasser als am Tag zuvor und dunkle Ringe umgaben ihre Augen.

„Ich freue mich, dass du gekommen bist", rief sie. „Ich befürchtete, dass du unterwegs vorbeigekommen bist, um zu reden. Ich wusste, dass ihr als Sachsen viel zu sagen hättet, aber ich hoffte, dass ihr es nicht tun würdet."

„Wir auch nicht", beruhigte Egwina sanft. „Sag mir, Hilda, wie geht es dir heute?"

„Mir geht es besser", antwortete das Mädchen fröhlich. "Viel besser! Mein Vater hat dem sächsischen König eine Botschaft gesandt, um von St. Cuthberts Grab zu erfahren, und sobald er zurückkommt, werde ich dorthin gebracht. Dann werde ich wieder gesund sein. Wie gut wäre es, hier nie wieder Schmerzen zu haben!"

Sie legte ihre Hand auf ihre Brust und ihre Gesichtsmuskeln zuckten.

„Hier ist meine Harfe", fuhr sie nach einem Moment fort und reichte Egwina das Instrument . „Sing mir eines deiner Lieder. Erinnerst du dich, was du und der König gesungen haben, als ihr ins Lager kam?"

„Ja", antwortete Egwina kurz.

„Dann singt die gleichen Lieder wie damals. Ich mag den Sachsenkönig und möchte gerne an ihn erinnert werden. Er war sanft zu mir, obwohl ich die Tochter seines Feindes war, der ihn von seinem Thron vertrieben hatte. In seinem Palast benahm er sich vornehm gegenüber meinem Vater und schenkte ihm zwölf Herrenhäuser und viele Geschenke. Bleib", während Egwina die Saiten der Harfe fegte, „ kennst du die Lieblingslieder des Königs?"

„Ja, das sind christliche Hymnen", antwortete Egwina prompt.

„Dann singe diese, und danach sollst du die anderen singen."

Wieder fegte das Mädchen die Saiten und sagte dabei: „Ich glaube, dem König gefällt diese Hymne am besten von allen." Es ist eine Hymne des Dankes an die Schöpfung.

„Es ziemt sich gut, dass der Mensch etwas erziehen sollte
Zum Himmel das Lied des Dankes und des Lobes,
Für alle Gaben ein großzügiger Gott
Von Zeitalter zu Zeitalter hat er immer noch gegeben.
Die gemäßigte Herrschaft der freundlichen Jahreszeiten,
Der üppige Vorrat, die reiche Domäne
Von dieser ausgedehnten Ebene in der Mitte der Erde,
Alles, wonach sich die Wünsche seiner Geschöpfe sehnen könnten,
Seine grenzenlose Macht und Barmherzigkeit gaben.
Der edelste von deinem hellen Zug, der hoch funkelt,
Unter dem gewölbten Himmel,
Die Sonne bei Tag, der silberne Mond bei Nacht,
Zwillingsfeuer des Himmels spenden dem Menschen ihr nützliches Licht.
Wohin auf der Erde wird sein Los geschickt,
Für den Menschen vergießen die Wolken ihren Reichtum,
In sanften Tropfen fällt der Tau herab, oder es öffnet sich der Strom
Weit über das Land ihr befruchtender Schauer.

„Nicht so schlimm
Unsere traurigen Väter hörten von früher,
Das Schicksal, das in schrecklichen Akzenten erzählt wurde
Von der rächenden Macht des Himmels, seinem Leid und seinem kommenden Zorn.
„Siehe! Ich habe dich auf den hartnäckigen Boden der Erde gesetzt
Mit Trauer und strenger Notwendigkeit, sich zu bemühen;
Um deine Tage in vergeblicher Mühe zu ertragen,
Der unaufhörliche Sport, Freunde zu quälen , um zu leben.
Von dort aus, um deinen Staub zu verwandeln, die Mahlzeit des Wurms,
Und wohne dort, wo die Flammen der Strafe durch endlose Zeitalter andauern.

„'Dreimal heilig Er,
Der Geistsohn der Gottheit!
Er rief aus dem Nichts in die Geburt
Jede schöne Produktion der wimmelnden Erde;
Er fordert die Gläubigen und die Gerechten auf, danach zu streben
Sich der endlosen Glückseligkeit anschließen, dem Engelschor des Himmels.

Seine Liebe schenkt der Menschheit
Jede abwechslungsreiche geistige Vorzüglichkeit.
Einigen gewährt Seine Geistesgabe
Die Kraft und Beherrschung der Worte.
So mögen die klügeren Söhne der Erde verkünden:
In Reden und gemessenem Gesang die Herrlichkeit seines Namens.'"

„Gefällt dem König das?" fragte das Mädchen wehmütig.

„Ja, Hilda. Gefällt es dir nicht?"

„Es ist wie beim König", sagte Hilda. „Erhaben und großartig! Weit über das einfache Wissen einer Jungfrau hinaus, so wie der König über das Verständnis einer Jungfrau hinausgeht. Siegbert , was ist das für ein Liedchen, das du singst?"

„Ehre sei dem Vater, dem Sohn und dem Heiligen Geist", skandierte Siegbert . „Wie es am Anfang war, ist es jetzt und wird immer sein. Welt ohne Ende. Amen. Amen."

Egwina stimmte ein und Hilda sah sie verwundert an.

„Weißt du, dass du beim Singen dachtest, dass ihr euch ähnlich seht", sagte sie. „Hast du einen Bruder, Mädchen?"

„Nein", antwortete Egwina traurig. „Ich habe keine Verwandten und Verwandten. Oft hat es mein Herz traurig gemacht, und es hat mir großen Kummer bereitet, dass ich keine hatte."

„ Hattest du nie eins?" begann Siegbert , als Hilda ihn unterbrach.

„Ich bin der Harfe und sogar des Gesangs überdrüssig, Siegbert . Bitte tragen Sie mich in den Hof und lassen Sie mich im Sonnenschein sein."

Siegbert hob sie hoch. Egwina stand da und wusste nicht, was sie tun sollte.

„Komm auch du", sagte Hilda. „Ich werde deiner Gegenwart nicht müde. Die Musik ermüdet mich, aber dein Reden ermüdet mich nicht."

Sie gingen unter die Bäume, Siegbert stützte Hilda mit Kissen.

„Wie hell ist die Sonne!" sagte sie. „Wie gut sich seine Wärme anfühlt!" Sie lag einige Augenblicke da und sonnte sich in seinen Strahlen. Dann streckte sie ihre Hände aus und rief mit plötzlicher Energie: „O Sonne! Du heller Stern des Tages! Wenn der sächsische Gott der Höchste und Odin nicht der Allmächtige ist, verdunkele deine Strahlen, flehe ich an. Verwandle den Tag in die Nacht, damit ich die Wahrheit erkenne, die Wahrheit. Es soll ein Zeichen sein, und mein Leben soll die Opfergabe sein."

Es herrschte Stille über Egwina und Siegbert und die Jarls, die nahe genug waren, um die Worte zu hören. Unwillkürlich blickten alle in die Sonne. Hell leuchtete es wie immer. Ein verächtliches Lachen brach über Hildas Lippen.

„Was ist dein sächsischer Gott?" Sie weinte. „Er ist machtlos, sonst würde sich die Sonne verdunkeln. Was! Hat Er nicht so viel Macht? Raus auf ihn!"

"Erblicken!" rief Siegbert plötzlich aus .

Alle Augen waren zum Himmel gerichtet. Ein unbestreitbarer Schatten schlich sich über die Sonne. Es herrschte Stille. Fast atemlos beobachtete Hilda die helle Kugel. Die Brise ließ die Blätter in den Baumwipfeln mit einem sanften, murmelnden Geräusch rascheln, als ob sie sich über das Phänomen unwohl fühlte. Der Schatten wurde tiefer, denn über der hellen Sonnenscheibe breitete sich eine dunkler werdende Wolke aus.

Das laute Lachen von Dane und der Gesang von Skald verstummten. Da sie nichts über den Grund wussten, stürmten die Jarls mit Guthrum an ihrer Spitze aus der Methalle . Ehrfurchtsvoll und panisch warfen sich viele voller Schrecken auf den Boden.

„Es ist Ragnarök , die Götterdämmerung!" rief Guthrum voller Angst. „Dunkel wächst die Sonne! Bald werden die Sterne fallen und die Zeit wird nicht mehr vergehen!"

Mit heiseren Schreien wiederholten die Dänen: „ Ragnarök ! " Ragnarök !"

In der Ferne krabbelten die Hähne, und die Vögel zwitscherten in den Ästen der Bäume, während sie zum Ausruhen nisteten. Egwina und Siegbert näherten sich Hilda. Sie war aufgesprungen und stand angespannt und steif da und betrachtete voller Ehrfurcht die Sonne. Der Himmel wurde immer dunkler, bis sich eine intensive Dunkelheit, schwarz wie eine sternenlose Nacht, über die Erde ausbreitete. Das Phänomen hielt nur wenige Augenblicke an, dann begann der Schatten aufzuhellen. Die Wolke zog vorbei und wieder schien die Sonne hell und schön.

Erst dann entspannte sich die Starrheit der Gestalt der Jungfrau.

„Mir wird geantwortet!" sie weinte mit einem strahlenden Lächeln, als sie sich ihnen zuwandte. „Herrlich hat mich der Höchste geehrt! Hört gut zu, ihr Jarls, was Hilda sagt: Der sächsische Gott ist der Höchste. Ich weiß es."

Sie drehte sich halb zu ihrem Vater um, der vorsprang. Bevor er sie erreichen konnte, streckte Hilda ihre Arme in Richtung der Kugel, die ihr auf so wundersame Weise geantwortet hatte, und fiel mit dem Bauch auf die Grasnarbe.

Als sie sie erreichten, war sie tot.

KAPITEL XXVII
SIEGBERTS GESCHICHTE

Guthrum der Todesgesang für Hilda erklang .

Eine Melancholie hatte sich über die Geister von Egwina gelegt . Da sie sich nicht zufrieden geben konnte, wanderte sie vom Wald zum Haus und wieder zurück zum Wald. Das Mädchen, das normalerweise aufgeweckt und fröhlich war, fühlte sich von einer schweren Depression belastet, die aus der Einsamkeit resultierte, und sie dachte krankhaft über die glücklichen Tage im Haushalt des Königs nach. Die Überzeugung, dass sie auf diese Weise davon überzeugt werden sollte, dass sie für das Kloster ausgesondert wurde, überkam sie schnell.

Denewulf zurückzukehren und ihm zu sagen, dass sie bereit sei, sich dem Leben einer Nonne zu widmen. Schließlich war es keine so schreckliche Sache. Alfreds zweite Tochter, Ethelgiva , war so außergewöhnlich, und wenn sie den Prunk und die Majestät eines Königshofes für ein solch heiliges Leben aufgeben konnte, warum sollte sie dann rebellieren, die nur eine einfache Gauklerin war ?

Sollte Adiva nach dem König schicken, würde sie ihm sagen, dass es ihr Wunsch sei und er ihn respektieren würde. So argumentierte Egwina . Nachdem sie diesen Entschluss gefasst hatte, suchte das Mädchen Anlaf auf und bat ihn, sie noch an diesem Tag nach Berkshire mitzunehmen, aber der Däne antwortete, dass dies erst am nächsten Morgen geschehen könne. Also machte sich Egwina auf den Weg zu ihrem gewohnten Rückzugsort auf dem Hügel.

Zu ihrer Überraschung fand sie dort Siegbert . Sie hatte ihn seit dem Tag von Hildas Tod nicht mehr gesehen und beeilte sich nun, ihn zu begrüßen, wobei sie erneut das seltsame Vergnügen verspürte, in seiner Nähe zu sein.

„ Siegbert , ich freue mich, dich noch einmal zu sehen, denn morgen gehe ich nach Berkshire, und ich fürchtete, ich würde dich nicht wiedersehen."

„Ich wollte dich auch sehen", antwortete der junge Mann, „denn auch ich gehe weg."

„Du gehst ? Wohin?" rief Egwina überrascht.

„Du wüsstest , Mädchen, nicht wahr, dass ich ein Leibeigener im Hause Guthrum bin oder gewesen bin ?"

„Ja, ich weiß", antwortete sie.

„Seit ich erst zehn Jahre alt war", fuhr der Sachse fort, „bin ich Leibeigene von Guthrum … " Zwölf lange Jahre in der Knechtschaft des Dänen! Jetzt habe ich endlich meine Freiheit."

„Aber wie kommt es, dass du es jetzt hast, nach all den Jahren?"

„Ich werde es dir sagen, Mädchen. Als ich gerade mal zehn Jahre alt war und Guthrum mich als Knecht in sein Haus mitnahm, war Hilda erst fünf Jahre alt. Ich hatte in meinem eigenen Haus eine kleine Schwester gehabt, die noch jünger als Hilda war. Das kleine Mädchen linderte den Schmerz und das Heimweh in meinem trauernden Herzen, und Hilda wollte, dass niemand außer mir bei ihr aufpasste. Während sie heranwuchs, wuchs auch die Bindung zwischen uns, bis ich ihr nicht mehr als Knecht, sondern als Bruder diente. Vor langer Zeit hätte ich meine Freiheit haben können, denn ich habe das Geld gespart, bis ich genug hatte, aber Hilda klammerte sich an mich, und ihr zuliebe, weil sich niemand so um sie kümmerte wie ich, blieb ich. Guthrum wusste davon – wusste, dass ich wegen Hilda davor zurückschreckte , mir meine Freiheit zu nehmen, wann immer ich konnte. Er liebte sie und dass ich sanft zu ihr war, erfreute sein Herz. Gestern rief er mich im Beisein von Zeugen an und ließ mich frei!"

„Und nun, Siegbert , was machst du?" fragte Egwina .

„Niemand außer dem sächsischen König werde ich zum Herrn anerkennen", antwortete Siegbert . „Gerne würde ich dort leben, wo ich an seiner Weisheit und seinem Wissen teilhaben könnte. Oh!" „Oh, dass ich gelehrt werden könnte ! – gelehrt wie die Männer, mit denen ich gehört habe, dass er sich umgibt!" Aber was könnte ich dafür geben? Er hat keine Tochter, die meine Fürsorge benötigt, und ich kann nichts anderes tun!"

„Warum gehst du nicht zu Alfred und erzählst ihm von deinem Wunsch?" sagte Egwina schlicht. „Er ist weise und gut, Siegbert . Du weißt nicht, wie gut es ist, wenn du nicht an seiner Großzügigkeit teilnimmst. Es schmerzt ihn zutiefst, dass die Jugend nicht mehr nach Bildung strebt. Es gibt viele, denen nichts anderes am Herzen liegt als das Jagen und Jagen. Kannst du jagen, Siegbert ?"

„Keine bessere", antwortete der junge Mann kurz. „Experte sind die Dänen mit Pfeil und Bogen. Sie lehren die Jugendlichen, sich im Umgang mit solchen Waffen hervorzutun; Springen, Laufen, Ringen sind, genau wie bei den Sachsen, Sportarten, an denen sie Freude haben, aber nichts von der Weisheit lehrt sie. Nur ein kurzes Jahr lang wurde mir der Kelch des Wissens über die Lippen gebracht. Am liebsten hätte ich länger von dem Trank getrunken, wenn er mir nicht grob von den Lippen gestrichen worden wäre, und jetzt, bevor ich wieder davon trinke, mache ich mich auf die Suche, ob es jemanden gibt, der etwas über meinen Großvater oder meine Schwester weiß. Ich weiß nicht, ob sie tot oder lebend sind. Ich wurde ihnen vor so langer Zeit entrissen.“

„Erzähl mir davon, Siegbert “, drängte Egwina und setzte sich neben ihn. „Von welchem Ort wurdest du gebracht?“

„Es war aus einem Kloster“, sagte Siegbert , „wo ich untergebracht wurde, weil der Abt Gefallen an meiner Stimme und meinem Gesicht gefunden hatte. „Er soll ein anderer Cynewulf sein“, sagte er und „überredete meinen Großvater, mich ihnen zu geben.“ Auch ich, Jungfrau, war der Sohn eines Gauklers, der der Sohn eines Gauklers war, und Gesang war mein Erbe, genauso wie es deins ist. Der gute Abt lehrte mich zu lesen und andere Dinge zu wissen, damit ich nicht wie das Tier sei, das nichts anderes schätzt als Gras und Trinken. Eines Morgens – ich erinnere mich gut an den Tag – rannte ein Bode atemlos zum Kloster, um uns zu sagen, dass die Nordmänner auf uns zukamen. Die Schlacht von Kesteven war geschlagen, und der Sieg saß auf dem Helm des Dänen. Im Kloster herrschte Schrecken und Bestürzung, denn was der Zerstörer anderen Klöstern angetan hatte, würde er auch unserem antun. Dem Priester oder Mönch würde keine Gnade entgegengebracht werden. Der Abt allein war ruhig. Er rief alle zusammen und schickte die jüngeren Brüder, die ihr Leben ernähren konnten, zusammen mit den heiligen Relikten des Klosters – dem heiligsten Körper von St. Guthlac , den Juwelen, Dokumenten und kostbaren Geschenken, die der Abtei geschenkt wurden – in die Moore. Die alten und gebrechlichen Mönche mit den kleinen Kindern, eigentlich alle, die er für unfähig hielt, die Strapazen der Moore zu ertragen, behielt er bei sich, in der Hoffnung, dass die wilden Brüste der Dänen mit Mitleid über so viel Hilflosigkeit erfüllt sein würden. Aber alack! Gerade als wir, in die Gewänder gehüllt, bei der Messe standen, stürmten die Dänen auf uns los. Niemals, Mädchen, werde ich diesen Anblick vergessen! Jetzt, in den dunklen Wachen der Nacht, erscheint es mir oft vor Augen – der gute Abt, niedergeschlagen am Altar; die Priester und Mönche, deren Köpfe von der schrecklichen Streitaxt der Dänen zerfleischt wurden. Beim Unterprior habe ich gestanden. Die Heiden stürmten auf uns zu, und einer legte mir mit einem schnellen Axthieb den heiligen Vater tot zu Füßen. Da ich nicht wusste, was ich tat, verspottete ich ihn verächtlich, weil er mich nicht tötete, sondern mit erhobener Waffe dastand und mich ansah. Ich befahl ihm, mich an der Seite des heiligen Vaters zu töten, denn ich liebte ihn; aber der Däne packte mich, zog mir mein Gewand aus und warf mir dann eine dänische Tunika über. Dann trug er mich mit sich, verließ das Gebäude und schrie, ich sei zu schön, um getötet zu werden. Also“, und Siegberts Lippen verzogen sich verächtlich, „wo Heiligkeit und Güte nichts nutzten, rettete die bloße Schönheit der Gesichtszüge mein Leben.“ Die anderen, die nicht direkt getötet wurden, wurden beschlagnahmt und gefoltert, um zu erfahren, wo die Schätze des

Klosters aufbewahrt wurden. Wütend darüber, dass ihre Errungenschaften vereitelt wurden, töteten die Dänen alle übrigen, außer mir. Auch ich wäre getötet worden, wenn nicht Sidroc der Jüngere, der mich gerettet hatte, mir geboten hätte, mich vom Weg Hubbas und der anderen Jarls fernzuhalten und nur mit seinen eigenen Gefolgsleuten zusammenzubleiben. Dann zogen sie weiter nach Medeshamstede , um das Zerstörungswerk fortzusetzen. Die Armee zog dann in Richtung Huntingdon.

„Die beiden Jarls Sidroc wurden damit beauftragt, die Nachhut und das Gepäck über den Flüssen zu bewachen. Als sie nach dem Rest der Armee am Neu vorbeikamen, wurden links von einer Brücke zwei mit Reichtum und Besitz beladene Wagen mit dem gesamten Vieh, das sie zog, umgeworfen und in einen Strudel gestürzt. Während alle Diener des jüngeren Sidroc damit beschäftigt waren, den Verlust so weit wie möglich wiedergutzumachen, stahl ich mich unbemerkt davon und rannte in den nächsten Wald. Die ganze Nacht bin ich gelaufen. Ich hatte wunde Füße und war müde, aber ich wurde von der Hoffnung getragen, das Kloster wiederzusehen und dem Dänen zu entkommen. Die Wölfe haben mich nicht belästigt. Auch sie schienen voller Angst vor dem schrecklichen Heiden zu sein und blieben in ihren Verstecken verborgen. Im Morgengrauen erreichte ich das Kloster. Es brannte immer noch. Die jüngeren Brüder, die in die Moore geflohen waren, waren zurückgekehrt und kämpften gegen die Flammen. Sie nahmen mich und trösteten mich. Aber wehe und guten Tag! Die Nachricht von der Annäherung der Nordmänner zwang uns erneut zum Fliegen. Ich weiß nicht, wie es passiert ist, aber ich habe mich von den anderen in den Mooren abgewandt oder bin zurückgelassen worden. Zwei Tage lang wanderte ich durch die Sümpfe, ohne zu wissen, wohin ich gehen sollte. Dann fand mich ein Däne und brachte mich zu Guthrum , der, von meinem schönen Aussehen überzeugt, mich in seinen Haushalt aufnahm. So hat mir wiederum die Anmut geholfen.“

Egwina war dem jungen Mann während des Konzerts immer näher gekommen. Ihre Augen leuchteten, ihre Lippen waren geöffnet, und sie hing mit fast schmerzhafter Anspannung an seinen Worten. Als Siegbert innehielt, legte sie ihre Hand auf seine und fragte: „ Siegbert , war das Kloster, von dem du sprichst .“ Croyland ?“

„Ja“, antwortete er.

„Wie hieß dein Vater?“

„ Athelwulf , der Sohn von Wulfhere .“

„Und du hast von einer kleinen Schwester gesprochen! Wittest Hast du ihren Namen?“ Egwina war sehr aufgeregt. Auch Siegbert betrachtete sie mit großer Spannung.

„Der Name meiner kleinen Schwester war Egwina ", rief er voller unterdrückter Aufregung. „Schau, Mädchen!" Er riss seine Tunika von der Brust und zeigte auf seine Brust, wo in alten sächsischen Buchstaben der Name „Egwina " eingestochen war. „Mein Großvater hat das gemacht, kurz bevor ich ins Kloster ging. Dabei sagte er: ,Junge, dein Vater und deine Mutter sind beide tot." Rette dich und mich, kein Kind hat den Kleinen. Behalte diesen Namen in deinem Herzen und lebe für keinen anderen, bis du sie vielleicht in die Obhut eines anderen übergibst.' Und ich habe ihm einen Eid geschworen , dass es so sein soll, wie er gesagt hat."

"Bruder!" rief Egwina , halb außer sich vor Freude. „Ich bin diese Egwina ! Ich bin deine Schwester."

"Meine Schwester?" Der junge Mann starrte sie einen Moment lang an und rief dann: „Ich fühle es! Ich weiß es!" und er umarmte sie begeistert.

„Wir hielten dich für tot!" rief Egwina unter Tränen. „Wir wussten nicht, dass du von den Dänen verschont geblieben bist. Granther hat immer um dich getrauert. Mein Bruder! mein Bruder!"

„Und du bist Egwina , meine eigene kleine Schwester!" Siegbert berührte sie sanft, ein frohes Licht schien in seinen ernsten, schönen Augen. „ Hilda hat nicht gesagt , dass wir uns ähnlich sehen! Ich dachte, dass du und unser Großvater ebenfalls getötet wurden, weil ich wusste, dass die Nordmänner das Land überrannt hatten. Ich dachte, ich würde dich nie wieder sehen, Schwester." Er verweilte liebevoll beim letzten Wort, als wäre es süß für ihn. „Jetzt ist meine Suche beendet, bevor sie begonnen hat. Aber erzähl mir von meinem Großvater und von dir selbst. Wie es dir in diesen vielen Jahren ergangen ist.

Egwina erzählte ihm von ihren Wanderungen und von Wulfheres Tod. Siegberts Augen blitzten stolz über die Art und Weise.

„Ich trauere nicht um ihn", sagte er. „Herrlich war sein Ende! So möge ich sterben – mit der Front zum Feind zur Verteidigung meines Landes! Sag weiter, Schwester."

Egwina hat alles erzählt. Das Leben im Wald in der Hütte von Denewulf ; Athelney , der Palast und Edwards Liebe; von Gyda und der Tortur und schließlich, wie sie dazu kam, bei Anlaf zu sein .

Siegbert drehte sich mit besorgtem Gesichtsausdruck zu ihr um.

„Nicht jetzt, Egwina , willst du das Kloster aufsuchen, oder? Dein Bruder kann dich nicht aufgeben, jetzt, wo er dich gefunden hat."

„Lieber Bruder, ich werde dich nie verlassen, es sei denn, du schickst mich von dir", sagte Egwina und küsste ihn. „Wir werden zum König gehen, und du sollst in seinen Dienst treten und von seiner Weisheit erfahren. Ich habe vom Brot des Königs gegessen, und um meinetwillen wird er dir helfen. Und das nicht nur meinetwegen, sondern weil du ein Sachse bist."

„Nein, meine Schwester. Wir werden nicht zum König gehen. Irgendwann in der Zukunft vielleicht, wenn Edward einen anderen zu sich genommen hat , aber nicht jetzt. Wir werden nach London gehen, es gefällt dir, Schwester. Dort werden du und ich zusammen wohnen, und es wird uns schwer ergehen, wenn dein Bruder um deinetwillen nicht den Rang eines Thegn erlangt."

„Wenn es dir gefällt , dann gefällt es mir", antwortete Egwina . „Damit wir einander nahe sind."

KAPITEL XXVIII
Ein unerwarteter Gast

Nach London oder, wie es damals hieß, Lundenbrige , wie der alte britische Name lautete, gingen die Geschwister. London mit seinen engen, verwinkelten Gassen und niedrigen Wohnhäusern. London, das sich aus den Ansätzen einer Stadtverfassung, die Alfred gründete, zur heutigen Metropole entwickelt hat. London, das demselben König nicht nur seine Gemeinde verdankt, sondern auch die Verteidigungsanlagen, die es für die späteren Angriffe der Dänen uneinnehmbar machten.

In der Nähe der Brücke, die seit undenklichen Zeiten die Themse überspannt hatte, am Kreuzungspunkt der Straßen in dem als East Cheap bekannten Bezirk, fanden die beiden ein Häuschen und wohnten dort. Siegbert verfügte bereits über einige Kenntnisse im Goldschmiedehandwerk, verbündete sich mit ausländischen Handwerkern und pflegte das Handwerk eifrig, sodass er sich bald zu einem Experten entwickelte. Egwina kümmerte sich um die Aufgaben des kleinen Haushalts und glücklich verging die Zeit wie im Flug. Alles, was sie am Hofe des Königs über Bücher gelernt hatte, teilte sie Siegbert mit , so dass sie, indem sie ihm von ihrem Wissen erzählte, es nur umso stärker in ihr eigenes Bewusstsein einprägte.

So vergingen zwei Jahre, und wenn sich Egwinas Herz jemals sehnsüchtig der fernen Zeit zuwandte, in der sie, geliebt und geehrt, als Bewohnerin des königlichen Hauses lebte, oder wenn das Bild von Edward vor ihr aufstieg, wusste niemand außer ihr selbst davon .

Es war Frühling. Egwina zog die Leinenjalousie zurück, die anstelle des Glases diente und nur von Adligen oder Kirchen verwendet wurde, und beugte sich hinaus. Die Luft fühlte sich weich und frisch an ihrem Gesicht an. Eine Singdrossel auf einem knospenden Baum nahe dem Fenster trillerte ihr fröhliches Lied, und das Mädchen hörte leichtherzig zu.

„Gegrüßet seist du, Mädchen“, sagte ein vorbeigehender Bürger und grüßte sie. „ Hast du die Neuigkeit gehört ?“

„Nein, ich habe nichts gehört“, antwortete das Mädchen und erwiderte den Gruß. „Was ist passiert?“

„König Alfred und Edward der Atheling sind gegen die Stadt vorgegangen, und sowohl Dane als auch Saxon haben ihn als Oberherrn anerkannt. Jetzt hat er eine große Armee von Arbeitern mitgebracht und bereitet den Wiederaufbau der Mauer vor, mit der die Römer einst die Stadt umschlossen. Er beabsichtigt auch, Festungen und Herrenhäuser zu errichten.“

„Ist der König selbst in der Stadt?“ fragte das Mädchen, schwach vor Freude.

„Er selbst ist hier", antwortete der Bürger. „Königliche Taten sollen wir unter uns haben, denn der Schwiegersohn des Königs, Ethelred, der Eldorman von Mercia, und die Dame Ethelfleda , seine Frau, sind bei ihm. Eine gute Gesellschaft, finde ich ! Ich garantiere, dass es unter uns seltene Dinge geben wird", und er ging weiter.

Hier! Am gleichen Ort! Egwina sank fast überwältigt auf einen Sitz zurück. Diese lieben Menschen, die sie so lange nicht gesehen hatte! Ohne dass sie es wussten, würde sie wieder in ihre Gesichter blicken. Und Siegbert ! Auch er sollte sie sehen. Gemeinsam würden sie nach ihnen Ausschau halten, und er sollte sie zumindest vom Sehen kennen. Voller Spannung und Ungeduld erwartete sie die Rückkehr Siegberts .

„Du sollst sie sehen, wenn du willst, meine Schwester", sagte Siegbert und küsste sie. „Auch ich würde den König sehen und sehen, was für ein Mann der Atheling ist. Von ausgezeichnetem Geschmack, seit er dich geliebt hat, Egwina . Es ist schade, dass sie dem König missfallen. Du bist der passende Partner für jeden, sei es ein Sportler oder was nicht."

„Zumindest ist mein Leben wegen der Schönheit nicht zweimal erhalten geblieben", erwiderte das Mädchen frech und errötete bei seinem Lob rosig.

Siegbert lächelte sie an.

„ Weißt du nicht, dass Hilda gesagt hat, dass wir uns ähnlich sehen?" er hat gefragt. „ Du bist an meiner Stelle vor Dane gestanden , ich glaube , dass es keinen Normannen gibt, wie wild er auch sein mag, der es übers Herz bringen könnte, dich zu töten. Aufführen! Was war das? Ich dachte, ich hätte ein Stöhnen gehört.

Beide lauschten, und es war deutlich zu hören, dass jemand stöhnte, als hätte er Schmerzen.

„ Jemand ist verletzt oder von einem Unglück heimgesucht worden ", rief Siegbert und erhob sich. „Ich werde sehen, ob es in der Nähe ist. Es klang so." Er öffnet die Tür. Auf dem Eingang lag die Gestalt eines Mannes.

„Nun, wer bist du und was fehlt dir, dass du laut stöhnest?" fragte Siegbert , als er sich über die liegende Gestalt beugte.

„Lass mich im Namen des Mitleids eintreten", sagte der Mann schwach.

Ohne weitere Umschweife nahm ihn der Sachse auf die Arme und trug ihn in die Hütte. Egwina eilte vorwärts.

„Bring ihn zu deinem Bett, Siegbert ", sagte sie. „Der arme Mann ist krank."

Der Mann, dessen Gestalt Siegbert stützte, drehte den Kopf und sah sie an.

„Kleiner, bist du es?" er sagte.

Mit einem Schrei sprang Egwina auf ihn zu und fiel vor ihm auf die Knie.

"Mein König! mein König!" sie weinte und bedeckte seine Hände mit Küssen.

Alfred versuchte, sie hochzuziehen, aber die Anstrengung war zu groß für ihn und er wurde bewusstlos.

„Oh, Siegbert , das ist der König, der König!" rief Egwina , als Siegbert ihn auf eine Couch legte.

"Ja meine schwester; Aber jetzt hilf mir, ihn von seiner Wunde zu befreien, und dann werde ich einen Blutegel holen.

Als Reaktion auf ihre Wiederherstellungsmaßnahmen zeigte der König bald Anzeichen einer Rückkehr des Bewusstseins. Egwina erklärte Siegbert schnell alles , während sie sich um ihn kümmerten. „Es ist das gleiche Übel, das den König seit seiner Jugend heimgesucht hat. Es war bei seiner Hochzeit, habe ich gehört, als es ihn zum ersten Mal ergriff. Die Heiterkeit war auf ihrem Höhepunkt, als er davon angetan war. Es gab und gibt immer noch einige, die dachten, dass Wicca-Handwerk auf ihn ausgeübt worden sei; Aber geh, mein Bruder, und hol den Blutegel. Sehen! er öffnet seine Augen."

Siegbert reiste eilig ab und kehrte bald mit dem Arzt zurück, der den König sorgfältig untersuchte.

„Es bedarf eines Aderlasses", sagte er weise, „aber der Tag ist unglücklich, und wenn ich das Adernmesser benutzen würde, würde es zu Miene kommen."

Der König lächelte schwach.

„Du brauchst kein Blut zulassen, guter Blutegel", sagte er. „Die Zeit hat mich an dieses Leiden gewöhnt, und ich brauche jetzt nichts als Ruhe, da die Heftigkeit des Angriffs vorüber ist."

„Dann", sagte der Blutegel, der sich keine Gelegenheit entgehen lassen wollte, dem König seine Dienste aufzuzwingen, „werde ich dir diesen Sud hinterlassen, und morgen werden wir uns um den Aderlass kümmern." Dann wirst du auch zu einer Unterkunft gebracht werden, die dir angemessener ist."

Auf alle seine Bitten am nächsten Tag, ihn in seine eigene Wohnung bringen zu dürfen, reagierte Alfred taub. Er erlaubte Siegbert auch nicht , seine eigene Familie über seinen Aufenthaltsort zu informieren.

„ Es wird nur noch ein paar Tage dauern, bis die Krankheit mich verlassen hat", sagte er. „Bis dahin bleibe ich bei dir, Kleines, wenn du mich lässt."

„Gerne, mein König", antwortete die Jungfrau mit leuchtenden Augen. „Wenn du in unserer armen Behausung bleiben kannst, bist du so willkommen wie der Sonnenstrahl."

Alfred lächelte sie zärtlich an.

„ Egwina ", sagte er sanft, als der Blutegel gegangen war, „erzähl mir von diesem jungen Mann. Bist du mit ihm verheiratet, und wolltest du deshalb nicht den True- Lofa mit Edward tauschen?"

„Nein, nein", antwortete Egwina . „Das ist mein Bruder, mein König."

„Dein Bruder?" und Alfred sah überrascht aus. „Ich wusste nicht, dass du einen Bruder hast , Kleiner."

„Ich wusste es auch erst vor Kurzem", erwiderte Egwina . Sie erzählte kurz von den Vorfällen, die dazu geführt hatten, dass sie sich gefunden hatten.

„Es war die Vorsehung Gottes, die euch zueinander geführt hat", sagte der König fromm. „Trägermaßen haben wir um dich getrauert, Kleines. Wir wussten nicht, warum du uns hättest verlassen sollen. Jetzt, wo ich dich gefunden habe, wirst du uns nicht mehr verlassen. Dein Bruder soll auch einer von uns sein. Erzähl mir von dir", und er wandte sich abrupt an Siegbert .

Siegbert erzählte seine Geschichte, die uns bereits bekannt ist.

„Nachdenklich ist deine Stirn, und dein Auge strahlt im Licht eines Gelehrten", erklärte der König und betrachtete den jungen Mann interessiert. „Du gefällst mir sehr, Siegbert , und die Aufgabe, deinen Geist zu schulen, wird mir angenehm sein. In ein paar Tagen werden wir gemeinsam zum Palast gehen."

Egwina sah Siegbert mit verzweifeltem Gesicht an. Siegbert sprach kühn und resignierte ohne zu zögern, die verlockende Aussicht, die sich ihm bot, um dieser lieben Schwester willen: „Mein Herr König, bitte dränge uns nicht. Deine Gnade erwärmt das Herz, aber wir sind nicht von sanftem Blut, und die Wege des Hofes wären für uns unwürdig."

„Und dir sind Weisheit und Gelehrsamkeit egal? " rief Alfred und betrachtete ihn überrascht. „Hat mich mein Wissen an Männern jetzt im Stich gelassen?"

Ein Licht blitzte in Siegberts Augen auf, aber er war seiner Schwester treu ergeben und öffnete seine Lippen, um das Verlangen zu unterdrücken, das ihn besessen hatte, als der König lächelnd sagte: „Da scheint ein Paradoxon zu sein. Deine Worte täuschen über dein Aussehen, Freund Siegbert . Widersprechen Sie nicht, dass Sie sich danach sehnen, zu lernen."

„Ich lehne es nicht ab, Mylord", antwortete der junge Mann mit leiser Stimme.

„Warum willst du dann nicht in den Palast kommen? Ah!" Beim Anblick des niedergeschlagenen Gesichts von Egwina . „Komm, Kleines, du sollst antworten. Ist es Edward?"

Egwina verneigte sich in stiller Zustimmung.

„ Egwina , sag mir die Wahrheit", und Alfreds Stimme war ernst. „ Liebst du nicht meinen Sohn? Er erzählte mir, dass du es getan hast und dass du ihm deinen wahren Lofa vorenthalten hast, weil du befürchtet hast, dass ich mit dir unzufrieden sein würde. Gerne habe ich Dich gebilligt, denn Du warst mir schon als mein eigenes Kind nahe und lieb. Als er dich suchte, siehe! Du konntest nicht gefunden werden. Vergeblich haben wir nach Spuren von dir gesucht, aber keine konnten gefunden werden. Edward hat unaufhörlich über deinen Verlust getrauert . Sag mir, warum du gegangen bist, denn darin liegt der Grund für deinen Wunsch, nicht zurückzukehren. Hat sich Edward geirrt? Liebst du ihn nicht?"

Egwina sah ihn mit besorgten Augen an. Siegbert hätte gesprochen, aber sie hielt ihn davon ab.

„Mein Bruder, ich werde ihm alles erzählen", sagte sie ernst. „Ich liebe Edward, meinen König. Ich wusste nicht, dass er mich liebte, bis ich ihn verließ. Ich stand da und wartete auf sein Kommen, nachdem er dich gesehen hätte, als ich Schritte näherkommen hörte. Da ich im Moment niemandem außer Edward begegnen wollte, zog ich mich in den Schatten der Bäume zurück. Du, mein König, und die Dame Elswitha . Sie sagte dir, dass sie befürchtete, dass Edward mich mit liebevollen Augen ansah. Du warst überrascht, und als die Dame sagte, dass es sie betrübt habe, dass ich nicht sanft gewesen sei, sagtest du: „Es stimmt, sie kommt nicht von edlem Blut." Ich konnte es nicht mehr ertragen, mein König. Ich fürchtete deinen Unmut, und als Gyda, die Seid- Frau, da war und wollte, dass ich mit ihr gehe, verließ ich alles und folgte ihr."

„Du dummer Kleiner!" Die Stimme des Königs war sehr sanft. „Und du hast den Rest unseres Gesprächs nicht gehört? Ich sagte: „Es ist wahr, sie ist nicht von edlem Blut, aber was halten wir von dem Blut, wenn der Geist edel ist?" Ich bin froh, dass unser Sohn so weise gewählt hat.""

"Mein König!" keuchte das Mädchen. „ Hast du das gesagt ?"

„Genau das Gleiche. Wollt ihr nun mit mir gehen, meine Kinder?" Alfred war aufgestanden. Er streckte ihnen mit seinem gewinnendsten Lächeln die Hände entgegen. Mit einem unartikulierten Schrei sprang Egwina auf ihn zu und Siegberts Augen waren feucht, als er die Hand des sanften Königs von Großbritannien küsste.

KAPITEL XXIX
Den Sommer nach Hause bringen

Unvergessen bleibt der Tag, an dem Alfred Egwina und Siegbert in seinen Palast brachte. Keine Wolke verdunkelte das Blau des Himmels oder trübte den Glanz der Sonne. Die ganze Natur schien ihr schönstes Gewand angelegt zu haben. Schlüsselblumen übersäten jeden Met. Aus jedem Busch zwitscherten Vögel fröhlich. Die geduldigen Ochsen, jeder mit einem Strauß zwischen den Hörnern, trugen in jedes Dorf und jede Stadt hohe Birken, um die herum die Mädchen und Jungfrauen herumtollten; denn es war der erste Mai, und Ealdorman, Thegn und Ceorl vereinten sich in der frohen Heimkehr des Sommers.

Am Morgen zogen aus jedem Dorf zwei Reitertrupps. Große Jugendliche und Männer versammelten sich, als wollten sie in eine gewaltige Schlacht ziehen. Eine Truppe stand unter einem Hauptmann namens „Winter", gekleidet in Pelz und wattierte Gewänder und bewaffnet mit einem Winterspeer, der arrogant hin und her ritt und geformte Schneebälle abschüttete, als wollte er die Kälte verlängern. Die andere Truppe wurde von einem Hauptmann kommandiert, der mit grünen Zweigen, Blättern, Blumen und anderen Sommergewändern bekleidet war. Dann gerieten die beiden Fraktionen in einen Konflikt, der typisch für den Kampf auf Leben und Tod ist, bei dem Summer die Oberhand hat. Winter und seine Gefährten verstreuen Asche und Funken über sich. Die andere Gruppe wehrt sich mit Birkenzweigen und jungen Lindenzweigen; Schließlich verleiht die Menge Summer den Sieg und er wird mit Blumen gekrönt.

Alle Jungen und Mädchen waren kurz nach Mitternacht mit Hörnern und anderer Musik in die benachbarten Wälder aufgebrochen, hatten Äste von den Bäumen abgebrochen und sich mit Kränzen und Blumensträußen geschmückt. Dann kehrten sie nach Hause zurück und setzten bei Sonnenaufgang diese Büsche in die Türen und Fenster ihrer Häuser. Es folgten Feste und Spiele, und der Tag war fröhlich.

Hell war der Met und grün das Waldland, das sich vom Palast aus erstreckte, und fröhlich erklangen Hörner und Gesang in der Luft. Als sie sich dem Herrenhaus näherten, wurde Egwinas Schritt langsamer und sie zitterte. Alfred zog sie dicht an seine Seite und forderte sie auf, sich stützend auf ihn zu stützen. Aus einer Gruppe von Spaßmachern löste sich ein junger Mann und kam mit leichten, schnellen Schritten auf sie zu. Es war Edward.

„Mein Vater", rief er, „ich bin froh, dass du zurückgekehrt bist. Etwas beunruhigt war es für uns, dass du nicht früher gekommen bist, sondern jetzt …"

Er blieb abrupt stehen und erblickte Egwina zum ersten Mal. Auf seinem Gesicht blitzten sofort Ungläubigkeit, Überraschung und Freude in schneller Folge auf. Sein Erstaunen war so groß, dass er nichts sagte, sondern das Mädchen ansah, als fürchtete er, ein Wort könnte die Vision auflösen.

„Junge, hast du kein Willkommenswort für deine Braut?" Alfred sprach fröhlich. „Sie wird dich für einen Nachzügler halten, wenn du sie nicht grüßst. Dein Vater hat dir deine Braut gebracht. Soll er sie auch für dich umwerben?"

Er bückte sich und küsste die Stirn der Jungfrau, dann führte er sie zu Edward, legte ihre Hände zusammen und sagte:

„Ich habe dir deinen Sommer nach Hause gebracht, Edward. Nimm sie und behalte diesen Sommer für immer in deinem Herzen. Ich kann nicht alle ihre Verdienste ausdrücken. Klug und bescheiden ist sie, und niemand übertrifft sie an Reinheit. Sie lebt jetzt für dich – dich allein. Daher liebt sie nichts anderes als dich. Lass sie nicht aus Liebe zu dir verschwenden und lass nicht zu, dass zwischen dich gerät. Wie du mit ihr umgehst , so möge Gott mit dir umgehen."

„So möge Gott mit mir umgehen", wiederholte Edward feierlich. „Willkommen, meine Braut, und dreimal willkommen! Nie mehr werden wir getrennt sein. Wir beide werden mit nur einem Herzen und einem Ziel leben."

„Begrüße auch den Bruder deiner Braut", und der König führte Siegbert vor. „Hast du in deinem Herzen Platz für einen anderen Bruder? Heiraten! Einmal dachte ich, er würde dir Egwina nicht überlassen , und ich flehte heftig für dich.

"Aber jetzt?" und Edward begrüßte Siegbert auf seine offene, gewinnende Art.

„Jetzt, wo ich dich gesehen habe, bin ich zufrieden", antwortete Siegbert .

„Es überrascht mich, in dir einen Bruder von Egwina zu sehen ", sagte Edward, seine Hand immer noch die von Siegbert umfassend . „Ich wusste nicht, dass sie Geschwister besaß . "

„Das ist eine lange Geschichte", und Alfred zog Siegbert mit sich und wandte sich dem Palast zu. „Während wir die Lady Elswitha begrüßen , sag es ihm, Egwina . Komm gleich zu uns in die Halle, Edward."

Edward streckte der Jungfrau seine Hände entgegen.

„Lasst uns unter den Bäumen wandern", sagte er. „Fortan und für immer Hand in Hand."

So schlenderten sie unter den Bäumen und schütteten ihre Freude darüber aus, wieder zusammen zu sein. Als die erste Entrückung vorüber war, sagte Edward: „ Sag mir, Egwina , warum hast du mich in dieser Nacht verlassen und wie hast du deinen Bruder gefunden?" Vergeblich suchte ich nach dir; Ich suchte vergeblich in Hügeln und Tälern nach deiner Spur, aber nirgendwo war etwas zu finden."

Egwina begann dort, wo er sie verlassen hatte, und erzählte ihm ihre ganze Geschichte. Als sie zur Tortur kam, ergriff er ihre Hand und riss ihr den Ärmel und das Armband vom Arm.

„In Wahrheit gibt es keine Narbe oder Verbrennung!" er weinte. „Oh, Segen für den Vala , der für Adiva den Trank gemischt hat! Segen auch für Adiva ! Was Denewulf betrifft – wie konnte er es wagen, dich eine solche Prüfung ertragen zu lassen?"

Egwina legte sanft ihre Hand auf seine.

„Es war nicht Denewulf , Edward. Ich verlangte es, denn es gab niemanden, der an meine Unschuld glaubte. Gott allein konnte es zeigen, denn der Mensch hatte mich verlassen. Trauere nicht darüber, denn es führte mich zu Anlaf , wo ich Siegbert , meinen Bruder, fand. Durch ihn gelangte dein Vater in unsere Wohnung, und so wurde ich schließlich zu dir gebracht."

„Wirklich, es war Gottes Vorsehung", antwortete Edward. „Dennoch schlägt mein Herz, und angesichts deiner Nöte zieht sich ein Nebel vor meine Augen. Erzähl weiter, tapferes Herz; Ich werde ruhig sein."

„Es gibt nichts weiter zu erzählen", antwortete sie und fuhr mit ihrer Erzählung fort.

„Edward, Edward", riefen einige fröhliche Stimmen, als eine Gruppe von Jugendlichen und Mädchen auf sie zukam, „komm und schließe dich uns an."

Egwina erblickten , blieben sie überrascht stehen und riefen dann freudig: „Das ist Egwina ! Egwina ist wieder zu uns gekommen!" Sie versammelten sich um sie und hießen sie herzlich willkommen. Edward nahm von einer Jungfrau in seiner Nähe eine Girlande aus Schlüsselblumen, Gänseblümchen und Primeln und kniete vor Egwina nieder und sagte: „So kröne ich dich zu meinem Sommer und zur Königin meines Herzens."

Lofa ausgetauscht !" erklang der fröhliche Ruf. „Edward hat seinen Gefährten gewählt! Herr und Frau des Sommers sind sie!"

Sie stimmten ein fröhliches Lied an, fassten sich an den Händen und umkreisten freudig das Liebespaar.

„Merry ist das Lied des Throstles

Und fröhlich blüht der Met;

Denn wir haben den Sommer nach Hause gebracht

Aus Winters trostlosem Grab.

„Merry ist das Lied der Jugend

Und fröhlich singen wir;

Denn jeder hat seinen Sommermarkt mitgebracht

Um unserem mystischen Ring beizutreten."

Fußnoten

[1] Bulwer Lyttons Vers. Einige verorten dieses Gedicht im zehnten Jahrhundert. Morley bringt es auf den achten Platz.

[2] Bedes Leben von St. Cuthbert.